乡村志

盛世小民

贺享雍 著

四川文艺出版社

图书在版编目（CIP）数据

乡村志. 盛世小民/贺享雍著. —2 版. —成都：四川文艺出版社，
2019.7（2020.8 重印）
ISBN 978-7-5411-5452-2

Ⅰ. ①乡… Ⅱ. ①贺… Ⅲ. ①长篇小说—中国—当代
Ⅳ. ①I247.5

中国版本图书馆 CIP 数据核字（2019）第 126307 号

XIANGCUN ZHI SHENGSHI XIAOMIN

乡村志·盛世小民

贺享雍　著

编辑统筹　罗月婷　王梓画
责任编辑　王梓画　燕啸波
内文设计　史小燕
封面设计　叶　茂
责任校对　文　诺
责任印制　桑　蓉

出版发行　四川文艺出版社（成都市槐树街 2 号）
网　　址　www. scwys. com
电　　话　028-86259287（发行部）　　028-86259303（编辑部）
传　　真　028-86259306

邮购地址　成都市槐树街 2 号四川文艺出版社邮购部　　610031
排　　版　四川胜翔数码印务设计有限公司
印　　刷　四川机投印务有限公司
成品尺寸　168mm×238mm　　　　　　开　　本　16 开
印　　张　15.25　　　　　　　　　　字　　数　242 千
版　　次　2019 年 7 月第二版　　　　印　　次　2020 年 8 月第三次印刷
书　　号　ISBN 978-7-5411-5452-2
定　　价　38.00 元

目录

■ CONTENTS

第一章　2013 年 1 月

　　一进入年关底下，那些外出打工的人就像候鸟似的，背着大包小包纷纷往家里涌。在县城贺世海的建筑工地上做小工的贺世跃，一接到儿子要带女朋友回家过年的电话，便提前去贺世海那儿告了假，背着一只鼓鼓囊囊的蛇皮口袋，手里又分别提着两只超市的塑料购物袋，像个逃难的一样回贺家湾来了。但贺世跃不是逃难，他几只口袋里装的全是在城里买的过年货。准儿媳妇要进屋，他怎么敢怠慢？

　　刚进村口，便听见贺贵全两口子在他们新楼房的院子里高一声低一声地吵架。贺贵全两口子在福建打工，隔儿子贺松打工的地方不远，当初儿子出外打工还是贺贵全给介绍的。贺贵全两口子已经在福建打了十多年工，两口儿勤做苦做，去年年底回贺家湾修了一幢三层的小洋楼。贺贵全的儿子贺元聪虽说年纪还不大，但已长成了一个牛高马大的汉子，没两年工夫便该要说"那话儿"了。"那话儿"是贺家湾的一句土话，指男婚女嫁，这儿却是专针对男孩娶亲。贺家湾一带把男孩娶亲说成是"讨婆娘"，"讨"不是说姑娘真正贱得能讨得到，而是指男孩在成亲过程中卑躬屈膝的地位。一个"讨"字，活脱脱呈现出了在当下乡村婚姻"市场"中，男孩是如何处于一种弱势和不平等的状态中。贺世跃知道贺贵全两口儿这小洋楼正是为儿子今后能顺利引来"凤凰"而修的——在贺家湾一带，没一幢这样的小洋楼，休想让姑娘看上眼。贺贵全两口子为修这房，花光了全部积蓄，可修好一看，屋子里空空荡荡，除了几件破烂的旧家具，什么也没有。要是来个姑娘一看，原来还是马屎面面光，这怎么行？正好这时政府又下来推广"家电下乡"，每件家电价格优惠百分之十三。这百分之十三看起来不多，可要是买多了，也是好几大千。农民都会算账，这好几大千可得打上两三个月的工呢！家电迟早是要买的，迟买不如早买，买在那儿又不给它饭吃，何况还有优惠？这么一想，贺贵全两口儿便决定响应政府号召，今天花明天的钱，把该买的东西都买回来。于是便向亲戚和邻里借了几万元钱，不但把国家给了优惠的大彩电、冰箱、洗衣机买了回来，还一不做、二不休，把政府没有优惠的沙发、电视柜、茶几、一米八的新式席梦思大床和床垫以及全部床上用品，也都给拉回了新房里。真应了"好马配好鞍"的俗话，当两口子把那些东西往新房的楼上楼下一放，那屋子顿时就熠熠生辉起来，吸引得贺家湾所有的人都像当年全国学大寨一样纷纷跑来参观。直到此时，贺贵全两口子才觉得完成了一件大事，万事俱备，只等着儿媳妇上门了。两口子在贺家湾人的羡慕中过了一个快乐的新年，新年一过，两口子便将房门一锁，无牵无挂地又继续到福建打工去了。

现在贺世跃听见贺贵全两口子在院子里吵架，便知道他们担心越往后车票越不好买，也提前赶回来了，只是不知道他们为什么吵架，于是便顺路拐过来，一是过来劝一劝；二是想问问他们近段时间看见过自己的儿子没有？走到院子里一看，只见贺贵全在屋子里将去年才买回来的被褥、毯子等东西，愤怒地一件一件往院子里扔，每往外扔出一件，就朝站在阶沿上抹泪的女人毛素芳狠狠地骂一句："拿去，龟儿婆娘，看你这下子怎么办？"

院子里已经扔了好些乱七八糟的东西。贺世跃朝那些花花绿绿的东西看了一眼，只见那些东西湿乎乎的，像是淋过雨，不但褪了颜色，还似乎长了一层毛。贺世跃便问："贵全你这是干啥子呀？"

贺贵全一听贺世跃的声音，像是有些不好意思了，把抓在手里的一床床单放到了屋子的地下，也没有回答贺世跃的话，只虎着脸，像是贺世跃欠了他什么一样，过了半天才突然瞪着毛素芳愤愤地说："你问问她，龟儿婆娘！"

贺世跃听了这话，便回过头去看着毛素芳。毛素芳见贺世跃来了，像是有了讲理的地方，便抹了一把眼泪，哽咽着说了一句："世跃叔，你来评评理，看他是不是故意拿我出气？"说罢也不等贺世跃问，便抽抽搭搭地说了起来。

原来贺贵全两口子也是刚刚才到家，可是等他们兴冲冲地打开门，却一下愣住了：一股浓郁的老鼠屎尿的味道夹杂着一股霉味扑面而来，似乎要将他们冲倒。进屋细看，那张去年好不容易买回来、还来没来得及坐的布艺沙发，被老鼠咬了好几个洞，揭开上面的沙发巾一看，几窝小老鼠还没睁眼睛，在窝里乱爬。屋子里一片潮湿，靠近地面墙壁的涂料，有的已经脱落，没有脱落的也已经胀起来，颜色发霉发暗，明显被雨水浸泡过的样子。贺贵全急忙跑到楼上一看，房顶上的瓦果然被人砸破了好几处，也不知是人故意破坏还是一些顽皮的小儿所为？看见房顶被开了天窗，贺贵全马上下来打开衣柜一看，里面那些被褥、毯子、床单什么的，一股霉味，潮乎乎的像是拧得出水。贺贵全又急忙将电视机的插头插进电源插座里，打开电视机，只见从电视机里冒出一道浓烟，接着传出一股刺鼻的气味，便知道电视机已经烧了。于是贺贵全一边骂人，一边在屋子里扔起东西来。毛素芳讲完，才委屈地哽咽着说："世跃叔，你是明理的人，你说这关我什么事？"

贺世跃听了这话，觉得这确实不关毛素芳什么事，正想说什么，却听见贺贵全忽然余怒难消地说："我们走的时候，明明拿了一把钥匙给你妈，叫她过一段时间就来看看！她看的啥？现在这些东西都霉烂了，你有钱又去买嘛！"

毛素芳见贺贵全把损失怪罪到她妈身上，便替她妈抱不平地说："我妈又不是你请的看屋的……"

话还没完，贺贵全便又愤愤地说："哪个要她一天到晚都来守？她明晓得我们不在家，隔个十天半月过来看一下，难道就辛苦她了？"

毛素芳像是被贺贵全问住了，隔了一会儿才说："你怎么晓得我妈就没有来看过……"

贺贵全呼的一下从地上站了起来，涨红着脸对毛素芳吼道："墙壁都长毛了，这像来看过的吗？"

毛素芳又像是找不到话回贺贵全了，过了半天才嘟哝道："人家也有一大家人，又要带娃儿又要做活路，你以为她有多少时间……"

同样毛素芳的话还没讲完，贺贵全便咬牙切齿地说："莫得时间？我就晓得她眼里只有她儿子！还想要我们今后也养她，七月十四烧笋壳，她等着吧！"

贺世跃算是明白了，见毛素芳涨红了脸，正想回击贺贵全，便忙说："算了算了，莫斗嘴皮子了！这有啥大不了的？衣服霉了晒得干，瓦破了换两块瓦就是，电视坏了又不是买不到？"说完又说，"房子没人住，耗子自然要在屋子里为王，现在人回来了，你看那耗子还有没有那么凶？"

一说到这里，贺世跃猛然想起自己也有三个多月没回家看过了，还不知道那些鼠蝎虫蛇把家里闹成什么样了呢？于是又对贺贵全和毛素芳劝了两句："好不容易一年回来一次，一家人得欢欢喜喜才是，有天大的事也不要在过年过节的时候来争争吵吵的，你们说是不是？"说完这话，连儿子的事也忘了问，便转身朝外面走去了。

贺世跃住在老房子堰塘西边，那堰塘有一两亩大，大集体时代，生产队年年都要组织社员清淤，因此塘里的水随时都是镜子一般倒映着蓝天白云、翠竹垂柳。夏天满院子的人都在里面洗衣濯足，甚至有小孩跳到水里，把裤子脱下来扎了裤管，灌上气，将下巴颏搁在两条裤腿之间"骑水马儿"。冬天也是大家洗菜淘红苕的好地方。不过现在堰塘已被泥沙填得快满了，只剩下中间还有茅坑那样大一块地方，里面淤积着一汪黑乎乎的、稠得像是果冻一般的水，无论冬夏，都散发着一股臭味，自然也没人到里面去淘洗东西了。贺世跃的房子比贺贵全的房子早修一年，也是一座砖混结构的三层小洋楼。底层除了中间的大客厅外，一边是两间卧室，一边是厨房和餐厅。楼梯建在客厅后面，楼梯间隔出来，做成了杂物间。那两间卧室，贺世跃当初打算自己和老伴各住一间，他说人老了，上楼下楼费力，住下面方便得多。他还给这两间屋起了一个名字，叫"老年活动室"。可令贺世跃没想到的是，房子建好没多久，老伴儿便去世了。老伴儿一走，他又外出打工，因此那两间"老年活动室"除了让位给老鼠虫蝎活动外，基本没有开展过活动。第二层的布局和底层差不多，上楼正中一间也是客厅，楼梯间隔出来，既可以堆放杂物，里面安了一面大镜子，还可以专供年轻人在里面换衣服。贺世跃为什么要这样设计？主要是考虑到第二层是给儿子儿媳妇住的，得把空间留大些，因此两边的卧室也没隔断，别说摆两米宽的大床，就是再加两米也是绰绰有余。儿子贺松只能娶一个儿媳妇，贺世跃又为什么要给他们准备两间卧室？其实另一间卧室不叫卧室，而叫"娱乐室"——现在的年轻人生活方式多种多样，除了吃饭睡觉外，唱歌、跳舞、打台球、看小电影这些娱乐也是非常普遍和必需的。但贺世跃害怕叫"娱乐室"别人会笑话，所以还是权且叫作"卧室"。两间真假卧室的门直通阳台，阳台也有两米来宽，足可以摆上一张大桌子吃饭。站在阳台上，可以将对面郑家塝的一景一物尽收眼底。这是贺世跃为儿子儿媳妇考虑的抒发诗情画意和互吐心曲的地方。试想想，皓月满天、遍地银光闪烁，两口儿各搭一把凉椅坐在这阳台上，一边眺望着远处的朦胧夜色，一边唧唧私语，该是多么美妙的事？因此，贺世跃在心里又把这层楼命名为"青年之家"。三楼的房间和布局与二楼一样，只是现在还没有安排用场，房间都是空着的。最上面一层，没了客厅，一溜三间卧室。为什么只有三间卧室？原来这第四层上，墙往后面收进去了一半，收进去的空间做成了一个很大的露台。因而这一层的实际建筑面积只有下面房屋的一半，所以在贺家湾，这样的楼房最初又叫作"三层半"。这一层楼，主要是供未来的孙子或孙女儿住的。小家伙喜欢动，这偌大的露台无论是跳是跑，都足够他们快乐的，因此贺世跃直接把它叫作了"儿童乐园"。在贺世跃的想象里，他虽然只有贺松一个儿子，但最理想的孙子应该是有三个：两个孙儿，一个孙女儿。因此当初有人建议他还是应当将顶楼的屋子拿一间出来做杂物间时，他没有答应，而把三间屋全部都做成了卧室。房子装修好以后，也引得贺家湾人啧啧称叹。他本想也毕其功于一役，把家电什么的都买回来，可一来因为口袋里再掏不出一分钱，他又不愿意去借账，再加上想起自己和贺松都在外面打工，即使把那些洋玩意儿搬回家里，也没时间享用，不如等有人真的给贺松介绍女朋友了，再买也不迟，反正那些东西随时都是买得到的。这样一想，除了当时买了一台电视机外，其余什么都没买。因此，楼上楼下将近二十间房子，除了堆一些乱七八糟的破烂以外，什么也没有，显得很空。尽管这样，贺世跃心里还是非常高兴。自从房子建好以后，十天半月便从城里的工地回来看看自己的房子。每次从翠竹环抱中看见自己那西式瓦的赭红色坡面屋顶时，内心都禁不住涌起一股十分自豪的感觉。这不但是他奋斗一生的见证，更重要的是一种资本。凭着这资本，他就可以给儿子娶上媳妇，就可以堂堂正正地向贺家湾人，向未来的亲家公、亲家婆及儿媳妇娘家所有的亲戚展示自己的实力！可是刚才看见了贺贵全家里发生的事，他突然也为自己的房屋担起心来。因为下半年工地上特忙，他毕竟有三个多月没回过家了。

　　贺世跃刚把大门打开，一股刺鼻的老鼠屎尿味和霉味果然扑面而来，熏得他鼻子发痒，一连打了两个喷嚏。他朝屋子里一看，见地面、桌子、板凳以及靠墙的竹板沙发上，到处都是黑乎乎的老鼠屎，有的长出了白毛，有的像是才拉出不久，还泛着黑釉一般的光芒。才三个多月没回家，贺世跃不知屋子里怎么就拉出那么多老鼠屎。他把肩上和手里的口袋放到阶沿上，进屋去把窗子全部打开，才往楼上去。楼上的"青年之家"和"儿童乐园"也到处都是密密麻麻的老鼠屎，好像这儿成了全湾老鼠的"公共厕所"。看见屋子里竟闹起了这么严重的鼠灾，贺世跃想：幸好当初没买那些洋玩意儿，否则，那些沙发席梦思床垫什么的，不也成了老鼠们育儿的温床？一边想，一边又去把所有的窗户打开，这才走下楼来，从楼梯下的杂物间里拿出一把扫帚，开始扫起屋子里的老鼠屎来。他先扫了楼下"老年活动中心"，然后再到楼上扫"青年之家"和"儿童乐园"，从每层楼上，都扫出了满满一筲箕老鼠粪。要是放到过去，这倒是好肥料，贺世跃可以拿去倒在地里。可现在他已不种庄稼了，便提出去倒在了院子前面专门沤垃圾的肥泥巴坑里。

将楼上楼下十多间屋子都彻头彻尾扫过一遍后，贺世跃才将放在阶沿上的口袋拿到屋子里去。尽管贺世跃已经将所有窗子都打开了，但那些老鼠屎尿的气味像是深入到了地板和家具里，单靠从窗外吹来的一点微风，似乎很难在短时间内挥发干净。于是贺世跃又提起水桶，到屋子后面的水井里打来一桶水，倒进一只塑料盆里，开始在屋子里擦拭起来。他先从客厅的桌子、板凳擦起，接着是靠墙的简易竹板沙发，然后是放电视的柜子。擦完这几个地方后，一盆清水就变成了黑水。他端起水盆，刚把脏水倒进院子前面的肥泥巴坑里，便看见毕玉玲双脚一拐一拐地，像鸭子一样蹒跚着从堰坎上向他走来了。

毕玉玲是贺世凤的女人，贺世凤则是贺世跃打工地的老板贺世海的亲二哥。贺世海弟兄三人，大哥叫贺世龙，早先他们三家人都挤在老院子的侧房里。后来贺世龙先把房子搬到后面的竹林巴里，接着贺世凤、贺世海也搬了出来，贺世海进城做了老板住进洋房后，家里的房子早不在了，偶尔回贺家湾来看一看，只在贺世龙或贺世凤家里坐一会儿或吃顿饭就走。贺世凤从年轻时就患了一种"气喘包"的毛病，病病恹恹地活到七十多岁，前年一个人先到阎王爷那儿去报了到。毕玉玲现在一个人住着，她本来有儿有女，儿子叫贺兴春，女儿叫贺兴燕，但她都不愿跟他们住。毕玉玲年轻时个子高高大大，走路脚底生风，两只蒲扇似的大脚把地踩得咚咚直响，是很能干的。可现在个子却变小了，身上裹了一件又宽又大的羽绒服，拦腰拴着一根围裙，袖子上套着袖套，头上戴了一顶用毛线织的帽子，看起来既臃肿又衰老。贺世跃和贺世龙、贺世凤虽然隔了一口堰塘，但几家关系一直很好，所以一看见毕玉玲，便站下来喊道："他毕二母，天气还冷，你不在屋里烤烘笼火，出来啥子？"

毕玉玲已经走到贺世跃的院子边了，觑起眼睛看了一阵，见是贺世跃在跟她说话，于是便回答说："哦，是大兄弟回来了！怎么没有烤火？可火是一把灰，越烤人越萎，总也得出来走走吧！"

贺世跃说："说得是，人就是要多活动活动！"说完又问，"他二母的老寒腿好些了吧？"

毕玉玲说："好啥？除非四脚长伸就好了！"

贺世跃说："唉，这一老，啥病都钻出来了，我这手呀脚的，还不是经常发冷发麻！"

毕玉玲说："大兄弟你才翻八卦，还精蹦得到几年，我们才是些朽木烂材了，却又不死！"说完像是突然想起似的，盯着贺世跃问，"还有十来天才过年，是不是我们家老三没有活路做了？"

一听这话，贺世跃脸上忽然浮上一种自豪的神情，一边眨巴着眼睛，一边笑着对毕玉玲说："世海老弟那儿都做得完的活儿？这儿还没完全，南城的'通海商贸城'又早包下来了！现在就是等拆迁，只要一拆迁完毕，马上就要开工了！"说完才又说，"不瞒他做二母的说，我贺松今年要带女朋友回来过年，我早点回来把屋子收拾收拾……"

毕玉玲听了这话，眼睛里闪出了一丝惊喜的光芒，然后有些惊讶地叫了起来："贺松找到婆娘了？"

贺世跃说："都二十五六了，再不找婆娘，还拖到啥时候？"

刚说完，毕玉玲满脸的皱纹像池塘里的冰解冻一样，轻轻地动了起来，接着嘴角便向一边歪去。贺世跃以为她会笑，却没想到毕玉玲嘴巴一撇，突然哭了起来，说："大兄弟，你多好哟！贺松一讨婆娘，你一辈子的责任也尽完了，哪像我……"

贺世跃一听这话糊涂了，立即说："他二母，你都当奶奶了，还有啥责任没有尽完？"

毕玉玲听贺世跃这么说，反倒抽泣得更凶了，说："大兄弟你不提奶奶这两个字还好，提起我更伤心……"

贺世跃又打断她的话问："为啥?"

毕玉玲说："你晓得的，我兴春家里的文娃子还比贺松大月份，贺松都带婆娘回家了，可我文娃子还不晓得丈母娘是哪一个? 上半年她二姨给他介绍了一个二婚嫂，还拖着一个娃儿，可人家都没看上他，要是他这辈子讨不到婆娘，你说我四脚长伸那一天，眼睛怎么闭得上?"

贺世跃一听明白了，忙说："文娃子要人才有人才，要口才有口才，哪会没姑娘跟他?"

毕玉玲说："光有人才管啥用? 要是他老子也能给他修一幢像你这样的楼房，倒不愁莫得女娃儿跟他!"说完又抹了一把眼泪，才接着说，"怪就怪我生了兴春这个没用的东西!"

贺世跃听到这里，不知该说什么好，想了一会儿才道："他二母也不要这么伤心! 一辈一辈，你把兴春和兴燕带大了，成了家立了业就算尽到责任了，现在还为孙子一辈操心做啥?"

毕玉玲说："一辈一辈就是这样传下来的，我做奶奶的都不替他操心，还有哪个替他操心……"

正说着，贺世龙忽然从下头院子的小路上过来了。贺世龙正好比贺世跃大一轮，他种了一辈子庄稼，不到六十岁背就驼了，现在驼得更厉害，远远看去背上就像背了一只罗锅。他步履蹒跚地来到贺世跃的楼房前，看见弟媳和贺世跃站在院子里说话，便也走了过来，对贺世跃问道："这么早就放假了?"

毕玉玲这时已经没流泪了，听了大伯子哥问，便像报告喜讯一样大声对贺世龙说："贺松侄娃儿要带女朋友回来过年了!"

贺世龙耳朵有点背，没听清毕玉玲的话，侧过头，仰起一张苦瓜似的脸对毕玉玲问："哪个要来了?"

毕玉玲把头凑到贺世龙耳朵边，又大声把刚才的话重复了一遍，贺世龙这才听清楚了，便回过头对贺世跃问："女娃儿是哪里的人?"

贺世跃也把头凑到贺世龙耳边，像吵架似的说了一句："安徽……"

贺世龙急忙说："怎么跑那么远去打个亲家? 要是女娃儿今后跑了怎么办? 怎么不就在近点找个女娃儿?"

贺世跃听了有些哭笑不得，正不知怎么回答这位老哥子的关心，毕玉玲却替他回答了："要是周围团转好找，还要到那么远的地方去打亲家？"

　　贺世龙不知听没听清毕玉玲的话，嘴里还是喃喃自语地说："亲家还是要你知我识的好！"

　　贺世龙一边说，一边又像在地上寻找东西一样，驼着背走了。毕玉玲也要走，贺世跃又急忙喊住了他们："他二母、大伯，你们站一站，我还有事情要问你们！"

　　贺世龙和毕玉玲听见贺世跃这话，便站住了。毕玉玲问："啥事？"

　　贺世跃看着毕玉玲和贺世龙，一脸的虔诚，说："你们侄儿要带女朋友回来，两位长辈给参谋参谋，我该买些啥家具好？"

　　听说是这事，毕玉玲便道："买些什么家具你自己还不知道？"

　　贺世跃露出了几分谦卑和不好意思的微笑，过了一会儿才说："不瞒你们说，在城里我想了好几天，就是不晓得该买些什么样的电器和家具？现在年轻人跟我们过去不一样，啥都要牌子货，要是买回来年轻人看了不高兴，花了钱又没讨到好，不是成了耗子钻风箱——两头受气？如果等到年轻人回来自己买，又怕他们责怪，所以我心里就像是十五个吊桶打水——七上八下，拿不定主意。刚才我回来时，碰上贺贵全两口子也回来了，我正想问问他们昨年买的啥子牌子的电器和家具，没想到两口子一进屋就吵架。人家都在气头上，我又怎么好去问？请他二母、大伯都给我拿拿主意呢！"

　　贺世跃的声音不高，又说得快，贺世龙一句也没听清，此时也不好说什么，只抬起头像是有几分痴傻似的看着贺世跃笑。毕玉玲却是把贺世跃的话听明白了，忙说："哎呀，大兄弟要是其他的事找到我们，我们该做什么就做什么。这事，你可是夜蚊子落到木脑壳上——找错了人！我们都七老八十了，晓得啥东西才对年轻人的意？"话刚说完，却又突然想起似的对贺世跃说："哦，这事你问我们，还不如去问贺端阳！他当干部的听得多，见得也多，上半年贺西讨婆娘，要到城里去买家具和电器，贺端阳对他说：'你到城里去买家具和电器，是顶起碓窝耍狮子——费力不讨好！我们乡上赵五儿和罗幺妹就在卖家电和家具，是城里家电公司和家具公司在我们乡上开的分店，东西和价钱跟城里都是一样的。不但如此，人家还要到家里来比量比量，根据你屋子的大小给你建议买什么样的家具，态度好得不能再好了，何必还要舍近求远？'贺西听了这话，就叫贺端阳给他联系，人家果然先到贺西家里来丈量，然后把家具和电器拉来，给他安装得巴巴适适的，一点都没有叫贺西操心！"

贺世跃听了毕玉玲这话，犹如醍醐灌顶，马上高兴地说："真有这事倒好，省得我心里不踏实。晚上我也去问问贺端阳，他和卖电器、家具的是熟人，说不定还帮我砍点价！"

毕玉玲说："可不是这样！你还要给大侄儿和他女朋友买什么床上的东西，正好也可以问问王娇！"

贺世跃说："正是！"

说完话，毕玉玲这才转身往回走。贺世龙在那儿站了半天，只见贺世跃和毕玉玲两张嘴巴皮在一前一后翻动，声音却一点也没往他耳朵里进，这时便像孩子似的对毕玉玲问："你们两个说的些啥？"

毕玉玲不想和他多说，便大声道："世跃兄弟叫我们吃了夜饭再走！"

贺世龙听了这话，满脸的皱纹荡漾开来，说："他一个人冷锅冷灶的，吃啥子夜饭？"说罢便看着贺世跃感激地说："今天不吃了，二天再来吃你的！"说罢和毕玉玲一起走了。

贺世跃等他们走后，这才重新打水，又楼上楼下地擦洗起地板来。擦了半天，才将屋子擦完，直起腰来，用力吸了一口屋子里的空气，老鼠屎尿味果然小了一些。这时天渐渐黑了，贺世跃估摸着贺端阳也可能已经回到了家里，他心里欠着买家具的事，连晚饭也顾不得做，先往贺端阳家里去了。

第二天贺世跃刚吃过早饭，贺端阳便带了一男一女到家里来了。男的四十来岁，个子不高，胖胖的身子，一张圆脸，里面穿一件保暖汗衫和一件加厚毛衣，外面套一件黑色皮衣，样子像一只肥胖的黑熊。女的三十来岁，身材苗条，一张鸭蛋脸，烫了一个流行的发式，贴身也穿着保暖衫和紧身毛衣，外面却松松垮垮地套了一件淡紫色加绒加厚的中长包臀连衣裙，下穿一条同样加绒加厚的淡蓝色牛仔裤，脚上一双棕红色粗底高脚皮鞋，手提一只乳白色女式牛皮包，两边耳垂上各钉着一只翠绿色耳钉，脖子上挂着一条银光闪闪的铂金项链，走起路来屁股一扭一扭。贺端阳把一男一女带进贺世跃的屋子里，便对贺世跃说："老叔，遵照你的意思，我把乡上卖家电的赵老板和卖家具的罗老板都给你叫来了，你要买什么家电和家具，就和两个老板谈！"

话音刚落，就见那男人将双手中间一抱，朝贺世跃打了一个拱，口里直道："恭喜大爷，贺喜大爷！"

贺世跃问："有啥子值得恭喜的？"

那男人说："大爷就要当'爬灰佬儿'了，还不值得恭贺？"

"当爬灰佬儿"是当地一句玩笑话，指的是老公公和儿媳妇发生不正当的性关系。贺世跃不善于和人"涮坛子"，但今天听了这男人的玩笑，心里却十分高兴。乡下人常说，男人到了五六十岁，没人叫自己"爬灰佬儿"，要么自己本身就是庙门口的旗杆——光棍一条，要么就是儿子没娶上媳妇儿，总之都不是什么好事。所以乡下男人到了一定年纪，就喜欢别人叫自己"爬灰佬儿"。爬没"爬灰"是一码事，但"爬灰佬儿"这四个字，却是像贺世跃的新房一样，也是一种资本和能力的象征呢！

贺世跃笑吟吟把男人看了一会儿，突然叫了起来："你老子是不是原来公社食品站卖肉的赵……"他本想说"屠户"两个字，话到嘴边却打住了。

赵老板却看出了贺世跃的心思，马上接口说："正是正是！我老汉原来是公社食品站杀猪的，后来承包了屠宰场，但没过几年，到处都是私宰乱杀的，我老汉就不杀猪了，把屠宰场让给我开了家电商场！我姓赵，叫赵中意，所以我的家电公司便叫'中意家电商场'，也有让顾客中意的意思！"

贺世跃说："原来是这样，我说你怎么和你老子长得一模一样呀！"

贺端阳听到这里，忽然补了一句："要不一模一样，那可就要出大问题了！"

一句话说得那汉子脸上有些不好意思起来。贺世跃怕赵老板生气，急忙转移了话题，又看着那女人问："罗老板是哪儿的人，我看着倒是眼生！"

女人正要答话，贺端阳抢在了前面介绍说："老叔你还不知道？她屋里的'爬灰佬儿'就是我们公社原来供销社的杜主任，她是杜'爬灰佬儿'的幺儿媳妇。供销社改制时，他老人公买下了供销社的大门市，先卖百货，后来卖百货的人多了，才交给她两口子开了家具门市！"说完又对那女人笑嘻嘻地问："罗幺妹，你说你老公公是不是'爬灰佬儿'？"

女人一听红了脸，举起拳，做出嗔怒的样子在贺端阳肩上打了两下，才回头对贺世跃说："大爷莫听他乱说，他是狗嘴里吐不出象牙！我叫罗红霞，街上的人都叫我罗幺妹。我的家具商场叫'新巢家居城'，专为修了新房的父老乡亲提供价廉物美的新潮家具的！"

贺世跃明白了，心里不禁说：我说在我们这样的尿包小场上，谁有这么大的资本开这样大的门市呀！可嘴里却说："原来是这么回事！我这些年都在外面打工，没想到你们把家电和家具门市都开到门口来了！"

两个听了这话，一齐叫了起来："是呀，是呀，我们这也是为人民服务嘛！"

赵老板说完，看着贺端阳又取笑说："我们可比贺支书还要为人民服务呢！"

贺端阳听了这话，突然朝赵老板"呸"了一下，说："你少说了一个币字，是专为人民币服务！"

赵老板说："既为人民服务，也为人民币服务，不然我们吃什么？"一边说一边站了起来，对贺世跃说："我们先看看大爷家里配什么样的家电和家具合适？大爷放心，我们一定会包你满意！"说着，便和罗红霞拿着皮尺，把楼上楼下的屋子都量了一遍。

量完，一男一女才回到堂屋坐下。女人从手提包里拿出两本厚厚的画册，一本印着电视机、冰箱、洗衣机、空调的样品图案，一本印着家具的样品图案。赵老板先给贺世跃推销起家电产品来。贺世跃原打算只买一台大彩电放到客厅里的，然后把现在客厅里这部小彩电拿到楼上贺松的房间里让两个年轻人看。可说定了一台55英寸的长虹超高清的网络智能液晶电视机后，赵老板又给他推荐电冰箱，说："大爷，你儿子的女朋友要进屋，总不能连冰箱也没有吧？"

旁边罗女士不等贺世跃答话，便接嘴说："大爷，我是侧闲人，我说句话，你不要嫌我多嘴，啊！冰箱是家里的常备之物，其他东西没有不要紧，冰箱过日子可不能不要！儿子的女朋友回来看见了，别的不说，就是摆在厨房里，看着也高兴！"

那女人一番话说得贺世跃动了心，便又买了一台251升海尔无霜两门冰箱。刚把这事定下来，赵老板又马上对贺世跃问："大爷，这么漂亮的房子，怎么能不要两台空调？"

贺世跃说："我们乡下需要啥空调？窗子打开老天爷就给我们送风来了！"

话音刚落，旁边罗幺妹又有些夸张地叫了起来："哎呀大爷，不是我说你的话，你太不了解现在的年轻人了！现在年轻人喜欢享受，即使客厅里不要空调，年轻人的卧室里你怎么不给他们买台空调？我跟你说，大爷，什么都能少，年轻人卧室里的空调千万少不得！大爷你不为儿子媳妇着想，也得为今后孙子孙女着想！他们都那么大的年龄了，结婚后要得到多久就要给你添孙子？小家伙身子娇嫩，没有空调怎么行？大爷你千万不能拿你们这一代人来和现在的年轻人相比！"

一番话说得贺世跃又拿不定主意来，赵老板又乘胜追击，翻开画册中的两款空调款式，对贺世跃说："大爷，罗老板的话千真万确！你可不能一头牛都去了，却舍不得一根牛尾巴，让儿子的女朋友回来看见笑话！"

贺世跃经不住一男一女两头夹攻，心一狠，又给儿子的房间里买了一台大1.5P的海尔空调。贺世跃以为这已经足够了，便说："再也不能买了！"

赵老板却又看着贺世跃问："大爷，洗衣机你不买了？"

贺世跃说："空调和冰箱都是多出来的，还买什么洗衣机？农村人脚盆和搓衣板就是洗衣机……"

女人听了这话又叫了起来："哎呀大爷，你这是说的啥话？你以为洗衣机是给谁买的？主要就是给你儿媳妇买的呀！你想想洗衣服的主要是谁呀？她一看，老公公连洗衣机都没买，不是想把她当洗衣机呀？心里一不高兴，和你儿子拜拜了，你还要去多的！"

罗老板话一完，赵老板又马上接着说："还是女人最理解女人，罗老板的话太对了！洗衣机主要是你送给儿媳妇的见面礼，是千万省不得的！"说着见贺世跃犹豫的样子，又大包大揽地拍着胸脯说："大爷你放心，我给你挑一款既经济又适用的，保证年轻人一见就会喜欢！"

贺世跃见赵老板这么热心，一时不好推辞，便又只好说："那好呗！"赵老板就给他选了一款海尔6升的单筒洗衣机。贺世跃在心里算了一下，几款电器加起来，已经超过了一万元，便急忙说："不买了，不买了，再买我手里没那么多钱了！"

赵老板听见这话，又看着贺世跃笑着问："大爷，年轻人喜欢娱乐，要是他们想K一下歌，你不给他们买一套音响，他们怎么唱？"

贺世跃说："他们想唱歌到外面山坡岭坎唱去，我留点钱还要买点家具是不是？"

旁边女人一听，却说："不着急，大爷，家具慢慢买！"

赵老板不等女人说完，又马上像是不甘心地继续启发他说："大爷，儿子的女朋友是第一次来，你好歹得给她留下一个好印象，是不是？那些小家电，比如电饭煲、电压力锅、电磁炉、微波炉、电水壶、榨汁机、电炖锅、电蒸锅以及扫地用的吸尘器、取暖用的取暖器、加湿用的加湿器，还有年轻人爱体面，衣服穿皱了，出门前要熨一熨，难道不买一只电熨斗？还有这冬天衣服洗了挂几天都不干，用干衣服的干衣机一烘就干了，这些小家电千儿八百的，花钱也不多，却是女人最喜欢的了，难道你也不买一点？"

贺世跃说："你说的那些我都想买，可就是没人给我钱了！"

赵老板见贺世跃果真不打算再买什么了，便从口袋里掏出一张名片，递给贺世跃说："那好，大爷，等年轻人回来了，还要买什么，你给我说一声就是！"

接下来那叫罗幺妹的女人便又过来给贺世跃推销家具，赵老板又在一旁帮腔。贺世跃先买了一套客厅的组合家具，即一张亚麻色的六座布艺沙发，一张茶色玻璃茶几和一张电视柜，花了七千多元。给儿子房间里选床的时候，罗幺妹又给他推荐了一套五件套的卧室家居组合，即一张 1.8 米的中式实木橡木床，一张软硬两用的席梦思弹簧床垫，一张经典时尚的五门板式大衣橱，一张女式梳妆台，一只卧室小躺椅。贺世跃一听有五样，便问多少钱？那女人说："不贵，才七千五百块，如果你单买，一万块钱也打不住！"

贺世跃一听这话，答应了。接着那女人又问贺世跃："你儿子的女朋友来了和谁睡？"

贺世跃愣住了，过了一会儿才说："她一个人睡呀？"

女人忙问："那你儿子睡哪儿？"

贺世跃明白了，便看着罗老板问："你是不是想说还要给儿子买一套？"

女人笑道："大爷真是一点就明！你不给儿子准备一个睡觉的地方，那不是故意想安排他和女朋友睡一起？要是他女朋友愿意倒罢了，要是不愿意，还不怪你这个老头不懂事呀？"

几句话说得贺世跃不知怎么回答了，想了半天才说："儿子就跟我睡……"

女人不等贺世跃说完，便又居心叵测地看着他说："要是儿子嫌你身上有气味，不愿和你睡呢？"

贺世跃想了想，也觉得儿子和自己分别这么多年了，说不定真的和自己睡不惯了。正犹豫间，旁边赵老板说："大爷，你也不要再买卧室五件套了，只单独买一张床和一张床垫，也花不了多少钱！"

贺世跃听了这话，果然又花了两千多元钱，单独给儿子买了一张床和床垫。接下来那女人又给贺世跃推荐床上用品，说："床和床垫都有了，总不能让他们就躺在上面吧？"

于是贺世跃又按照女人的意思，分别给儿子和儿子的女朋友买了两套全棉的斜纹印花四件套床上用品、两床水晶星纺的加厚被子和一对枕头。最后那女人才对贺世跃推荐餐桌和餐椅。贺世跃一听便叫了起来："再买我没有钱给你们了！"

女人听了这话，笑吟吟地对贺世跃说："没有钱不要紧，我们不要钱！"

贺世跃看着女人说："真的不要钱？"

赵老板急忙说："现在可以不要钱，等大爷有了的时候再慢慢给，我们也不怕你跑了！"

贺世跃说："还是要钱嘛！"

女人见贺世跃愁眉苦脸的样子，便开玩笑说："大爷就要当咸老公公了，还发什么愁？"

贺世跃心里突然想哭，便说："这咸老公公不好当哟，身上的肉都被榨干了！"

女人仍是笑吟吟地说："这是应该的，人家想挨榨还想不到呢！"说着，两人便不再劝贺世跃买什么东西了，算了账，贺世跃给他们每人付了两千块钱的押金，两人答应明天便把贺世跃买的电器和家具送下来，然后回去了。

两个人一走，贺端阳看见贺世跃仍是有几分不高兴的样子，便问："老叔是不是嫌他们的东西贵了？"

贺世跃说："贵倒是不贵！我在城里没事的时候，也到家具城去逛过，城里一只大衣柜也要五六千呢！"说到这里，突然想起什么似的，马上对贺端阳问："刚才罗老板说她的家具都是名牌，什么'双虎''雅琼''全友''光明''皇朝'等等，怎么她一套卧室组合五件套，才要七千多块钱，会不会是假货？"

贺端阳听了这话却笑着说："老叔你真是，人家让了你四两姜，你反倒怪别人不识秤了！"

贺世跃说："怎么都是名牌，价格悬殊了这么多？"

贺端阳说："城里那家具，一件动辄五六千甚至上万，你说有几个乡下人买得起？"

贺世跃听了这话，便说："这么说来，罗老板真的是在卖假货哟？"

贺端阳又笑了一笑，说："说真也不真，说假也不假！说假呢，人家的家具可全是用实木做成的，比城里卖的那些家具还要经久耐用。说真呢，又确实不是真资格的厂家生产的，只不过找人做了，贴上名牌的商标就是。这只能说是'山寨'产品！"

贺世跃在外面打工，也听说过"山寨"货，现在见贺端阳这么说，便又担心地问："要是年轻人晓得我买的是'山寨'货，责怪我怎么办？"

贺端阳说："现在有几个人不用'山寨'货？你放心，人家做得比真的还真，你自己不说，谁都看不出来！"说完又附在贺世跃耳边轻声说："上半年贺西买的也都是'山寨'货，可大家去看了，都说好呢！"

贺世跃听了这话，才放心了。

贺世跃看着贺端阳走进堰坎熹微的阳光中后，这才回到客厅里，一屁股在靠墙的竹沙发上坐下来。尽管没给儿子和他的女朋友把家具和电器买全，但主要的几大件都已经买了，把这些家具和家电往屋子一摆，虽不能让每间屋子都满满当当，充满现代化气息，但在贺家湾也不会落到别人的后面。他觉得自己这个做父亲的也尽到责任了。做完了这件事，按说他应该感到高兴才是，恰恰相反，他心里有些不踏实。他感到十分疲倦，像是挑着重担跋涉了很远的路，又像是刚刚和人激烈地搏斗了一场，自己元气耗尽，已没了一丝力气似的。他把头靠在沙发背上，眯上眼，想休息一会儿。合上眼不久，他就恍恍惚惚睡着了。

迷糊中，贺世跃突然看见老伴儿曹银娥朝她走来了。老伴儿脸上的皱纹密密麻麻，花白的头发拢在耳后，上身穿了一件中式的橄榄色碎花混纺绒衣，那还是当年他在外面打工给她买回来的。下面穿一条藏青色裤子，脚上穿一双软底平跟劣质皮鞋，那也是他从外面地摊上给她买的。贺世跃依稀记得老伴儿已经死了，于是便问："你来做什么？"

老伴儿还是像生前一样，说话声音不高，十分柔和："我来看看你呀！"

贺世跃说："我有什么看的？"

老伴儿说："你心里怎么不高兴呢？"

贺世跃说："有啥值得高兴的？"

老伴儿说："儿子就要带女朋友回来了，你不是一直愁儿子找不上对象吗？"

贺世跃听见老伴儿这话，叹息了一声，说："老婆子你晓得个啥？我是盼儿子能找上对象，可真盼来这一天，我倒又有些害怕了！"

老伴儿问："你害怕啥？"

贺世跃又叹了一声，说："老婆子你是不晓得，自从你死后，我也没人说句话，心里有了苦楚，也只好咽到肚子里，今天你既然问，我也就跟你明说了。你知道今天买家具和电器，我花了多少钱吗？"

老伴儿说："那也是应该的。"

贺世跃说："你说得轻巧，以为我是百万富翁千万富翁，有花不完的钱呀？我跟你说，今天光买家具和电器，就花了将近三万块钱。贺端阳说那家具还是'山寨'货，如果买真的，光那几样家具都不止这点钱。电器也只买了几样，卖电器的人还要劝我买，可我没买了。如果听他的话，还要买啥音响什么的，起码又得一两万呢……"

贺世跃还没说完，老伴儿便带着责备的口气说："我明白了，你是心疼钱……"

贺世跃听老伴儿这么说，有些不高兴了，马上说："我的钱又不是打枪打来的，也不是去当强盗拦路抢劫来的，是我一分一厘挣来的呀！你晓不晓得，当初修了房子，我们可是搞得盐干米尽，没想到不久你又趁火打劫，双手一撒就走了。可再没钱，也不能把你烂到屋子里呀？现在物价又高，简简单单地把你抬出去，都花了一万多块钱。这一万多块钱，都是我到处去挪借的呀！把你埋到土里以后，我就又出去打工，这两年勤做苦做，挣点钱把账还了以后，手里就剩下两万多块钱，现在一瓢儿挖出去还不够，明天我还得又出去给人下话借钱呢……"

老伴儿说："老头子，我知道你不容易，我现在也不能像以前那样帮你松一下担子……"

贺世跃听老伴儿这样说，忽然感动得像是要哭了，说："岂止不容易，是不容易得很呢！我平常巴不得一个钱掰做八瓣用。你不晓得，有一回我病了，不吃不喝了好几天，工友们都叫我到医院去看一看。你晓得的，县医院就在我们工地旁边，可我晓得医院是个无底洞，坚持不肯去，最后还是曹德盛到一家小诊所去拿了点药回来给我吃了……"

老伴儿急忙问："哪个曹德盛？"

贺世跃说："是和我睡一个铺的工友……"说到这里，贺世跃像是想到什么，又急忙说："是个大男人，老婆子你可不要岔肠子多，又去东想西想！"

老伴儿像是有些不好意思了，便说："我是提醒你，人家帮了你的忙，你可得感谢人家！"

贺世跃说："我和曹德盛可好着呢！"说完又接着说："我吃了曹德盛给我拿回来的药，又拖了几天病才好！你猜那几天我是什么情况？别说干活，就是走路都是歪歪倒倒的……"

听到这里，老伴儿脸上忽然浮现出了一副疼爱的样子，看着贺世跃说："以后可不准这样了！我活着的时候你常常对我说身体是本钱，你怎么自己倒忘了这话？"

贺世跃说："不是我忘了，我知道儿子的事还没有了结，怎么舍得乱花一分钱？唉，也不知现在是怎么回事，结个婚要花那么多钱？想我们当年结婚，花个啥钱？还不是把婚结了！"

老伴儿忙说："打鱼子说不得隔年的话，老头子怎么能拿我们当时和现在相比？现在年轻人结个婚，哪个不花个十几二十万的？"说完又对贺世跃说："我就晓得老头子心里有这个结，所以特地回来开导开导你的！你也不要为花了点钱心疼，你要想到儿子一结婚，你这一辈子的任务就算完成了！以后你就是到我们这边来，眼睛也就可以闭上了！"

贺世跃听了这话忙说："是呀！昨天毕玉玲嫂子说起她孙子文娃子还要比我们贺松大几个月，到现在还没有找上女朋友，说着说着还哭了呢！"

老伴儿说："就是，你看现在湾里，除了那几个有残疾的外，像贺世光的儿子贺裕怀，贺兴奎的儿子贺路明，还有毕嫂子的孙子文娃子现在还打着光棍，人家一议论，都说是父母没本事。前些年我们贺松谈女朋友老是不成功，人家还不是悄悄地议论过我们没能耐。现在好了，儿子把女朋友一带回来，你'没能耐'的帽子就要被摘掉了！"

听了这些话，贺世跃便高兴了，说："你这么一说，我心里就亮堂了！"

老伴儿说："过去你常常对我说，有了儿子人生才有奔头，生活才有意义，人生也才有欢乐。有了儿子，也才会去奋斗。又说人这一辈子，就是为儿子活的！你看现在多大的官，挣了那么多钱，他为谁挣，还不是为儿女挣？只有把儿子的事办完以后，才会感觉到自己的意义和成就，才会踏实，你说是不是？"

贺世跃忙说："怎么不是？"

老伴儿说："既然你懂得这个道理，还为花了点钱心疼？与其说你是在为儿子花钱，还不如说你是在为完成自己的任务花钱！看见自己的任务即将完成了，你还有什么不高兴的？"

一番话使贺世跃猛然醒悟，他急忙对老伴儿说："你说得太对了，我再也不为花出去的钱心疼了！能看见儿子把女朋友带回家，我比什么都高兴！"

老伴儿说："你明白了就好！都快晌午了，你还不去做饭？"

贺世跃说："我一个人的饭，有啥做的？"

老伴儿说："那也得做呀！"说完忽然对贺世跃说："我好久没给你做过饭了，要不我去给你做一顿饭！"说完也不等贺世跃回答，便朝旁边厨房飘然而去。

贺世跃一见，急忙高喊："老婆子……"话音没落，忽听得厨房里"叮当"一声，像有什么掉了下来。贺世跃猛然醒了，才发觉是南柯一梦。他急忙走到灶屋里一看，见是挂在墙上的一只铝锅锅盖掉到了地上。贺世跃把锅盖拾起来扣到铝锅上，重新走到客厅里，抬头往墙上老伴儿的遗像上一看，发现老伴儿两眼含笑，直端端地看着他，像是正在对他说话的样子。他猛地想起梦中老伴儿的话，顿觉心明眼亮，神清气爽，再也不为花出去的钱感到心疼了。

现在，贺世跃万事皆备，只等着儿子带着女朋友回家了。

第二章　1988 年—1994 年

"有了儿子才有盼头"，这话是你得知曹银娥肚子里怀的是一个带把儿的"香火"时，为了鼓励女人把儿子生出来，而对她说的。那时你们还年轻，你才三十六岁，老婆三十二岁，你们那时已经有了一个上小学二年级的女儿。这个叫贺英的女儿在不上学的日子里，已经能够背着背篓或端着洗衣盆，帮她妈妈割草打柴和洗衣做饭。那时候，你心里已经彻底绝望，以为这辈子再不会有在你们死后到灵前哭丧和端灵牌送你们上路的"香火"继承人了。你不止一次在夜深人静的时候对你死去的爹说："爹呀爹，你们的香火就要断送在我的手里了。不是儿子我那东西撒不出带把儿的种子，也不是你儿媳妇的肚子孵不出小鸡鸡像是挺翘翘的苞谷棒子一样的小子，她那肚子比我们贺家湾最好的土还肥着呢，播什么就会长什么，你的孙女儿就是我们一次就试种成功了的呢！是政府实在管得太严，不让你儿媳妇那片肥沃的土地再长任何庄稼，我们再强也强不过政府，所以我们实在是没办法呀！爹，你看见列祖列宗，就帮我对他们说声'对不起'……"

可是令你没想到的是，也许是你一心盼个"香火"的态度感动了列祖列宗在天之灵，在你老婆的肚子整整荒芜了九年以后，突然又长出"庄稼"了。那天晚上，当你又张牙舞爪地挺起大腿间那根钢枪似的东西要去耕曹银娥那块长不出庄稼的洼地时，曹银娥突然一下把你从她肚子上推了下来，然后像是犯了什么错误似的红着脸说："我又有了！"

一听这话，你顿时仿佛被雷击中了一般，目瞪口呆地看着女人，半天才说出一句话："你说啥?"

曹银娥又把那话说了一遍，你这次马上就叫出了声："贺英生了后，你不是就去上了环儿的吗？"

曹银娥说："是上了环儿的呀！"

你立即像是法官一样审问女人："那怎么又怀上了？"

女人显得十分委屈，说："我怎么晓得？反正有两个多月没来红了，这几天我心里特别慌，不想吃东西，又喜欢吐酸水，和怀贺英时一模一样，不是怀上了又是什么？"说着像是印证她的话，立即将头伸到床沿外边，对着地上"哇哇"地干吐起来。吐完，才回过头，一边喘着气，一边对你担心地问："这可怎么办？"

那时，你说不清这是福还是祸，只觉得心里慌慌的，一时拿不定主意。你还是只有那句话："上了环儿这么多年，怎么就怀上了呢？"你心里怀疑是曹银娥悄悄找人取了肚子里的那个像是指环套儿的东西，那时这样的事并不少见，县上还判过几个私下里给人取避孕环儿的"破坏计划生育犯"。可是曹银娥赌咒发誓说即使再给一千个胆子，她也没胆量做这样犯法的事。你就在心里想：或许这是天意！于是你便要曹银娥再看一看再说。

又过了一段时间，曹银娥的妊娠反应越来越强烈，各种迹象表明女人的肚子是真的"种"上了。一天，你突然看见湾里能够"上知天意、下通鬼神"的被人称为"神仙"的贺凤山斜挎着一只脏兮兮的黄挎包从外面回来。你和贺凤山关系不错，知道他不会出卖你，便喊住他，悄悄把曹银娥怀孕的事告诉了他，并请他给掐算掐算曹银娥会生个什么？

贺凤山听了你的话，笑着和你开玩笑说："老弟干劲还不小呢！弟媳妇肚子里不是上了环儿的吗，怎么也被你弄起了？"

你听了这话有些不好意思起来，说："我也这么说呢！那环儿都戴了好几年，怎么就有了？"

贺凤山说："不会是别人的吧？"

你说："你弟媳妇是那样的人吗？"

贺凤山说："大概是弟媳妇的肚子空了这么几年，就像我们湾里的地一样，拿两季不种庄稼，那地就会更肥了，所以像鱼儿漂籽，随便撒一粒籽就给'种'上了！"说完又看着你问："你倒要给我说说是啥时弄上的？"

你想了半天，说："我怎么知道？两口子弄那事儿，难道还会记时间？再说，她又是安了环儿的，弄的时候两个人都是放心大胆的，谁想到她又怀上了呢？"

贺凤山听了这话急忙说："你好好想一想，只说个大致时间吧！是上半个月还是下半月？是单日子还是双日子？是白天弄上的还是晚上给弄上的？弄的时候，两口子的头是朝北还是朝南……"

你还没有听完便急忙说："肯定是晚上，白天我们哪有心思弄那事儿！"说完又说，"至于是什么时候弄成的，我真的不知道！"

贺凤山停了一会儿，又十分恪尽职业道德地问："弟媳妇这段时间都做了些什么梦？"

你又说："我也不知道！"

贺凤山忙说："你回去问问她做了什么梦？问清楚了再来跟我说！"

你听了这话正要走，忽然又像是想起了什么，回过头对贺凤山问："哥子你说做什么梦最好？"

贺凤山说："如果弟媳妇能够梦见在水里捉鱼最好，要不梦见摘桃子或吃桃子也行！"说罢想了想，又说，"再看看你两口子的铺是朝哪个方向坝的！"

你回到家里把贺凤山的话对曹银娥说了一遍，曹银娥却说："晚上我尽梦见乡上的人来把我抓去，衣服裤子脱得光光的，七八个大汉把我按到医院的手术台上，把肚子里的胎给打下来了，血淋淋的，吓死我了！"

你问："没梦见抓鱼？"

曹银娥蹙起眉头想了半天，一边摇头一边说："我只梦见抓人！"

你有些绝望了，半天才说："你要是梦见抓鱼了，就告诉我！"

这天晚上，曹银娥果然就梦见自己背着一背篼牛皮菜来堰塘边淘洗，双脚刚刚落到水里，便感觉被什么东西啄了一下。她低头一看，发现水里有许多鱼。湾里的很多人都在水里捉，她也想下去捉，可是自己却又不会凫水，不敢往水里扑。这时突然有一条大鱼游到了自己脚边，她便鼓起勇气朝大鱼扑去。这时大鱼身子一摆，她没抱住，却骑在了大鱼的背上。大鱼便驮着她往水塘中间游去，尾巴轻轻地划着水，她感到很愉快。游着游着，大鱼突然往水底沉去，她被大鱼甩在水里。她急忙喊起"救命"来。正喊着，那大鱼忽然钻进了她的衣服里，紧紧地贴着她的皮肤，她感到鱼的身子滑腻腻的，低头一看，原来鱼身上覆盖着许多青苔。她急忙把那些青苔扯开，这才抱着鱼回家了。

醒来后，曹银娥急忙把这个梦告诉了你，你大喜过望，第二天天还没亮，就又跑到贺凤山家里去了。贺凤山听了你的话，马上双手抱拳，对你做了一个恭喜的动作，说："恭喜老弟，贺喜老弟，弟媳妇肚子里怀的是个长小鸡鸡的！"

你一听这话，立即像是打了一针鸡血似的，马上又是紧张、又是激动地看着贺凤山问："真的？"

贺凤山说："命里如此！"说着打开一本纸张发黄的书，指着书里的话对你说："你看，这书里记得清楚，鱼属阳，主吉，孕妇梦见捉鱼，多是吉兆，有得子的可能！这是生儿子的前兆，岂有不祝贺老弟的？"

一听这话，你那张四方形的国字脸上立即像是充了血似的红了起来，眼睛笑得眯成了三角形，急忙对贺凤山抱拳说："真的这样，老弟今后一定重重谢你！"贺凤山又问了你们两口床的方位，你回答说床头是向北的。贺凤山更加肯定地说："这就是了，肯定是男孩无疑！"

虽然说得十分肯定，但保险起见，你临走时贺凤山还是给你画了两张"安胎护子符"，一张让曹银娥带在身上，一张让你贴在夫妻俩的床头。用贺凤山的话说，这是为了防止送子娘娘贪了别人的贿赂，把曹银娥肚子的儿子给换了。你回到家里便对曹银娥说了她怀的是个长鸡鸡的"香火"，并决计要把他生下来。

可曹银娥心里只是害怕，问："要是乡上的人来了怎么办？"

那时你突然像是电影里演的革命烈士那样先攥了一下拳头，然后才立场坚定地说："头可断，血可流，你肚子里的儿子不能不生！"说完，像是要坚定曹银娥的"革命"信心，你一边抚摸着她的肚子一边又对她启发说："这娃儿的来历可能有些不平凡呢！你想想，你安环都八九年了，现在你一没去找人给你取环儿，二没去找医生给你弄点什么怀娃儿的药，怎么就突然怀上了？这且不说，一怀还是个带把儿的，你说这不是老天爷保佑我们又是什么？既然老天爷让我们生，我们怎么能违背天意不生？说不定这娃儿以后还是个当官的料呢！"说完你又说，"你是晓得的，这人一辈子没个儿娃子，心里总是不踏实，有了儿子，人才有盼头呢，你说是不是？"

曹银娥听了你的话，这才不说什么了，然后和你"同仇敌忾"地做起"超生游击队"来。

"有儿子才有盼头"，这并不是你一个人的想法。尽管政府到处都刷上了"生男生女都一样"的标语，可在贺家湾人根深蒂固的观念里，男是男，女是女，女儿再能干，那也是别家的人，只有儿子，才是"香火"传承人。下头院子的贺世禄哥子和孙大玲嫂子，两口子一成家就拼死拼活地干，没几年便挣下了几间大瓦房，令全村人都羡慕。没想到大玲嫂子头胎生了个女孩，第二胎又生个女孩，第三胎生的仍然是个女孩。世禄哥子一下像是泄气的皮球，再也没有原来那样的劲头儿了，而是该吃就吃，该睡就睡，该歇就歇，有时甚至连大白天也在家里蒙头睡大觉。现在大玲嫂子已被政府弄去结扎了，尽管三个女儿一个比一个漂亮，一个比一个聪明能干，可世禄哥两口子一说话就唉声叹气，在人面前都觉得都矮了一截。这还不就是因为他们没有生下一个带把儿的。没有生带把儿的叫作"绝户"，为什么叫"绝户"？就是你奋斗了大半辈子好不容易才取得的一点成果没子孙继承，就像河里的水一样，流着流着就断了，没有了，因此那上游的水也就是白流了。人生的奋斗成果总是要留给子孙后代的，你说一个连继承人都没有的人，他还苦苦奋斗有什么意思？因此你很理解世禄哥两口子的唉声叹气，这也是贺家湾人一定要生个儿子的最根本原因。

你知道世禄哥在贺家湾自觉矮人一截，还有一个很现实的原因，这原因也是贺家湾人根深蒂固的传统，那就是只要你没有儿子，不管你品德有多么高尚，能力有多么突出，对村里的事业有多少热心，人们有红白喜事或邻里纠纷调解什么的，也不会来请你去帮忙或说理，更不会把你拉到上席就座。活跃在贺家湾红白喜事上的，总是那些有儿有女、儿孙齐全、人丁兴旺的"大家子"代表。他们在贺家湾的婚丧嫁娶等活动中，是除主家以外最活跃的人物。他们脸上挂着灿烂的笑容，像将军指挥士兵一样指挥着人们做这做那。他们爽朗地笑，高声地说，生怕人们不能注意到他们。他们走路脚底生风，精气神十足，像是有使不完的力气。在这个时候，即使是村里那些主事的，比如支书贺端阳、会计贺劲松等，如果他们没有儿子，也是要俯首听那些人安排的。一句话，这些有儿有女、儿孙齐全、人丁兴旺的"大家子"人，他们就是人间"福、禄、喜"等吉祥的代表，因而主家乐于请他们来帮忙，而他们也乐于在这种场合来表现。他们表现的不是自己的能力，而是表现自己的"香火"旺盛。而在那些邻里纠纷的调解中，因为他们的人丁兴旺，往往也能占到上风。有时你在想起自己这辈子也可能会成为"绝户"的时候，常常会说对不起祖宗这样的话，其实你知道这话并不是自己的心里话。祖宗已死去这么多年了，有没有"香火"对他们来说并不是那么重要。有了香火，大不了三月清明七月半、腊月三十吃年饭时去他们坟头烧几张纸，祭奠他们一下或念叨他们一声。没有香火，没人去给他们坟头烧纸或念叨他们一声也就算了，他们也不能拿你怎么办。你看重的却是现世的东西，是有了"香火"后能像那些"大家子"人一样，在村里有地位，受人尊重。你觉得自己的想法虽然卑微，却并不为过。不是说"人活脸，树活皮"么？那些"衣锦还乡""荣归故里"的事，庄稼人不敢想，但既然变了一世人，保证让家庭延续下去并兴旺起来，让村里人看得起，难道也不敢想么？所以，像世禄哥那样因为一连生了三个女儿而在村里自觉得没脸见人，他见的更多的不是祖宗而是活生生的贺家湾人。你害怕也落得世禄哥的下场，因此，你才下定了决心要曹银娥把肚子里的儿子给生下来。

在贺家湾，尽管现在年轻人一结婚便会分家，家庭越分越小，但老年人还是喜欢那种家庭圆满和谐、子孙满堂、热热闹闹的家庭生活。这是这片厚实的土地给贺家湾人带来的又一个传统。贺家湾人的始祖据说是"湖广填四川"时从湖北迁来的。走到这里的时候，始迁祖走不动了，便把拦路的半截木棍往土里一插，倒在地下便睡了起来。一觉醒来，他突然发现插在土里的半截木棍长出了米粒大的新芽。始迁祖一下明白了，这一定是老天爷和祖宗显灵，让自己不走了。于是他便在这里住了下来，然后娶妻生子，成为贺氏族人的老祖宗。传说老祖宗一共生了五个儿子，五个儿子长大成人后又各自娶妻生子，子再生孙，孙又生子，很快就繁衍到了九十多人的"大家子"。但他们都没有分家，因为老祖宗喜欢这种上有自己，下有母子、叔伯、子侄、祖孙、婆媳、姑嫂、妯娌、姊妹等复杂关系的，既圆圆满满、又热热闹闹的五世同堂的家庭生活。九十多个人同锅共灶，但一口灶显然不够，听说当年光灶就有四口。老祖宗是这个大家庭的当家人，犹如国家总统一般，他掌管着家庭外面的田土耕作和油坊、面坊、粉坊等业务，而田里耕、种、挑、背及油坊、面坊、粉坊的采购、销售等活儿，则具体分摊到五个儿子身上，由五个儿子再分配给自己儿子去落实和完成。老祖宗还在家庭内部落实了类似于今天的责任制，对于超额完成任务后的小额收入，允许各房攒"私房钱"，这样又极大地调动了各房的积极性。家庭内部的家务活，则由老祖宗的长媳负责安排和调度。传说老祖宗的大儿媳妇是一个心地特别仁慈，处事特别干练，见识特别聪明，才智超越常人的女人。她不仅待各房子孙如同己出，从无异心，而且在操持家务方面，自己还早起晚睡，身先士卒，不但为自己几个弟媳，而且也为子一辈、孙一辈的妯娌做出了榜样。在她的带领下，女人们在家里纺纱织布、缝补浆洗，在上侍奉上辈，在下养儿育女，对内团结一心，勤俭持家，细水长流，对外量入为出，艰苦创业，把一个大家庭搞得生机勃勃，一片兴旺发达的景象。后来县太爷听说了此事，惊其家风之正，坐起轿子下来查访，然后上报朝廷。皇帝佬儿也激动不已，龙颜大悦，马上龙飞凤舞写了几个字，下令州、县衙门表彰。州、县两级官员不敢怠慢，马上就给老祖宗送了一块大匾来，匾上刻的正是皇帝佬儿那几个字。不过现在的贺家湾人只是听说了这事，谁也没有见过那块匾，至于当时皇帝佬儿写的几个什么字，更是无从知道了。老祖宗这种子孙满堂、热热闹闹的大家庭生活保持了很多年，直到老祖宗在九十三岁高龄上死去以后，五个儿子才分家，这便是贺家湾后来说的"老五房"。虽然一家人分成了五家人，可每家人都秉承了老祖宗圆满和谐、子孙满堂的家风，每家人继续保持着各自一家人的"大家子"的家庭生活，有的五世同堂，有的四世同堂。再后来，世事变迁，那种"大家子"生活虽然离现实越来越远，成了遥远的往事，但老祖宗那种追求多子多福、儿孙满堂的家庭生活的遗传因子却深入到了骨髓。他们不相信政府"生儿生女都一样"的说教，也不是他们不喜欢女儿——女儿也是自己的骨血，他们怎么会不喜欢呢？只是女儿和儿子比起来，女儿生的孩子不能姓贺，他们称呼自己"外公""外婆"，一个"外"字，就已经把"楚河""汉界"划得很清楚了。贺家湾人无法想象自己老了以后，两个老家伙就像庙老汉和庙老婆婆一样，孤孤单单地坐在门口，身边没有饶舌和调皮的小家伙。而要做到这一点，又只有儿子才能完成这样的使命呀！所以，那句"有了儿子才有盼头"的话，是贺家湾所有人心里的真实写照呀！

幸好老天庇佑，你现在终于要有儿子了！

不久后，你和曹银娥便从贺家湾消失了。不但你们夫妻俩，就连九岁的女儿贺英也到了她外婆家。贺家湾人起初没看见你两口子下地干活，只以为你一家人走什么亲戚家去了。可过了一段日子，仍见你们没有回来，他们心下便犯疑了。

于是来到你那几间茅草房里一看，这才发现你不知什么时候，把圈里的猪和鸡栏里的鸡都卖了，大门上挂着一把大铁锁，整个屋子孤独地蜷缩在打着寒战的早春的空气里。就连和你挨得最近关系也最亲近的贺世龙、贺世凤也不知你们是什么时候从贺家湾消失的，又到哪儿去了，但他们心里全都有些明白了。

　　不久，乡上知道了这事，立即组织了"计划生育敢死突击队"下来。他们砸掉了你挂在门上的"铁将军"，冲进屋去，发现除了柜子和瓦缸里有一点粮食外，什么都没有了。但他们没敢挑走你的粮食，当务之急是要抓住曹银娥，除掉她肚子里你播下的"种子"。他们把大院子的人一一叫去讯问，但没人能说出你们的去向。他们转而又去威胁和恫吓你们的亲戚，甚至还把你的老岳父抓到乡上关了几天，但仍然没有查出你两口子的下落。你们就真像是从人间突然蒸发了一般。

　　其实曹银娥还在贺家湾——她藏在村医贺万山的家里。贺万山很小就死了父亲，后来随母亲改嫁到雷家湾，三年大饥荒后，母亲又得急病死了，那时贺万山刚好十五岁。母亲死后，脾气暴躁的继父虐待他，常常打得贺万山皮青肉肿。贺万山受继父虐待不过，跑回贺家湾来哭诉，要回贺家湾来。贺家湾人答应了，给他搭了两间茅草房。贺万山人是回来了，可除了那两间茅草房什么都没有，正是十五六岁长身体的时候，却饿得黄皮寡瘦。那时你父亲贺茂明在下头院子做监收员，他看贺万山"造孽"，晚上便监守自盗，让贺万山拿来一根口袋，将生产队围席里面的小麦撮了一口袋给贺万山，让他渡过难关。冬天分红苕时，每挑红苕他又故意给贺万山少记二三十斤，这样下来，贺万山便又多分得了几百斤红苕。贺万山是个记恩的人，所以他多次在你面前说起你父亲的大恩大德，为自己不能涌泉相报而惭愧呢！自从你下定决心要将儿子生下来后，就在心里谋划着怎样躲过乡上"计划生育敢死突击队"的围追堵截和抓捕？这时你想到了贺万山。贺万山虽然只是一个村医，但他不但医术很高，医德也很高，是方圆几十里的"仁德之医"，人缘十分好。贺万山的老伴郑彩虹嫂子和贺万山一样，心地善良，也是个阿弥陀佛似的"大善人"，更重要的，她不但是贺家湾老支书、老革命郑锋的亲侄女，而且因为她是村里的接生员，还是乡上安插在贺家湾的计划生育"眼线"。这样的人家，谁也不会怀疑他们会窝藏计划外怀孕的"对象户"。你抱着试一试的心情去给贺万山一说，没想到贺万山和彩虹嫂子一口就答应了。他们把诊所后面储藏草药的屋子收拾出半边来，在里面铺了床，放了便桶，便让曹银娥住了进去，然后锁了门，又在门口堆了草药，三餐饭趁没病人的时候，由彩虹嫂子亲自送进去。只要曹银娥自己不出来，谁也不会想到里面竟藏了两条生命。安顿好曹银娥后，你跑到云雾山的深山老林里，找到一家私人开的小煤窑，改名换姓，下煤井当了一个挖煤的"掘掘匠"。十天半月你才趁风高月黑之夜溜回贺家湾一次，也不回屋，径直去叩响贺万山诊所的门，和曹银娥说上一会儿话并对贺万山夫妻俩说上一番千恩万谢的话后，又悄悄地溜出村子，连夜赶回云雾山深山老林的地下洞穴里去了。所以，尽管乡上布下了天罗地网，你仍然像一条狡猾的鱼，从网的缝隙漏了过去。

转眼天气大热起来，你计算着日子，估摸着小家伙出世的日子就要到了。这天晚上，你回到贺凤山诊所后面的草药储藏室里再也没走了。果然第二天晚上，曹银娥的肚子开始痛了起来。彩虹嫂子进来看了看，发现曹银娥的羊水都开始破了。你急忙拿了彩虹嫂子早已给产妇准备好的东西，架着曹银娥就往自己家里走——在乡下，最忌讳把孩子生在别人家里，即使女儿的娘家也不行，因为这会给别人家带来晦气。在你心里，你觉得只要过了今晚，你就彻底胜利了！到时候，乡上的"计划生育敢死突击队"只能下来收罚款，收就收吧，老子没有，看你们又怎么办？你不相信豌豆滚到屁眼里——会那么遇缘（圆），乡上的"计划生育敢死突击队"会在今晚到你家里来！可是走到屋子后面，你还是多了一个心眼，你把曹银娥扶到地上坐下，自己先回去瞅一眼。当你像做贼一样轻手轻脚地走到院子里借着月光一看，却突然惊住了：原来挂到墙上拢谷的拌桶被人抬到了大门前面的两只大板凳上，从拌桶里传来两个汉子粗鲁的鼾声。你一下明白了，原来自从你们躲后，乡上并没有放松对你们的监视，他们不相信你们真的从人间蒸发了，每晚都派得有人在你的门口"守株待兔"，等着你们自投罗网。你吓得出了一身冷汗，急忙转身回到屋后，搀起曹银娥就走。你也不知道往哪儿去，只想离那两个监视的汉子越远越好，免得被他们发现了。

走着走着，曹银娥突然痛苦地叫了起来："我走不动了，就要生了！"

你朝四周看了一下，什么也没有，幸好前边有一堆去年的稻草垛，那是贺兴贵家里的，你急忙把曹银娥扶到草垛旁边，扯下一大抱稻草铺到地上，让曹银娥坐了下来，对她说了一句："无论如何你都不要叫，我去叫彩虹嫂子来！"

说罢你撒腿便又往贺万山家里跑去。等彩虹嫂子赶到时，孩子的头已经出来了。曹银娥果然忍住没有叫唤，汗水已经把她衣衫全湿透了。彩虹嫂子把孩子接下来，你顾不得什么，急忙去掰开孩子的两条小腿往中间一看，那孩子果然翘着一个小鸡鸡。顿时，你忘记了一切，两条腿往地上一跪，就朝天上喊了起来："老天保佑，果然是个带把儿的!"彩虹嫂子把孩子包好，双手交给你，你眼里含着泪花，可是大地茫茫，却不知该带着产妇往哪儿去？彩虹嫂子走了以后，你才把孩子交给曹银娥，又去抱了几抱稻草铺在地上，把自己的衣服脱下来裹着曹银娥，然后紧紧抱着她。

幸好没过多久，彩虹嫂子又来了，她提了一瓦罐红糖醪糟开水，里面卧着几只鸡蛋，你知道那叫作产妇的"定心蛋"。她先让曹银娥吃了"定心蛋"，接着又拿出一条毯子给你们。这天晚上，你就陪着产妇和新生的婴儿拥着这条毯子坐到了天亮。你一边坐等黎明，一边给婴儿想了一个名字：草生。草生在他母亲的怀里香甜地睡着，小鼻子发出均匀的呼吸，月光在他的小脸上像是上了一层光滑而轻柔的釉。天亮以后，你看见乡上那两个监视你们的汉子从屋后小路回去了，等他们走远以后，你才一手扶着产妇，一手抱着草生回家去了。那是一个晴朗的早晨，淡淡的晨雾在贺家湾的土地上四处氤氲，空气中散发着一股青草特有的香甜的气味，这气味有些像是年轻女人洗浴过后身上散发的味道。你的脸上泛着紫红色的光芒，昂首挺胸，完全是一副凯旋的样子。

可上帝没让你高兴得太久，按照风俗，这天草生刚刚"洗三"穿上衣服，乡上的人便带着几十个"敢死队员"来把你的三间茅草房团团围住了。你叫曹银娥抱住孩子躺在床上，不管发生了什么事都不要出来，自己来到了这些人面前。带队的赵副乡长是这个村的包村干部，因为曹银娥的超生他可能面临"一票否决"从而失去升迁的机会和扣发今年奖金的危险，因而他一见你，什么也不说，便气急败坏地叫你交罚款。

你问："交多少?"

赵副乡长上下嘴皮一碰，便高声叫道："六千!"

你吓了一跳，那可是一笔大数字呀！你在云雾山的私人小煤窑里挣了一点钱，可是你得用这钱给曹银娥补补身子。她给你生了儿子，你觉得功劳最大的是她，最对不起的人也是她。她这几个月藏在贺万山的草药储藏室担惊受怕不说，谁见过女人在野天野地的草堆上生儿子的？而且生了儿子后还在草地上坐了一夜！就凭这一点，你觉得把自己身上的肉割给她吃都不过分！你还想到要给草生买奶粉，买葡萄糖、钙片等，总之，要让草生像城里的孩子一样，既健康又快乐地成长。此外，你还想到重新去买一头猪，去抓几十只鸡崽，俗话说"穷不丢猪，富不丢书"，一个庄户人家，怎能没有猪牛鸡鸭这些亲密伙伴呢？现在去抓一只半大猪娃，到年底也就能像别的人户一样杀上年猪，一家人过一个热热闹闹的春节了。收了大春，马上又要预备小春的化肥、农药和种子什么的，总之要花钱的地方很多，所以你便决定和乡上死缠烂打，于是便梗着脖子对赵副乡长说："没有！"

赵副乡长一听，气得龇牙咧嘴，脸上肌肉抖了半天，然后才又咬着牙齿对你又问了一句："究竟交不交？"

赵副乡长的每个字都像从嘴里扔出来的石头。可是你还是说："我没有钱拿什么交……"

话还没完，赵副乡长大手一挥，对早已跃跃欲试的"敢死队员"们说了一句："上！"

那些"敢死队员"一听赵副乡长命令，果然一哄而上，纷纷拥进屋里，先将柜子和瓦缸里的粮食撮进事先带来的口袋里，扛出来放到板车上，然后又到屋子里去，将那些坛坛罐罐、桌子椅子也搬出来放到了车上。

那时，不管是老院子，还是上头和下头院子的人听说乡上"计划生育敢死突击队"来抄你的家了，都纷纷跑来看。离得近的站在院子外边，离得远一点的站在堰坎边和旁边的菜地里，他们看见你站在一边，脸色平静，像是什么也没发生一样，静静地看着那些人把东西搬出来装上车。女儿贺英没看见这样的场面，吓得哭了起来，你马上过去抱起她，一边轻轻地抚摸着她的头，一边哄着她。按照村里过去的经验，一般发生这样的事，被抄家的人都要一边大哭大闹，悲天恸地，一边过去护住自己的东西，尽管是拿鸡蛋碰石头，也要和那些"敢死队员"发生撕扯抓打。现在，村里的人一看你若无其事的样子，就有些弄不明白了，一些人本想帮你说几句好话求求情，都不过来了。

搬完了粮食和家具，赵副乡长两只小眼睛闪着绿色的光芒，像是愤怒的猫眼一样看着你又问："现在交不交？"

你听了这话，竟然淡淡一笑，说："我刚才就说了，没有钱，拿什么交？"

赵副乡长马上又大手一挥，说："上房！"

站在地下的"敢死队员"一听，便又纷纷爬上屋顶，开始拆起房来。

这时，大家以为你会过去给赵副乡长跪下，向他求饶并定出交罚款的时间，也许赵副乡长今天就会放你一马了！可是你却没有，仍然像是什么也没发生一样，甚至还哈哈大笑了起来。你的态度像是把那些"敢死队员"激怒了，他们一边在房顶上扒，一边还像自己给自己鼓劲一般叫："扒！扒光！"

很快，三间房扒掉了两间，当"敢死队员"正要去扒最后一间屋子时，众人见你还是无动于衷，突然明白过来："也许贺世跃是被气糊涂了！"于是贺世龙、贺世凤、贺世浩等湾里一批老人走了过来对赵副乡长说："他是吃了猪油蒙了心，糊涂了，领导大人不记小人过，好歹给他一家人留个躲雨的地方吧！"

几个老辈子这么一说，更多的年轻人也拥了过来，看着姓赵的你一言、我一语地说了起来："就是，人家家里还有个坐月的呢！"

"他是违反了计划生育政策，可共产党没说不让人活下去呀？"

"六千块罚款，你们今天来今天就要，谁把这笔钱准备起的？"

赵副乡长见大家都帮着你说话，怕引起众怒，便借坡下驴地说："那好，计划生育是国策，今天是给你一点颜色看看，看谁今后还敢违背基本国策！限你在年底前交清罚款，不然我们还要下来把你剩下的这间房子一并扒掉！"说完又补充了一句，"现在上面的政策是吃药给瓶、上吊给绳，我们不怕你寻死觅活！"说着对房顶上的"敢死队员"挥了一下手，那些"敢死队员"下来，把扒下来的木料也装在车上，便拉着几架板车班师还朝了。

从此以后，你一家四口就住在那唯一的一间茅屋里。这房屋也像人一样，得骨架、筋络、肌肉互相拉扯，才能立于不倒之地。这间失去了互相拉扯和支撑的屋子，很快便朝一边偏斜过来，摇摇欲坠，让人看了提心吊胆。

一天，贺世龙下地打从你院子经过，看见你那间茅房随时都像要倒塌的样子，便对你说："你一家老小就安心在那一间茅草房里住一辈子？"

你知道贺世龙是好心，却故意问："我想住好房子，可哪儿有？"

贺世龙说："他们虽然把你房屋盖盖扒了，可墙还在，你到山上砍几根树回来，竹子稻草都不缺，找几个人一天就把屋顶盖起来了，也费不了多大的事。如果等雨水把墙淋垮了，你想重新盖都不成了！"

你笑了一笑，说："我盖好了又好让他们来扒呀？"

贺世龙一听这话像是被噎住了，半天才问："你这是自己愿意往烂泥坑里滚哟？"

你说："我不愿意又有什么办法？只好鹅卵石滚刺芭笼——滚到哪算哪！"

贺世龙见你这么一副不可救药的样子，不好再说什么，只好一边摇头一边苦笑着走了。

连贺万山也过来对你说："你是不是没有钱？如果没钱，先到我那儿拿点来用。如果缺竹子、稻草什么的，我让大伙凑合凑合，一家出一根竹子，一捆稻草，也把你那两间屋顶盖起来了！"自从草生出生后，为了感谢贺万山两口子，你让草生认了贺万山和郑彩虹做干爹干妈，两家关系现在自然不比一般。

你听了仍然说："我盖它做什么？"

贺万山说："住呗，还能做什么？"说完又指着那间歪歪斜斜的屋子对你说，"一家人挤在那样一间屋子里，还像什么人家户？"接着又问你，"你是不是不相信我能让大伙给你凑合凑合？"

一听这话，你忙说："不是不是，他干爹，我完全相信你，只要你发了话，还有谁不听你的？别说几根竹子、一两捆稻草，就是你叫大家出个三五十块钱，谁还会驳你的面子？可是我不修，我就要让它烂在那里，这样我才心安！"

贺万山见你态度坚决，没再劝你修，想了半天才又对你说："那你也该到山上砍两根树回来，把那间屋子撑一下，不然垮下来，把人伤到了怎么办？"

你想了想，才说："多谢他干爹提醒！"

第二天你果然到自己责任地的坡上，砍了两根柏树回来，撑住了那间摇摇欲坠的屋子。湾里人看见你这样，都有些不理解，只以为你是故意往烂处滚，这辈子再难打起翻身仗了，不禁都替你扼腕叹息。可是谁又知道你的心思呢？

但村人很快就明白了过来。这年年底，乡上见你仍没有去交计划生育罚款，那些"敢死突击队员"便又推着板车气势汹汹地奔你家来了。可是等他们拥进你那间随时都要倒塌的、门户大开的屋子里一看，不觉愣住了。屋子里除了你们一家老小四口躺的那张床以外，四壁空空，比水洗过的还要干净。连煮饭的半只破锅，也是用三块石头架在外面阶沿上。他们在屋子里四处寻找，也只找出了半把挂面和几斤装在麻布口袋里的大米。他们也不敢再上房扒你唯一的这间屋子，害怕爬上顶房子突然塌了，伤了自己划不着。他们骂骂咧咧地将找出来的半把挂面和几斤大米往地下一扔，便自认晦气地打道回府了。直到这时，贺家湾人才佩服了你的远见卓识。可他们还有一点不明白：秋收的时候，明明看见你从田里，少说也收了两千斤稻谷回来，还有那些杂粮，都到哪儿去了呢？你们又不是大肚罗汉，难道这么快就把两千多斤稻谷和杂粮吃完了？或者是挑到粮站或市场上卖了，可是他们从没看见过你挑粮食卖呀？既没吃完又没卖，那你的粮食到哪儿去了？最后大家的结论是：一定是你藏起来了。至于藏到了什么地方，人们就说不清楚了。但不管怎么说，你家里的贫困被湾里人有意或无意地不断放大，犹如半天云里吹喇叭，在全乡都出了名。乡上的人知道在你身上没法再榨出什么油水，也就慢慢地不来过问你了。

草生在慢慢长大。他开始牙牙学语，开始蹒跚学步，开始用稚嫩的童声喊"爸爸""妈妈"，开始漫山遍野地到处奔跑、淘鸟窝、捉蚂蚱……在这些年里，你唯一的快乐和幸福就是草生。你在心里暗暗嘲笑着乡上这伙人的愚笨和无知。你在等待机会，就像一飞冲天的鹞子一样，让湾里人看看你贺世跃到底是骡子还是马？这机会终于让你等着了。

这年年底，村里的农业税和"三提五统"款收不起来，支书贺世忠去向乡上李书记讨主意。李书记让贺世忠把村里欠款最多的人报到乡上去，乡上组织"敢死队"下来"拔钉子"。贺世忠便报了贺世凤，因为贺世凤有病，每年都有欠款没有缴清。于是乡上仍由赵副乡长带队，带了几十个由各村地痞流氓组成的"敢死队"开到贺家湾来。但没人给他们带路，他们误将贺世龙的家当成了贺世凤的家，将贺世龙的粮食、肥猪以及贺世龙小儿子贺兴仁结婚时买的电视机、VCD等装在车上拉走了。贺世龙去追，护住板车不让拉，那伙人又将贺世龙颠进了水塘里。这一下激怒了贺家湾人。过后，贺世龙的大儿子贺兴成跑到城里，找到已经当了房地产老板的贺世海和在帮贺世海管理工人的弟弟贺兴仁。贺世海叫贺兴成回去找人写了一封《农民的救命呼声》的上告信，把贺世忠和乡政府都告了。这封信被贺世海和贺兴仁托人直接交到县委书记手里的时候，正碰到中央花大力治理农村"三乱"和狠刹加重农民负担之风的节口上，县委书记不敢怠慢，立即指示有关部门查处。最后，贺兴成等十多个告状的农民赢了，支书贺世忠和赵副乡长被撤了职，乡上李书记和张乡长被记了行政记过处分，调到其他地方工作去了。这事不但在贺家湾，在全县都产生了很大影响。

这天晚上，你突然走到贺世龙家里，对贺世龙说："大哥，那次乡上的'计划生育敢死突击队'扒我的房子和拉走我粮食家具的时候，你是不是在场？"

贺世龙愣了一下，说："要不是我们，你剩下的那一间屋子都被扒了，怎么没在场？"说完警惕地问，"草生都要上学了，你今天晚上忽然提这事做什么？"

你说："大哥你的冤情总算洗清了，可我这些年，房子被扒了，粮食、家具被拉了，过的啥日子，你是亲眼看见的，我也总得找他们讨个说法吧？"

贺世龙说："可你是违反的计划生育政策，现在到处都一样，不交罚款就扒房子、拉家具和粮食……"

你不等贺世龙话完，就说："大哥，我是违反了计划生育政策，该打该罚，我没有什么说的！可那粮食，他们装车的时候，当着我的面称了秤吗？那些箱箱柜柜、黄桶扁桶，给我出过清条吗？你是晓得的，我家里那张吃饭的八仙桌和那把太师椅，金丝楠木的，是我们家的传家宝，要几个大劳力才把那张桌子搬得动，还是我爷爷的爷爷那辈传下来的，过去地主贺银庭要买，我爷爷也没卖，现在少说也值五六千块钱，可这些东西拉到乡上，是卖了还是当了，我一概不晓得，你说我现在该不该找他们讨个说法？"

贺世龙一听你这话，也觉得你确实冤了，便说："俗话说，杀人都得把人叫醒，东西不明不白就被他们处理了，当然该找他们讨个说法！"

你一听这话，赶紧从口袋里掏出一张纸来，对贺世龙说："那好，大哥，不看僧面看佛面，就看在一个笸箩下来的分上，你给我在这张纸上画个押！"

贺世龙接过一看，原来你早已找人写了申冤的状子，就等证明人在上面签字画押。贺世龙一看有些犹豫了，可贺兴成刚刚赢了官司，正在兴头上，这时便豪气冲天地说："告，世跃叔！这几爷子你不告他，他们还以为我们老百姓好欺负！"说完又对贺世龙说，"爹，世跃叔说的是事实，他又不要你做其他的，只帮他做个见证人，怕什么？"

贺世龙听了儿子的话，不好再说什么，只好在你给他的纸上写了名字，然后摁了手印。你谢了贺世龙父子俩，走出来，又进了旁边贺世凤的家里。这天晚上，你走遍了贺家湾所有的人家，几大张纸上密密麻麻地盖满了贺家湾人鲜红的红手印。即使是一些平时和你打"肚皮官司"的人，看见前面那么多人都盖了，一时也做出丞相肚里能撑船的样子，在上面重重地画上了自己的名字，摁下了手印。

第二天，你揣着有贺家湾几百人签字画押的申冤的状子出发了。你穿了一件破棉袄，在前胸和后背上都各贴了一张白纸，上面写着一个大大的"冤"字。你又从家里找出一块破白布，找人在上面用红墨水写了一个"冤"字。你来到县政府大门口，突然往地上一跪，从裤腰里扯出那块写着"冤"字的破白布双手往头上一举，便扯开喉咙喊叫起来："青天大老爷申冤呀……"

正是上班的时候，不一时大门便被堵住了。可是，当大家一听你是为计划生育罚款到县上来喊冤，都不约而同地从鼻子里发出"哧哧"轻蔑的嘲笑声。不一时，有人便过来把你拖开了。等人们走开后，你又过去跪下。你从早上跪到下午，没有人来理你，那一个个从你身边走过的昂首挺胸的公事人，打量你的目光像是打量一条狗一样。可是你不气馁，第二天又去跪，跪到中午，见仍没人理你，便又当着下班的人大叫起来："我跪到下午，再没有青天大老爷出来，明天我就到省上找青天大老爷了！"

到了下午一上班，果然有人来把你请进了一间办公室。那人先还用不以为然的口气训斥你无理取闹，可一看那密密麻麻的、有着几百人画押的签名，一下不敢小觑了，立即打电话喊来了乡上的伍书记。伍书记刚从其他乡调来，不了解情况，一看那长达几页的贺家湾人的名字和手印，也像是吓住了。他好说歹说，把你劝回到了乡上，马上喊来当年和赵副乡长一同来你家参加过扒房和拉粮食、家具的乡计划生育办公室王主任。王主任先还想抵赖，一见那厚厚一叠见证人的名单，立即神气不起来了，承认有那么回事，可拉回的粮食和家具并没有那么多。书记听了这话，说："有没有那么多，口说无凭，你把当年的账簿拿来看看。"

那姓王的一听便又傻眼了。原来当年全县都有这么一条不成文的规定：从计划生育超生户中拉来的粮食、牲畜、家具什么的，超过了一定时间超生户没来赎，乡上和计划生育办公室可以自行处理，变卖了的钱首先用作"敢死队员"的工资和生活费，剩下的才抵超生户的罚款。当年贺世跃家里的粮食、家具和木料一拉到乡上，几爷子便各取所需，拿的拿，分的分，原本就没有记账，现在又怎么拿得出账来？

书记一看心里就明白了，只得将王主任臭骂了一顿，然后赶了出去。书记一来到这个乡，就听说了贺家湾人的团结和厉害，他吸取了前任的教训，不愿让自己的政治生命栽在这些"刁民"手上，况且这事认起真来，乡上明显是猫抓糍粑——脱不了爪爪，他为什么要把精力和时间花在为前任揩屁股上？他这么一想，便对你说："这事乡上确实做得有些不对，不过谁叫你违反计划生育政策的？这事本与我无关，但县上既然叫我把人领回来了，我就来打个和气牌。事情到此为止，你不要再到上面去喊冤叫屈，乡上呢，也不再收你的超生罚款了，你看怎么样？"

　　你盼的就是这句话，可你仍然坚持说自己的几千斤粮食就够交超生罚款了，要乡上把那些家具、木料还给你。

　　书记知道你无非还想向乡上要点钱，便说："水都过几滩了，拿啥还你？"想了一想便又退了一步说，"算了，乡上看在你生活困难的分上，再给你一千块钱的困难补助！一把胡椒顺口气，一颗胡椒也是顺口气，你同意就接受，不同意，是原来赵副乡长来拉的粮食和家具，你找他去！"

　　你听后真怕伍书记变了卦，急忙说："既然书记给我面子，我怎么会不接受？不过，口说无凭，乡上要给我立个字据！"

　　书记问："立个什么字据？"

　　你说："立一个计划生育罚款已经交清的字据！"

　　书记一听这事无关大碍，便又把计生办那姓王的主任喊来，叫他给你写了一张"贺世跃超生二胎罚款六千元已经缴清"的收据，盖了章，又揣上乡上补助的一千元钱，喜滋滋地回贺家湾了。

　　回到贺家湾，你径直来到贺兴成家里，对他说："大侄子，你这两天有空没有？"

　　贺兴成不明白你这话的意思，便看着你问："世跃叔，你想叫我帮什么忙？"

　　你说："大侄子要是有空，这两天帮我到董家坝董仁富的砖窑里拉几车砖？"

　　贺兴成看着你好奇地问："世跃叔，你拉砖做什么？"

　　你突然提高了声音说："修房子呀！难道我一辈子就住在那间狗窝不如的茅草房里？"

　　贺兴成似乎怀疑听错了，等你的话一完，便看着你不相信地问："世跃叔，你要修砖瓦房了?"

你像是想让全湾人都知道一样,又大声说:"我就不能修砖瓦房?老侄你可别门缝里瞧人——把人看扁了!我贺世跃卖了孩子买蒸笼——不蒸(争)馒头争口气,看我能不能把砖瓦房修起来!"

贺兴成见你这么说,不说什么了,可脸上还是明显露着怀疑的神色。第二天一早,你怕贺兴成不去,又亲自跑去请,贺兴成才开着他的拖拉机,和你一道去董家坝买砖去了。接着你又到城里买回了预制板、水泥和河沙,便叫人来扒了你那间用木头撑住的、摇摇欲坠的茅草房,在原来的屋基上,修建起了一溜三大间砖混结构的水泥预制板平房,里里外外用白灰粉得雪白,房顶上架着人字形屋架,盖了小青瓦,既可以预防水泥预制板平顶漏水,又可以在上面晾晒衣物等东西。这是当时贺家湾建房的基本格局,你既没有超前,也没有落后。直到建房时你从贺万山家里挑回一担担招待工匠的粮食时,人们才清楚这些年你一直是把收获的粮食神不知鬼不觉地挑到贺万山家里,除了留足一家人填饱肚皮的外,剩下的,你都委托了贺万山帮你变成了现金。不但如此,你每年还在贺万山的猪圈里养了一头大肥猪,到年底也变成了钱。人们不觉议论纷纷,说怪不得曹银娥天天都往贺万山家里跑,原来还是去喂猪呢!真是咬人的狗不龇牙,没想到你贺世跃不但把乡上骗了,还把全贺家湾人都蒙在鼓里呢!

不管人们怎么说,你那三大间既坚固牢实、又美观漂亮的水泥平房是竖立在贺家湾了。新房竣工那天,你从屋子里搬出了早就准备好的十盘簸箕大小的"遍地红"鞭炮,从屋子大门口沿堰坎一直前铺去,几乎铺到了大院子里,然后你点燃鞭炮。鞭炮欢乐地炸了半天,使贺家湾到处都充满一种喜庆的气氛。

鞭炮炸完以后,湾里许多孩子都到纸屑中去找没炸的小炮,你看见儿子也在里面,突然想起一件大事,便把草生叫了过来,对他说:"儿子,从今天起,你不叫草生了,叫贺松,长大像松树一样成栋梁之材!"

六岁的儿子不懂得你的心思,却歪着小脑袋说:"不,我就要叫草生!"

你听见这话,有些生气了,便睁圆双眼,瞪着儿子说:"没出息的东西,草有什么好?就叫贺松!"

儿子从没见你生过气,此时突然吓哭了,还是说:"我不叫贺松,我叫草生……"

你看见儿子泪水横流的样子，心又一下软了，急忙过去抱住他，摸着他的头说："好，好，儿子，不管你叫什么，老子都一定要让你过上好日子!"说完又指了后面的房屋，继续对他说，"你看，老子给你修新房子了，等你讨婆娘时，老子一定给你修一座全湾最漂亮的楼房，你快点跟老子长大吧!"

　　你说那番话时，声音之高亢，语气之坚决，仿佛在对全世界发表宣言一般。

第三章   2013 年 2 月

　　贺松的女朋友叫吴娴。这天贺世跃吃过午饭便到贺家湾通往乡上的公路口等。再过两天就是大年三十了，路上回家的人多了起来，有的成双成对地坐着摩托车，摩托车后座上捆着大包小包的行李，从他身边呼啸而过。这两年贺世跃学到了一个新名词："摩托大军"，指的就是那些千里迢迢乘摩托回家过年的打工仔们。他知道儿子不会在这些摩托大军里面，因为儿子还没有买摩托，他们只能乘火车再换乘公共汽车回来。虽然已经到了春天，但气候还是有些寒冷。好在今年是一个暖冬，加上现在又是中午刚过，太阳时而从瓦灰色的云层里露出笑脸，他周围的地上便升起一层透明的紫色雾气。远处的村庄里，不时响起一两颗鞭炮声和一阵小孩子欢乐的叫声，空气里洋溢着一种祥和温暖的气氛。贺世跃在离公路边一丈多远的草坪里找了一块石头坐下来，因为尽管这时公路不像夏天那样干燥，但不时驶过的汽车还是会扬起一阵尘土朝他扑过来。他刚坐下不久，便看见贺端阳满面红光，驾驶着摩托"突突"地开了过来，到了他面前一把将车子刹住，一只脚踏在地上，一只脚仍踩在摩托车踏板上，对他问："老叔，你怎么在这里？"

　　贺世跃说："我等贺松他们。"

　　贺端阳一听，便像是听到自己的喜事一般叫了起来："哦，贺松老弟他们今天回家？"

　　贺世跃说："可不是！"

　　贺端阳想了一想说："恭喜老叔要添人进口了！还是贺松老弟能干，不声不响地就把婆娘带回来，让老叔一点都不用操心就享现福！"

贺世跃听了这话突然一笑，说："享他的夜壶！他哪有你老侄能干？你老侄像他的年纪，娃儿都上小学了，他现在才把搁落找到起！"

贺端阳急忙说："老叔别这么说，那是哪个年代的事了？那时农村的女娃儿还肯嫁给农村的男娃儿，现在农村的女娃儿都要上街，乡下那些没有竞争力的男娃儿，就只有打光棍了！"

贺世跃也急忙说："可不是，这样下去怎么办？"

贺端阳说："老叔你还愁什么了？贺松老弟是秋后结大瓜，带个乖女娃儿回来，你老人家享福的日子在后头呢！"说完正要走，忽然又想起什么似的看着贺世跃问，"那些电器和家具老叔还满意吧？"

贺世跃听贺端阳问，急忙说："满意，满意，大家来看了，都说不错呢！多谢大侄子了！"

贺端阳说："只要老叔满意就好，有什么值得谢的？"

说完贺端阳又要走，贺世跃见贺端阳脸上红扑扑的，便又马上问："老侄这是在哪儿喝了喜酒回来？"年关底下，乡下办喜事的人多了起来，所以贺世跃这样问。

贺端阳却说："喝啥喜酒？乡上团年，我说一喝酒就上脸，不喝，可马书记和沈乡长说脸红正喝得，非要我喝几杯不可！领导叫喝我怎能不喝？所以也只得喝了几杯！"

贺世跃一听说是乡上团年，便问："难道只是请了几杯酒，没发什么慰问品？"

贺端阳说："以往年癞儿梳头往理边过，多少还发点慰问的东西，可今年不行了，说要贯彻执行党中央的八项指示！现在我们这些跑田坎的干部越来越没什么盼头了！"说完发动了摩托，往前走了几步，忽然又刹住车回头对贺世跃说，"老叔，我还有一件事可得对你说一声：我老娘不是该明年八月十二过七十六岁生日么？我想把她的生日提前放到正月初四就办了，你看行不行？"

贺世跃马上说："怎么不行？正月间大伙儿才在屋里呢！"

贺端阳听了这话，便又立即说："就是，老叔！我今天给你说了，到时叫贺松老弟和他的女朋友，还有老叔你，都一起来喝杯我老娘的寿酒，啊！"

贺世跃等他说完，马上说："大侄子放心，我们可是沙地的萝卜———带就要来！"

贺端阳听了，这才驾着摩托"突突"地往前走了。

贺端阳一走，贺世跃又没事起来。贺端阳刚才一番话，又让他内心不由自主地产生一种幸福和自豪感来。他觉得儿子真是给自己争了气，于是一边等候着儿子，一边在心里想象着儿子和未来儿媳妇的模样。儿子一米七六的个头，一张国字脸，肩宽膀圆，身材挺拔，眼睛不大但很有精神，鼻子端正笔直，黑红黑红的皮肤，加上两片又大又厚的嘴唇，给人的印象是又英俊又憨厚朴实，活像年轻时的自己，他闭着眼睛也能把他的模样想出来。可他的女朋友就不行了。本来，贺松说过几次要把吴娴的照片先发到他的手机里，让他看看。可他使用的是一部老掉牙的旧式手机，看似个头很大，发出的声音也很大，可却是空大了的：除了接听电话和发简单的消息以外，什么也不能做。他本来想叫儿子把吴娴的照片发到王兴友的手机上的，可一想起这个外号叫"炮手"的工友一看见女人就色眯眯的样子，便立即打消了这个念头。他听儿子在电话里说过，吴娴不胖，个子和他差不多，可这个"不胖"到底是什么程度，可别"不胖"到风都吹得倒的瘦麻秆样儿，那就不好了。贺世跃想象了一会儿未来儿媳妇的模样，没想出清晰的图样来，便干脆不去瞎想了，只坐在路边静静地等候起来。

半下午时，一辆塞得满满当当的中巴车，终于在路口"咻———"的一声慢慢刹住。过年时就是这样，平时空荡荡的车这时座无虚席，巷道里堆满了各种各样的行李。贺世跃从在他视野里一闪而过的车窗窗口中，果然看见了儿子那张年轻、英俊的面孔，急忙一边对车窗挥手，一边从地上弹跳起来，冲过去大喊道："贺松……"

贺松在车厢里也看见了他，但他没有挥手，只是冲他腼腆地笑了一下，接着便往车门边挤。车门打开，贺松先跳了下来，接着回过身去，又从车厢里拖出两只鼓鼓囊囊的帆布旅行包，然后护住车门，等了一会儿，才从里面走出一个拖着红色旅行箱的女孩子，贺松接了那女孩子手里的旅行箱，拉着她朝贺世跃面前走来了。

女孩子长着一张好看的瓜子脸，一对大大的、水盈盈的眼睛，太阳穴稍稍有点儿凹陷，鼻子小巧玲珑，右边鼻翼旁边有一粒小豆子般大的黑痣，下巴稍有点儿尖，嘴角向上，仿佛随时都在笑的样子。上身穿了一件粉红色毛衣，外罩一件红黄相间的双排扣呢格子大衣，下穿了一条牛仔小脚裤，把一对大腿绷得紧紧的，脚上一双平底超高跟长筒黑靴。她确实不胖，但也不瘦，可称得上窈窕妩媚，这样一身穿戴，更显得亭亭玉立。

贺世跃一见，知道这就是未来的儿媳妇无疑，就打从心眼喜欢起来！他正想主动说点什么，却听见儿子在对女孩说："这就是爸爸！"说完又对贺世跃指了女孩说，"这就是吴娴！"

贺世跃咧着大嘴"嘿嘿"了两声，吴娴却大大方方地走到他面前，用十分清脆的普通话甜甜地喊了一声："爸爸！"

贺世跃听得儿子的女朋友这么称呼他，顿时窘得脸红起来。原来贺家湾的风俗，儿媳妇只要没有过门，一般不和未来的老公公说话。即使说话，对未来的公公婆婆也只能以"伯伯""伯母"相称。贺世跃没想到第一次见面，儿子的女朋友便像自己女儿一样直喊他"爸爸"，一时又惊又喜，又觉得不好意思，像是自己得了不该得的东西一样。他不知该怎样回答自己这个准儿媳妇，窘了一阵，才红着脸说："你说普通话呀？可我只会说四川话哟，你听得懂不？"

吴娴急忙露出满口洁白的牙齿笑了一笑，说："没关系，爸爸，你只管说你的四川话，我听得懂！"

贺世跃听她这么说，一时又不知该说什么了，便说："听得懂就好，你们坐车辛苦了，前头先走到，后头我把东西背起慢慢来！"

贺世跃之所以要两个年轻人先走，这也是因为贺家湾的一个风俗：为避免瓜田李下，老公公不管做什么，都要主动和儿媳妇拉开一定距离，更不能和儿媳妇表现出亲热的样子，否则更会被人叫作"老不落教"的"爬灰佬儿"了。吴娴却不知道这些，她见贺世跃正要将地上的旅行包往肩上放，竟然一把拉住了他的手，落落大方地说："爸爸，你这么大年纪了，怎么还要你拿，我们来……"

贺世跃见准儿媳妇一双白皙柔嫩的手落到自己苍老粗糙的手腕上，立即像是被蜜蜂蜇了一下似的把手缩了回去。一方面，他为准儿媳妇的乖巧和孝顺高兴；一方面又怕别人看见笑话，一时愣住了。

倒是贺松看出父亲的心思，便急忙对吴娴说："爸要背，就让他背吧！"

贺世跃一听这话，高兴了，便说："就是，你们走了几千里路，饿了，还是我背!"说完,生怕手里的东西会被吴娴抢去似的,一把将旅行包挎在肩上,又把吴娴手里的旅行箱拿过来,加在旅行包上面,见他们还不愿先走,便背着旅行包和箱子大步大步地朝前先走了。

回到家里,贺世跃刚把背上的箱子和旅行袋放在沙发上,吴娴便走过来,打开旅行箱,从里面拿出一件藏青色羽绒服,打开,对贺世跃说:"爸爸,这是我们给你买的一件羽绒服,也不知合身不合身,你穿上试试?"

贺世跃一听她说"我们",便知是她和儿子一起给他买的,心里掠过一股幸福的感觉,却说:"给我买啥?我有呢……"

话没说完,吴娴便说:"你有是你有,这可是我们年轻人的一点心意,爸爸可不能推辞!"

贺世跃听她一口一句"我们",像是和贺松已成了两口子一般,更是喜得心花怒放,忙从吴娴手里接过衣服,走进自己的"老年活动室",换下身上那件旧羽绒服,新羽绒服穿在身上,又轻又暖和,喜得他像个孩子一样,在地上转了一个圈,又前后抻了抻,这才走出来,绽着满脸的皱纹对吴娴说:"穿得,穿得,像是比着我的身子买的,谢谢你们!"他把"你们"两个字咬得很重,似乎他这个老公公,也肯定了他们的关系。

吴娴见了却说:"爸爸,你还没把拉链拉上,怎么知道就合身呢?来,我帮你把拉链拉上再看看!"说着,便袅袅娜娜走到贺世跃面前,也不等他说话,捋起贺世跃羽绒服的下摆,便要给贺世跃将拉链拉上。因为距离太近,吴娴身上的香气和从口鼻呼出的气息,都热辣辣地喷到了贺世跃的脸上。

贺世跃又窘得满面通红,急忙挣脱,说:"不用,不用,我还得给你们做饭呢?"说完便故意高声对贺松问,"你们吃点什么?"

贺松听了这话,才说:"爸,我们在城里吃了饭才上的车,还不饿!"

贺世跃说:"跨条阳沟还要吃三碗干饭呢,何况坐了一下午车?先弄点东西打个幺台吧!"

吴娴见准公公不让自己给他拉拉链,也弄不明白是为什么,还以为自己不够热情呢!这时听见从准公公嘴里吐出"幺台"两个字,更觉奇怪了,便看着男朋友说:"什么叫'幺台'?"

贺松想了半天，不知道该怎样来解释"幺台"，过了一会儿才道："我给你说过四川土话不好懂，'幺台'就好像你们吃零食，肚子饿了，先弄点零食来把肚子填到。"

吴娴听说"幺台"像吃零食，一下来兴趣了，便说："爸爸，那就给我们弄点'幺台'！"

贺世跃一听高兴了，便又看着他们问："那你们想吃点什么？"说完不等两个年轻人回答，便又接着说，"我从城里买了两罐醪糟回来，要不我给你们每人搓一碗醪糟汤圆吃，尝尝今年的汤圆糯不糯？"

贺松最喜欢吃糯米汤圆了，一听这话，便高兴地问："爸，你自己打的汤圆粉？"

贺兴跃说："你们今年要回来，我能不打点汤圆粉子吗？"说完又说，"你们把东西先拿到楼上去，我马上就去给你们煮！"说着，贺世跃便进到自己屋子里，重新穿上那件旧羽绒服，像女人一样拴上围裙下厨房去了。

没一时，贺世跃便做好了"幺台"，他把两碗醪糟汤圆端到桌上，这才对着楼梯口仰起头喊道："贺松，你们下来趁热快吃吧！"喊了两遍，才看见贺松扶着楼梯下来了。

贺世跃忙问："吴娴呢？"

贺松说："她在化妆！"

贺世跃一听说吴娴在化妆，便脱口而出，说："天都快黑了，还化啥子妆？"

贺松说："爸，你管她呢！她坐了两天两夜的车，衣服头发都乱糟糟的，她不收拾打扮一下，等会要是突然走个人来，看见了还说她邋遢呢！"

贺世跃一想也确实是这样，便说："那你先去吃吧！"

贺松果然过去端起一只碗，"呼噜呼噜"地吃了起来。

又过了一阵，贺世跃才见吴娴从楼上走了下来。此时吴娴已在脸上施了薄粉，白里透红，显得更加光滑和细嫩。眉毛被细细描过，如两弯新月一样挂在脸上，把两只眼睛衬得十分明亮。两瓣嘴唇才涂了口红，鲜艳得和挂在两只耳垂上的红宝石差不多。头发重新梳过并好像才上了发油，用一根橡皮筋松松地扎在脑后，像条马尾巴一样，随着身子的扭动而一甩一甩，随意中又给人几分活泼和调皮的感觉。一件蓝灰色的牛仔外套取代了刚才那件双排扣呢格子大衣，一双平底单鞋取代了原先那双超高跟高筒靴子，显得朴素大方又时尚漂亮。

贺世跃见她穿得有些单薄，便对她说："你穿得这样少，不冷呀？"

吴娴听了这话，突然对贺世跃露出两排细贝一样光洁的牙齿，笑着说："不冷，爸爸！"说完又补了一句，"这是在家里，怎么会冷呢？"

贺世跃见她说不冷，也不再说什么，只对她说："快去吃吧，汤圆冷了就不好吃了！"

吴娴见桌上只有一碗汤圆了，便问："爸爸，你呢？"贺世跃说："我中午吃得扎实，不饿，你吃吧！"

吴娴没有再说什么，走到桌子边坐下，端起碗用小勺子轻轻在碗里搅了两下，这才舀起一颗圆溜溜的、珍珠一样的小汤圆往嘴唇送去。可刚送进嘴里，贺世跃便看见吴娴皱了一下眉，像是要吐出来的样子，半天才咽下去。

贺世跃一看，便问："还烫呀？"

吴娴听见贺世跃问，立即说："不烫不烫，爸爸！"

贺世跃说："不烫你就快吃吧！"

吴娴听了，不好意思不吃，又只好舀起一颗汤圆送到嘴里，可脸上呈现的表情还是刚才的样子。

贺世跃便又说："是不是不甜？我怕糖放多了，你不喜欢吃。要是不甜，糖罐在灶屋的案板上，你自己放去。"

吴娴一听这话，又急忙说："甜，甜，爸爸！"

贺世跃听了，便又像哄孩子一样催促说："甜那就快吃吧！"

吴娴没法，只好又吃了几颗，然后又喝了几勺醪糟，但脸上呈现出的却分明是一种难受的表情。

贺世跃突然明白了过来，说："是不是醪糟放多了，你不吃酒？"

吴娴听了这话却又说："不是，不是，爸爸！"

贺世跃听吴娴这也不是，那也不是，便不明白了，想了半天才说："是不是爸爸做得不合你的口味？爸爸也不知道你们安徽那边的口味，你要想吃什么，就给爸爸说！"

吴娴又急忙说："不是，不是，爸爸，你做得很好吃！"话虽这么说，却再不想吃了，急忙放下碗对厨房里喊道，"贺松，你吃不吃了？"

贺松正在厨房里洗自己吃过的碗，听见吴娴喊，便急忙走出来说："我已经吃饱了！"

吴娴听了这话，眉头紧紧地蹙在了一起，半天才突然忍俊不禁地对贺世跃问："爸爸，垃圾桶在哪儿？"

贺世跃听见吴娴问垃圾桶，知道准儿媳妇是想把剩下的汤圆倒掉，便立即说："吃不完就算了，放到晚上我热了吃……"

话还没说完，吴娴便叫了起来："那怎么行，爸爸？我吃过的怎么能让你吃，要是我有传染病呢？"

贺世跃一听准儿媳妇这话，有些不好意思起来，过了一会儿才说："农村哪有什么垃圾桶？平常有啥垃圾，都是堆在门后头的，然后再扫出去。你要实在吃不下，就倒在院子外面那个垃圾坑里去吧！"

吴娴听了这话，果然端起碗便朝院子外面的垃圾坑走去。贺世跃看见准儿媳妇将剩下的半碗汤圆端出去倒了，心疼得不行。他是饿过肚子的人，知道粮食的金贵，那可是白花花的大米呀！放在困难年代，说不定就救活一条人命呢！可他却不好说什么。准儿媳妇才是第一次上门，难道能让她得出一个未来的老公公是个十足的吝啬鬼的印象么？

倒完碗里的剩饭，吴娴又袅袅娜娜走了回来。走到大门口，却突然对贺世跃问："爸爸，你怎么把垃圾坑挖在院子前面？"

贺世跃听准儿媳妇的话里带有责怪和质问的成分，心里一惊，便说："不挖在院子前面，挖在哪儿？"

吴娴说："挖远一些呀！"

贺世跃说："挖远了倒垃圾哪有在院子前面方便？"

吴娴说："可挖在院子前面多不卫生呀！"

贺世跃问："怎么不卫生？"

吴娴说："爸爸你难道没有想到过：你坐在这儿，垃圾坑就在前面，如果有风一吹，垃圾的味道不吹过来了？那多难闻呀！"吴娴一边说，一边还皱起了鼻子，似乎已经闻到了那些垃圾的味道。

贺世跃道："可是现在没有风呀？"

吴娴提高了声音，批评的语气更明显了，说："现在没有风，不等于以后也没有风！天气一热，垃圾的味道就会越来越大，到时风也大，不怕把气味刮得满村都是吗？再说，夏天也会滋生许多蚊子呀！"

贺世跃心里有点不高兴了，说："全村都是这样把垃圾坑挖到院子前面的呢！"

吴娴听了这话，便说："那就更不好了！"说完这话想了一会儿，突然十分正经地对贺世跃说，"爸爸，我给你提个建议：你去买个大垃圾桶回来，放到那边墙角，平时家里的垃圾都用塑料袋装好，放到大垃圾桶里，等装满了，然后拉出去……"

话还没完，贺世跃突然看着吴娴，用带点儿嘲笑的口吻问："拉到哪儿去呢？"

吴娴也毫不示弱，看着贺世跃回答说："你们村上难道没修垃圾站？"

贺世跃说："农村修啥垃圾站？竹林巴、阴沟、堰沟都是垃圾站。"

吴娴听了这话，眉头皱成了一团，露出了十分不屑的神情说："爸爸，你们村的支书叫什么，我可得当面给他提个意见，现在建设新农村呢，修个垃圾站费得到多大个事？"

贺世跃见准儿媳认了真，立即说："好了好了，修不修垃圾站是干部的事，人家没打算修，你说了不但白说，还会反怪你是狗拿耗子——多管闲事，不如留点口水在嘴里养牙齿！再说，我们能够在家里住多久？人家还有在村里长住的呢！"

吴娴听了贺世跃一番话，嘟着嘴没说什么，可脸上却明显露出了几分不愉快的表情。

正在这时，毕玉玲忽然走了过来，一进院子便叫了起来："贺松大侄儿，听说你带女朋友回家来了，快让我看看女娃长得啥样子？"

大家一听急忙迎了出去。贺松过去拉住毕玉玲一双青筋毕露的手，说："毕二母，你老人家耳朵还灵通呢！"

毕玉玲说："你老汉在家里又是买彩电冰箱，又是买床买衣柜，全湾上下哪个不晓得？我刚才听见长贵家里的说你拢屋了，特地来看看呢！"一语未毕，便看见了在阶沿上亭亭玉立、对她颔首含笑的吴娴，便猜到这一定是贺松的女朋友了，于是立即从贺松手里抽出手来，几步走到吴娴身边，抓住她的手，说，"这就是大侄儿媳妇吧？真长得天仙一样！姑娘，你是吃了什么，长得这么水灵？"几句话说得吴娴面红耳赤起来。

吴娴正不知该怎么回答，贺松过来向她做了介绍，吴娴便依着贺松的名义脆生生地喊了一声"毕二母"。毕玉玲答应了一声，却又马上哽咽起来，拉着吴娴的手说："多俊的姑娘呀，也不知贺松大侄儿哪辈子修来的福，找了这么俊的姑娘，哪像我家文娃子，上半年别人给他说了一个二婚的，可人家都没看上他，现在还没找到搁落……"

贺世跃见毕玉玲又提起这话了，便急忙岔开了话问："他二母，年到哪儿过？"

毕玉玲一听这话，急忙揩了一把泪水，说："还到哪儿过，自己煮呀！"

贺松马上说："二母，新年大节的，一个人难得煮饭，怎么不和兴春哥一家人过？"

毕玉玲说："我才不到哪个家里去看脸色呢！"

贺松知道毕玉玲和儿媳妇合不来，便又说："那到兴燕姐家里去吧！"

毕玉玲说："我走了，哪个给你那死二叔献饭？"

贺松知道三月清明七月半，腊月三十献年饭祭祖，都是贺家湾的风俗。听了这话，他有些不知该说什么了，便进屋端出一只凳子让毕玉玲坐。

毕玉玲刚刚坐下，贺长贵、贺长生、贺建、贺川、贺兴莉、贺先梅等湾里一批男男女女，忽然嬉笑着往院子里来了。走到院子里，看见贺松，一伙人先打了招呼，又问了到家多久了的话，贺长贵、贺长生几个便嬉皮笑脸地对贺世跃说："世跃老叔，听说你买的家具都是牌子货，我们特地来参观参观，你欢迎不欢迎？"

贺世跃知道这些东西说的是假话，因为家具拉来时，他们早来看了，当时贺长贵听说是贺端阳给介绍买的，还说："老叔，你不怕贺端阳吃里爬外呀？我听说乡上卖电器的赵老板和卖家具的罗老板，每年都要请每个村的支部书记撮两顿，还要发红包，目的就是要这些当官的给他们介绍生意呢！"贺世跃听后才恍然大悟，怪不得贺端阳那天亲自陪着两个老板来呢！最后听大家纷纷赞叹家具的质量好，心里才平衡下来，想：只要质量好，价钱又便宜，别人给他拿不拿红包，又关自己什么事？这么一想，觉得自己还是拣了便宜，也便不把贺长贵的话放到心上了。

现在贺世跃见大家又来看家具，便知道这些家伙是"醉翁之意不在酒"，便斜眼去看吴娴，只见吴娴还是面带桃花，满脸笑容，亲切而恭敬地看着大家，一点不显得怯场的样子，这才放心一些，对大家说："看两眼又不少点什么，怎么不欢迎？要看大家都进去看！"

众人一听，果然一拥而进，一边嘻嘻哈哈地笑着，一边楼上楼下看起来。

等众人看完出来，贺松才喊住大家，把吴娴一一对他们介绍了。吴娴跟在贺松后面，贺松介绍一个，她跟在后面喊一声"哥"或"妹"，并且微微地向下弯一下身子。介绍完毕，她又进屋端出几把椅子，拉着兴莉、先梅等几个姑娘的手亲切地说笑起来。贺世跃十分担心她又对众人提起垃圾桶的事，幸好她没说，而只是回答和拉呱着外面打工的事。说了一阵话，天渐渐黑了下来，这伙人和毕玉玲才各自回去了。

晚饭时尽管贺世跃和贺松不断地劝，可吴娴仍然吃得很少，贺世跃弄不清楚吴娴没胃口的原因，还是以为她不喜欢四川菜，便有些着急地说："你怎么只吃那么一点？"

吴娴却说："没什么，爸爸！"

贺世跃说："你等会儿饿了又没打幺台的，怎么办？"

吴娴说："我口袋里还有零食！"说完便上楼去了。贺松一见，也跟着去了。

这儿贺世跃收拾了碗筷，回到客厅里，正想打开电视看看，贺松忽然夹着一床水晶星纺的加厚被子下来了，贺世跃一见，忽然问："你把被子抱下来做什么？"

贺松说："给你盖呀，爸！"说完见贺世跃还是不明白的样子，便又解释说，"刚才吴娴看见你床上还是一床旧被子，就对我说：'把新被子抱一床下去给爸盖吧！'"

贺世跃心里泛过一股暖流，却马上惊诧地问："那你们怎么办？"

贺松说："我们两个人一床被子就够了呀……"

一听这话，贺世跃像是吓住了似的，马上盯着儿子问："你、你们……打结婚证了？"

贺松说："没有呀?"

贺世跃说："那、那你们住、住到一起了?"

贺松听了父亲这话，觉得好笑，便不以为然地说："爸，这有什么?"

可贺世跃还是满脸一副担心的神色，又盯着儿子问："你没有强迫人家吧?"

贺松说："爸，我强迫她做什么?"

贺世跃又问："这么说，是她心甘情愿的?"

贺松大概被父亲说得有些不耐烦了，便说："爸，现在外面兴这样，你担心什么嘛?"

贺世跃听了儿子这话，半晌才说："这样也好，儿子! 生米做成了熟饭，你可得对人家好一点!"说完又突然问，"你知道为什么她吃不惯我做的饭?"

贺松听见父亲问，立即说："爸，我正要说这事呢! 你冰箱洗衣机空调这些都买了，怎么不再买只电饭煲、电炒锅什么的? 还烧柴火做饭……"

贺世跃听到这里，忙问："怎么了?"

贺松说："明给你说吧，爸，她就是闻不惯你饭里那股柴烟味，说一闻到那种气味就想吐……"

贺世跃一听这话，明白了，便有些生气地问："她不是在农村长大的?"

贺松说："爸，你不知道，人家虽说也是在农村长大，可初中一毕业就出去打工了，已经在城里打了十多年工，早已习惯了城里的生活方式，哪还闻得惯农村饭里那种柴烟的味道?"

贺世跃听了儿子这话，才说："赵老板当时倒是劝过我把这些买起，可一是手里没钱了;二是我觉得这些东西太费电了，哪有农民守着这么多柴火还用电做饭的? 所以我就没买，你又不早点给老子说一声，现在怎么办?"

贺松见父亲一脸懊悔的神色，便立即说："爸，你别急，我们想办法解决!"说完这话，贺松又对贺世跃问，"爸，家里有啥罐子没有? 就是装水那种罐子。"

贺世跃听儿子问这话，便又看着儿反问："要罐子做什么?"

贺松一下脸红了，半天才说："爸，你看你还像过去那样，床头边放一只大尿桶，一屙尿，桶里就'叮叮咚咚'地响，满屋子的尿臊味……"

贺世跃说："不放只尿桶在屋子里，晚上你们起夜往楼下跑呀?"说完又说，"要是像城里那样有自来水，我倒给你们屋子里也安装上抽水马桶哟，可贺家湾不是城里，别人的房子还比我们修得好，也是在每间屋子里都放只大尿桶呢！"

贺松说："其实城里有塑料便盆卖，买两只回来，屙了后盖上盖，一点气味也没有，早上端到厕所里倒了就是，又方便又卫生，只怪我没有给爸说！"说完又说，"那大尿桶我闻起没什么，可人家闻不惯嘛！"

贺世跃说："闻不惯提下来放到茅坑屋里，晚上你们不愁走，就各自下楼到茅坑解手吧！"

贺松说："看来只有这样了，爸！"说完又对贺世跃说，"爸，明天我们要到城里去一趟！"

贺世跃听了这话忙问："今天才回来，明天又进城做什么？"

贺松说："这你不用管，爸，反正我们去一下就会回来！"

贺世跃还想问问儿子，又怕年轻人责怪自己管得宽，便说："你们什么时候走，老子好早点起来给你们做饭！"

贺松急忙说："不用了，爸，反正她也不想吃饭，我们天亮就走，到了城里再吃点儿饭，你安心睡你的觉！"说完，贺松放下被子，又上楼去了。没一会儿，贺松果然提了他屋子里的尿桶从楼上下来往旁边茅房里去了。

贺世跃听了儿子一番话，心里先前那种自豪感突然消除了许多，有几分失落起来。他盯着电视屏幕，却不知里面演的什么，一个人看了一会儿，觉得冷清，便进屋睡觉了。可是贺世跃却怎么也睡不着，他由儿子的话又想到了吴娴，觉得这个准儿媳妇漂亮是漂亮，却是太娇气了一点，恐怕儿子今后难得侍候。你想一想，哪有农村人闻不惯柴火烟子和尿臊味的？又哪有那么多穷讲究的？再是在城里打了十多年工，可归根到底你还是乡下人，变了泥鳅还怕糊眼睛？这还不说，哪有头一次上门就对未来的老公公指手画脚，又是责怪不该把垃圾坑挖在院子前面，又是该买垃圾桶，还要去给干部提意见，如果过了门，还不事事都要按她的想法办，儿子怎么把她驾驭得了？一想起这些，贺世跃心里对这个准儿媳妇就有看法了。可是吴娴那一口一句"爸爸"，那随时挂在嘴角上的笑容，那在自己和众人面前大方的举动，都不由人不在心里喜欢她。这到底是一个什么样的儿媳妇？贺世跃想了半天想不出答案，只得睡觉了。刚躺下，便听见两个年轻人从楼上下来了，脚步把楼梯踩得"咚咚"直响，一边走，一边在说着什么。走到客厅里，看见他的房里黑了灯，便停止了说话，又把脚步放得轻轻地，往茅房去了。

过了一会儿，又重新回来上楼去了。

贺世跃迷迷糊糊睡了一觉，也起来上茅房，走到客厅里，听到楼上儿子和吴娴的房间里还有"窸窸窣窣"的声音。贺世跃以为他们还在看电视，便仰起头对着楼梯口大声喊道："这么大一晚上了，你们怎么还不睡？明天还要进城呢！"

话音刚落，那"窸窸窣窣"的声音突然停止了，四周变得一片安静。贺世跃猛然明白了：刚才那"窸窸窣窣"的声音并不是从电视里发出来的，而是席梦思床垫发出的吟唱。贺世跃是过来人，一听那声音便明白了是怎么回事，顿时不由得脸上燥热起来，仿佛做错了事一般。半晌，他才回过神，于是一边在心里不断感叹："唉，现在的年轻人呀……"一边摇着头往茅房去了。

第二天天亮醒来，贺世跃发现儿子和吴娴果然已经进城去了。

天黑的时候，贺松和吴娴才回来，两个人手里分别提着几只纸箱子，背上的旅行包也像昨天回来一样，塞得满满当当的。贺世跃一见，便问："你们买的些什么东西呀？"

贺松没答，吴娴却笑嘻嘻地先打开一只纸箱，从里面取出一只电饭煲，对贺世跃说："爸爸，这是电饭煲！"说着又打开另一只纸箱，从里面取出一只电压力锅，又对贺世跃说，"爸爸，这是电压力锅！"说完，又像变戏法似的从另外两只纸箱子里取出一只电炖锅和一只电水壶，展览一样摆到桌子上，又对贺世跃一一介绍了。

贺世跃想起那天赵老板给他推荐厨房用具，他没买，现在见年轻人去买了，觉得自己有些丢了面子，便装作不知道吴娴吃不惯自己有柴火烟味的饭，故意说："你们花这些钱做啥？这些洋玩意儿我也不晓得怎么使用，还不是做样子摆到那儿……"

话还没完，吴娴却说："爸爸，你慢慢学，不要紧！"说完又说，"从今天晚上起，我和贺松做饭，爸爸你就等着吃现成的！"

贺世跃一听心里高兴了，却不想在准儿媳妇面前丢份儿，他知道买这些东西一定是吴娴的主意，便继续用了长辈的口吻对吴娴说："买了做饭炒菜的东西就算了，买烧水的做啥？"

吴娴等贺世跃话完，却说："爸，往后你想喝水了，直接插上电烧就行了，多方便！"说完更得寸进尺似的说，"爸爸，以后再不要用柴火做饭了！你一个人在家里，吃得又不多，却要生一次火，多麻烦！我叫贺松给你把土灶挖了，把柴火都抱出去，做饭就用这些电器，既省时，又省力，屋里又干净，又卫生，多好！"

贺世跃心里冷笑一声，想道：好是好，要是电白给你用那就更好了！都像你这样过日子，老子还修得起这样的楼房？可嘴上却说："那好呀！把灶挖了，我老了也跟你们玩儿天洋格！"

吴娴却没有听出未来老公公话里嘲讽的意思，仍沉浸在她的想象中。拿完纸箱里的电器，她又打开旅行包，从里面抽出几只塑料桶来，又取出一卷黑色的垃圾袋来，对贺世跃说："爸爸，这是垃圾桶，这是垃圾袋，从今以后，垃圾都要放到袋里，装满了，再提出去倒了或埋掉！"说完便一一安排起来，"这一只放到我们楼上，这一只放到厨房里，这一只放到爸爸你的房间里，这一只放到客厅里！"

贺世跃见吴娴对他说话的口气像过去生产队长安排活儿一般，心里就有几分不高兴起来，便说："你还考虑得周到嘛！"

吴娴却把贺世跃的话真当作了表扬，立即说："这是我们应该做的，爸爸！"说完打开另一只旅行包，却从里面扯出了一大包手纸和几包餐巾纸，然后又对贺世跃说："爸，这是餐巾纸，吃完了饭用它擦嘴，可得养成爱卫生的习惯！"然后又指了手纸卷对贺世跃继续说，"这是卫生纸，爸。昨晚上我上厕所，看见蹲位旁有一把竹篾片，问贺松是干什么用的？贺松说是当手纸用的。哎呀呀，当时我恶心死了，要是把皮肤刮伤了怎么办？以后就用这卫生纸了，爸！"

贺世跃听了哭笑不得，想起这也是人家一片好心，便说："好，好，爸爸老了才缠脚，要向你们年轻人学习了！"

吴娴又从旅行包里扯了几样杂七杂八的东西，拿到自己楼上去了。下来果然和贺松一道，抱起桌上的那些电器进厨房去了。贺世跃等他们把那些电器插上电源后，出来到挂在外面墙壁上的电表前一看，发现那电表转得比汽车的轮子还快，一时心疼起来，心里说：真是造孽，照这样老子电费都负担不起！可因为是未来儿媳妇的主意，嘴里又不好说什么，只得让他们去了。没一时，两个年轻人便弄出一桌饭菜来。贺世跃悄悄看时，吴娴果然吃得又香又甜。贺世跃见准儿媳妇胃口大开的样子，这才忘记了电费给他带来的不快。

吃着吃着，没想到吴娴又突然想起什么似的对贺世跃问："爸爸，你当初怎么想起把房盖在乡下？"

贺世跃愣住了，半晌才说："不盖在乡下，还在哪儿盖？我们农村人，不管现在怎么蹦跶，最终还是要回到农村自己这个老窝窝里！如果连个窝都没有，回来住哪儿？房子是一个人的脸面，你看我们湾里，凡是没有像我们这样盖起楼房的人都是没本事的人。而没本事的人家，儿子连对象也不好找，你知道吗？"

贺世跃看着吴娴，表面是在向准儿媳妇介绍湾里的情况，而目光流露出来的却是几分自豪的神情。吴娴却说："爸爸，现在社会变了，你刚才那些观念也该改变一下！"

贺世跃问："怎么改变？"

吴娴说："现在只有没本事的人家，才把房建在乡下，而稍有本事的人都不会在乡下建房了！"

贺世跃听了这话有些不高兴了，便问吴娴："那把房建在什么地方？"

吴娴说："建在城里，最低也要建在镇上，反正不在乡下！"

贺世跃听吴娴这么说，觉得自己的自尊心受到了莫大打击，便拉下了脸，没好气地说："城里喝口水、上个厕所都要钱，又没有职业，喝西北风呀？"

吴娴见贺世跃生气了，便没再说什么，可明显也有些不高兴。

转眼过了春节，正月初二，贺英带了女儿来给父亲贺世跃拜年，初三，贺松带了吴娴又去给姐姐拜年，傍晚回来后，贺世跃便对他们说："明天哪儿都不要去，贺端阳家里要办酒！"

贺松听了忙问："爸，他们家里要办啥酒？"

贺世跃就把贺端阳提前给他老娘过七十六岁生日的事给贺松说了。贺松听了说："这也太早了一点吧？"

贺世跃说："他正是想趁正月间像你们这样的打工仔和在外办事的人都回来了，人多，就把客招呼了，如果放到下半年，有几个人在家里？"说完又说，"他叫你们两个一定得去呢！"

谁知话音一落，吴娴便十分干脆地叫了起来，说："爸爸，我们不去！"

贺世跃愣了一下，这才看着吴娴说："怎么不去，人家可是支部书记，何况又是一个湾的？"

　　吴娴说："正因为他是支部书记，我们才不去！"说完又说，"他这是变着法儿敛财，我讨厌！"

　　贺世跃听后，以为准儿媳妇不知道他们贺家湾的风俗，便耐着性子解释说："话可不能这么说，我们反正得还人家的情，早还迟还都是还。"

　　可吴娴还是态度十分鲜明地说："爸爸，那我们也不去！再说，明天我们也不空……"

　　贺世跃一听这话又忙问："新年大节的，你们又有啥事？"

　　吴娴说："我们明天要进城去！"

　　贺世跃听说他们又要进城，便又说："又进城干什么？"

　　吴娴说："干什么爸爸你不要管，反正我们不会去！"

　　贺世跃见准儿媳妇把话已经说死了，便不再劝，只是说："明天如果贺端阳问我，叫我怎么说？"

　　吴娴说："怎么说都行，爸爸，你就直接告诉他我们有事就行了！"

　　贺世跃听见这话，知道把吴娴劝不回来了，也便不说什么了。

　　第二天一早，贺松和吴娴果然又到城里去了，又是到天黑的时候，两个人才回来。贺世跃见吴娴两只眼睛闪着明亮和兴奋的光芒，脸上也是容光焕发，显得这一天过得十分快活，便把贺松拉到一边问："你们今天又不买，又不卖，进城干什么？"

　　贺松说："爸，一定要买或卖什么才进城呀？吴娴进城跳舞呢！"

　　贺世跃听儿子这么说，吃了一惊，忙又说："大老远的就是进城跳舞呀？"

　　贺松说："爸，实话跟你说吧，吴娴在家里觉得闷得慌，所以才要进城玩！"说完又马上想起什么似的说，"爸，我还要告诉你，我们打算后天走……"

　　话还没完，贺世跃立即惊叫起来："你们不是说过了初十才走吗，怎么想起后天就走？"

　　贺松说："爸，吴娴觉得在我们这儿很不习惯！她在城里打了十多年工，早已习惯了城市的生活，猛然来到这里，人也陌生，地也陌生，当然想早点走了！"

　　贺世跃一听觉得也确实是这样，但心里却有些舍不得起来，过了一会儿才看

055

着贺松问："硬是不能多住两天了？"

贺松说："今天在城里，我们托贺兴仁把火车票都搞好了。我们知道你想我们多住几天，可没办法，晚上吴娴还要对你说！"

贺世跃没再说什么，默默地走开了。

吃晚饭的时候，吴娴果然对贺世跃说了走的事。贺世跃把脸埋进饭碗里，半晌没吭声。过了许久，才抬起头对儿子和吴娴说："你们要走，我也留不住你们！你们都这么大了，在外面打工就好好打，不要这山看着那山高。用钱要节约一些，要算计着花，不要花了再算计。我们工地上有个王兴友，也没结婚，钱一发到手里就花完了，我听别人叫他'月光族'，先我还不懂这话是啥意思，后来才听说指的是他当月就把工资花完了，一点不留后路，这怎么行？如果遇到了急事怎么办……"

贺松和吴娴听到这里，急忙说："爸，我们知道了，你不要操心！"

贺世跃想了想又说："你们的事，什么时候办，就提前给老汉说一声！我再没出息，也要把你们的事办得体体面面的，不能给人留下话柄，说你们妈不在了，连婚事都给你们办得潦潦草草的……"说到这里，贺世跃忽然觉得眼眶潮湿起来，立即停住了话头。

贺松和吴娴也似乎很感动，说："爸，谢谢你，我们商量好了一定给你说，你不要替我们担心，自己要保重好自己！"说罢，一家人再没有说话，气氛似乎比平时凝重了许多。

第三天，贺世跃又背了儿子和吴娴的旅行包和箱子，把他们送到了到通往县城的公路岔路口。贺世跃本来是想把儿子和吴娴送到火车站的，可两个年轻人不让。在岔路口，他看着两个年轻人拖着行李上了车，在车厢里使劲朝他挥手，眼睛再次模糊了。汽车在他模糊的视野里越来越小，他的心似乎也被儿子和准儿媳妇牵走了……

第四章 2002 年—2003 年

那年，贺松小学毕业了，十四岁的他已经齐你肩高了，虽然还略显单薄，但那高高挑挑的个子和四四方方的身材已初步显露出了一个美男子形象。看着快要长成一个大小伙子的儿子，你既感到自豪和骄傲，同时也感到了人生的压力。那年，贺家湾刮起了修楼房的风气。贺家湾人房屋的变迁也大致和你一样，最初除了少数人家以外，大多数都住茅草房，后来便建成砖混结构的平房或泥土墙、瓦盖子的"满垛子房"。那年贺家湾人建成的楼房一般都是一楼一底，上面再加一个人字形木屋架，盖上小青瓦。

你看着别人都在热火朝天地盖房，也想把自己的平房改建成一楼一底。小伙子"抽条"就是那几年，眨眼之间就会变成虎背熊腰的大人，就有人上门说媒提亲了。总不能等媒人上了门，再来修房子吧？可是你手里又没有那么多钱。那年月正是种地不划算的时代，你两口子又没出去打工，每年卖粮食的钱还不够交五花八门的税费和"三提五统"款。现在手里积攒的一点钱，还是曹银娥养猪和从鸡屁眼里抠出来的，离加盖一层屋子的费用，还像是戴起草帽亲嘴——差得太远。好在女儿贺英上年出嫁，男方过了两万元彩礼，你给女儿置办了嫁妆后，还剩一万元。按照贺家湾女儿出嫁的规矩，你应当把这一万元压在贺英的箱底，让她带到婆家过自己的小日子，可是你却把这笔款给截留了。当时你心里，就有把女儿这笔钱挪做给儿子盖房用的想法，过后许久，你都觉得自己亏欠了女儿。现在即使加上女儿这笔钱，还是远远不够呀！

晚上，你和曹银娥坐在床上，两口子盘算了半天，还是没盘算出个结果来。

你对曹银娥问："怎么办？"

曹银娥说："你是当家的，怎么问我怎么办？"

你说："我是当家的不假，可手里没刀杀不死人！"

曹银娥想了半天，突然说："差多少，要不你到街上去向贺世元借点吧！你们是同一个老格笕下来的，你开了口，他不看僧面看佛面，多少总要借点给你！"

你听了这话，半晌没说话，像是在思考什么。过了许久，你才说："也行！我明天就上街去问问他，如果能借到，虽然我们背了账，可房子盖起来了，我们就不那么急了，慢慢再还吧！"

第二天，你果然便往乡上去。原来贺世元和你是同一个曾祖父下来的，贺家湾人把这叫作"同公"，中间只隔了一辈人，确实还算比较亲的。前些年贺世凤和毕玉玲在贺家湾办起"家庭餐饮服务队"，承包贺家湾和周围村子红白喜事的宴席，生意多忙不过来的时候，便把贺世元叫去帮他们打打下手。没想到贺世元眼尖，竟偷偷地把毕玉玲一手炒菜的绝活学过去了。后来贺世凤、毕玉玲年纪大了，加上贺世凤"气吼包"的病越来越严重，"家庭餐饮服务队"不做了，贺世元也就回到家里继续种地。后来见种地不但不来钱，甚至还要倒赔，前年在女儿的帮助下，盘下了乡场上罗歪嘴家里一间门面房，开起了一家小馆子。起初，因为本钱不大，小馆子只卖面条、米粉，生意也不是很好，可从去年开始，贺世元也不知从哪儿发了横财，突然将隔壁张二娃、周丝瓜的门面房也盘了下来，不但扩大了饭店规模，而且请了厨师，蒸、烧、炒、炖一齐上阵，生意竟也出奇地好，有人说："贺世元这两年是赚大钱了！"尽管你们是贺家湾人说的"亲房"，但平常你种你的地，他做他的生意，井水不犯河水，交往不多，所以也不知他究竟赚了多少钱。

你来到贺世元的店里，贺世元正在盘算头一天的账。贺世元看见你，也没问你吃饭没吃饭？只淡淡地说了一声："赶场来了？"

为了不耽搁贺世元做生意的时间，你没有说多余的套话，开门见山地便把自己到他这儿来的目的给他了。贺世元听完你的话，觑起眼睛像是打量外星人一样将你看了半天，然后才说："你呀，你呀，你怎么拿到胡子不晓得栽须？乡上农业合作基金会的钱正愁贷不出去，放着那里现成的钱不贷，却跑到我这儿来借钱，我能借多少钱给你？"

你也听说过乡上农业合作基金会贷款的事，听了他的话，你便老老实实地回答说："合作基金会的利息高，我怕还不起……"

话还没完，贺世元便有些嘲笑地说："农业基金会的钱你怕还不起，私人的钱你就还得起了？私人的钱也不是别人用枪打来的。你借十块八块人家不要利息，可你借多了，人家也不要利息？你去问问，现在谁个借钱不付利息？"

你一听这话，立即不出声了。

贺世元似乎害怕你继续缠着他借钱，马上又鼓励你说："现在是撑死胆大的，饿死胆小的。农业合作基金会的钱，名义上说只能贷来发展种植、养殖业，在我们乡主要是大力发展柑橘，等柑橘投产后再还基金会的钱。可现在不管是正道的还是斜道的，哪个没从农业合作基金会贷过款？连我们街上几个赌棍赌博的钱，都是从农业合作基金会贷出来的呢！农业合作基金会是用高利息吸收的存款，贷款的利息当然也要高一些，但这年头管那么多做啥？先把钱贷出来用了再说吧！不瞒你说，我这店也是靠从农业合作基金会贷款，才有今天呢！……"

你一听这话，忙问："你真的也从农业合作基金会贷过款？"

贺世元说："我们弟兄，我给你扯谎卖白做啥？还是昨年，孙副乡长突然走到我店里，我说，乡长大人还要到我这小店里吃面呀？他说，我不吃饭，我给你送财喜！我说，太阳从西边出来了，乡长大人来给我们小老百姓送财喜？他说，我说的是真的！贺老板要不要贷款？我说，我要贷款做啥子？他说，钱拿到手里了你想做啥就做啥，就是进城去养个二奶都行！我说，我们这些平头百姓都养二奶了，那乡长大人不知有多少丈母娘了！他说，我和你说正经的，你这店想不想扩大规模？我说，怎么不想，隔壁张二娃、周丝瓜都想把门面盘给我，可我手里壳儿少了一点。要是有壳儿，早就盘下了！他说，那就好，我从乡上农业合作基金会贷三万块钱给你，怎么样？我一听这话，还以为他是开玩笑的，便说，真的呀？他说，歪嘴婆娘照镜子——当面见效，只要你要，我马上就给你办手续！我见他是裁缝的脑壳——当真（针），知道农业合作基金会的利息是很高的，便说，算了，我贷一万元！他说，一万块我难得给你办手续哟，你再盘两间门面房，还要添设备，三万块用下来了都是好的！我当时确实想把张二娃和周丝瓜的门面房盘下来，又见是他主动来找的我，就充了一个胆子大，说，三万就三万嘛！他听了我这话，当即就给我办了手续……"

你听贺世元说到这里，才恍然大悟地说："原来还是这样，我们还以为你是哪儿摔跟斗、搭扑爬，拾了金元宝，突然又盘了两间门面房呢！"

你的话完，贺世元又接着对你说："当时我还在想，乡干部怎么这样大发慈心了呢？后来我才弄明白，原来农业合作基金会存款利息高，农民都不是傻瓜，见把钱存到农业合作基金会比存到银行划算，不但把手里眼前不派急用的钱拿来存到农业合作基金会，还把已经存在信用社和其他银行的钱取出来，再存到农业合作基金会里，好让自己的钱多下'儿子'！另一方面，农业合作基金会存款利息高，贷款利息自然也比银行高，农民又觉得到农业合作基金会贷款不划算，便又不到农业合作基金会贷款，而要钱打急用时，又到信用社或银行贷款！农业合作基金会用高额利息吸收来的存款贷不出去，放在那儿不但成了死钱，还会黄泥巴揩屁股——倒贴一坨！所以领导着急了，便给每个乡干部划分任务，要他们每人完成多少放贷任务，而且还要把完成放贷任务量和工资奖金挂钩。干部为了完成任务，也不管这款你贷回去是修房子做生意、打牌嫖娼还是搞种植、养殖业，也不管有没有还款能力，只要愿意贷，一律开绿灯，不愿意贷还苦口婆心动员别人贷！这就是孙副乡长主动来叫我贷款的原因。现在想来，当时我是贷对了！不瞒你说，我这个饭店，见天都多多少少有点进项，如果是当场，生意更好，每场赚个千儿八百，那是不成问题！至于农业合作基金会的钱，人家还，我就还，人家不还，挂就挂在那里嘛，怕啥子！"

你听到这里，心里也动了。是呀，国家的钱，不用白不用，既然别人都不怕，自己还怕什么？再说，眼下自己急着用钱，向私人借又借不着，何不也充个胆子大去贷个一万两万，不就把眼下这个难关解决了？想到这里，你便对贺世元说："你说的是去年的事，可不知现在农业合作基金会还在贷款没有了？"

贺世元说："只要他们还在继续吸收存款，哪会有不贷款的？不贷款他存款吸收到那儿做啥？"

你觉得贺世元说得有道理，便问："你倒是孙乡长找上门来的，可我现在去找哪一个，才把钱贷得出来呢？"

贺世元想了一想说："你真要贷，回去找贺春乾呀！乡上给乡干部都规定了放贷任务，说不定也给村干部规定得有贷款任务呢！即使没给村干部规定任务，贺春乾和乡上的关系好，难道给你贷点款还贷不出来？"

你觉得这话在理，便回村找贺春乾了。

贺春乾是村里的支书，自从十年前贺世忠被贺兴成等人告下台后，村里主事的一直是他。贺春乾人年轻，头脑灵活，处事圆滑，在贯彻上级意图时不生搬硬套，在这一点上比贺世忠好得多。他听了你贷款的要求后，对你说："老叔，不哄到你说，乡上确实也给我们村干部分配得有农业合作基金会的放贷任务。不过我在答应给你贷款以前，要问你几个问题……"

你急忙说："大侄子尽管问！"

贺春乾便说："我首先要问，老叔你是属于农村中'胆子大、敢冒险'的人，还是属于'胆小老实'的人？是属于'想发财快速致富'的人，还是只求'保平安过太平日子'的人？"

你一听贺春乾的话，愣住了，半天才问："大侄子这话是什么意思？"

贺春乾说："真佛面前不烧假香，我们县上、乡上都没有龙头企业，所以县里、乡里都想把农业合作基金会建成全县、全乡的重点企业，花了很大力气去吸收存款，现在又花很大力气去放贷款。现在到农业合作基金会贷款的，无非是我刚才说的四种人！如果老叔你是'胆子大、敢冒险'的人，就完全可以贷，而且贷的不是小数目，要贷就贷个十万二十万甚至更多！把贷来的钱去做生意，来提高自己的生活水平，大打翻身仗，成为大老板，人前人后带着女秘书夹着个包包装模作样、耀武扬威。至于赚钱不赚钱，先过几天老板瘾再说。如果只像上面说的发展种植、养殖业，那太小气了！如果你是'胆小老实'的人，我劝你不要贷！如果你是'想发财快速致富'的人，也可以贷。这类人和我上面说的'胆子大、敢冒险'那类人一样，既想提高生活水平，又嫌土里刨食难得富起来，还想经常买几斤肉抹一下嘴巴、润一下肠子，不时还去县城、省城潇洒一下，买几件好看、气派的衣服，或是建造更加气派但花费更大的两层小楼，可手里又没有那么多现钱，于是贷款便成为他们主要的选择。钱一到手，不但洋房子很快就建起来了，而且肉也可以吃，酒也可以喝，西装、皮鞋都可以穿，还可以到街上茶馆里搓几圈麻将，就像阴沟里的瓦片，给人一种翻身的感觉，这便叫作'快速致富'！如果你是想'保平安过太平日子'的人，我劝你也不要贷了……"

听到这里，你急忙问："大侄子，你说我是什么样的人？"

贺春乾说："这得问你自己！"说完又接着说了一句，"你想成为什么样的人就是什么样的人！"

你听了仍不明白，又问："为什么胆小老实和保平安过太平日子的人不能贷？"

贺春乾说："因为胆小老实和保平安过太平日子的人贷的款，迟早都会还的！"

你又问："难道胆子大、敢冒险和想发财快速致富的人，他们贷的款就可以不还？"

贺春乾说："他们可还可不还，就看他们的胆子究竟有多大了！"

你觉得贺春乾像是在说绕口令，想了一会儿又说："大侄子，我还是没有明白你的意思！"

贺春乾见你一副懵懵懂懂的样子，想了半天才说："你还不明白呀？那我明说了吧！这农业合作基金会，上级最初是想解决农业发展资金不足的问题，出发点是非常好的。可还没搞到几年，路就走歪了。现在大部分的钱没有用在调整种植、养殖结构和大力发展农业生产上，而是被那些想做生意、当老板和想快速致富的人钻空子贷去了。这个问题，迟早要被上面发现，即使不被上面发现，也会被农业合作基金会自己发现，因为照这样下去，他们迟早会陷入资金危机中。到那时，狗急了会跳墙，人急了会咬人，政府也不是那么好惹的，他们会千方百计逼迫贷款人还钱。那些老实和只想过平安太平日子的人，因为他们胆小怕事，会想方设法连本带利把钱还了。可那些胆子大、敢冒险和想发财快速致富的人，要么他们还不出，要么他们即使有钱也不还，让政府咬他脑壳太硬，咬他屁股又臭，拿他们没办法！不过这只是一小部分人，大多数人还是会在政府的逼迫下把钱还了的。贷款的时候，手把票子数得'哗哗'地响，脸上眉开眼笑，还钱的时候，可就不那么容易了。这贷款的利息那么高，如果贷上三五年，差不多就要翻倍儿，到时候一些人家先前还有点底儿，说不定贷款一还，就又穷下去了！人凭良心斗凭梁，所以尽管乡上也给我们村干部下了跑贷的任务，可我回来并没有对大家宣传。我怕有朝一日，我把乡亲们给拖到泥坑里去了，大家背后日诀我先人板板呢！所以我还是劝老叔好好想一想，这款是贷还是不贷？"

你听完贺春乾一席话，果然有些想打退堂鼓了。可又一想：不贷又怎么办？

大家盖房盖得热火朝天，我不趁这时把房盖了，还能等到什么时候？等到自己手里有钱的时候再盖，又要等到猴年马月？再一想：这么多人都贷得，为什么我就贷不得？人家贷十万二十万，我只贷两三万块，到时候实在还不出，别人怎么样，我就怎么样，天塌下来还有高个子顶着，我就装一回胆子大！这么一想，你便对贺春乾说："大侄子，我还是贷，不贷我那房子一辈子都别想盖了！不过我也不贷多了，只贷两万块，加上手里积攒的一点钱，刚好能够把房子盖起来就行了！"

贺春乾听后，看着你像再次确认地问："你真想好了？"

你说："想好了，就是一泡屎我也把它吃了！"

听了这话，贺春乾再也没说什么，就从桌子抽屉里拿出一张表，叫你在上面填种植柑橘多少多少亩，又发展牲畜多少多少头，共需贷款多少多少元，然后叫你拿到村主任贺国藩那儿盖了村委会的公章，拿到乡农业合作基金会把款贷回来了。

钱拿到手后，像上次盖房一样，你马上又去找贺兴成，从城里买回了红砖、水泥、河沙和水泥预制板，又请来了专业的建筑队，扒了平房上面的人字形屋架，开始加盖起房屋来。在上次盖平房的时候，你已经做好了在上面加层的准备，因而地基打得十分牢固，这也是贺家湾人盖房时普遍采用的做法。没几天工夫，一层新楼便在原来平房的基础上盖起来了，楼顶上仍立着原来的人字形木屋架，上面是小青瓦。这样的房子在贺家湾叫作"两层半"，因为上面的木屋架只有半层高。那时贺家湾人因手头还不宽裕，还不习惯在外墙上贴墙壁砖，只还是用白灰粉白，你也是一样。看着阳光下白得晃眼的新房，你有一种像是多喝了几杯酒微醺的感觉。新房的卫生打扫干净后，你咧着大嘴，从楼下走到楼上，又从楼上走到楼下，像是看不够似的。曹银娥见了，道："你一趟一趟上去又下来，下来又上去，锻炼脚劲呀？"

你"嘿嘿"两声，说："我现在脚劲好得很，就想爬楼梯呢！"说完突然对曹银娥问，"你说我们是不是矮子爬楼梯——越爬越高了？"

曹银娥说："爬是爬高了，可却欠了一屁股的账！"

你却不以为然地说："那有啥子？你只要自己不出去说，哪个晓得你欠了多少账？房子却摆在这儿的，大家一睁开眼睛就能看得到！看见你房子盖得好，就会认为你的日子也过得好！你有再多的钱存在银行里，自己却住在土房子里，人家会认为你没钱！你说是不是这样？"

曹银娥没有说"是"，也没有说"不是"，但她显然是同意你的话的，因此等你话完以后，便笑着说："房子倒修得好，这么多房间，看你拿什么东西往里面装？"

你听了又说："房子是家的外壳，只要外壳修好了，里面慢慢来嘛！外壳都没修好，内瓤子摆得再好有啥子用？别人是先看你外壳，还是先看你内瓤子？"

曹银娥想了一想，觉得你说得很有道理，便再不说什么了。

其实，你说的并不是什么深奥的大道理，只是贺家湾人一个普遍的生活态度。贺家湾人都是脸朝黄土背朝天的农民，世世代代的农民没有什么可炫耀的，唯有房子。房子对于他们来说，不单单是一个居住的空间，还是生活竞争的一个载体，对于农民生活有着特殊的象征意义，不然，为什么这么多人就是借钱也要把房子盖好呢？为什么乡下兴起了一波一波建房的高潮呢？现在，新房子让你再次获得了前所未有的自信，你陶醉在这一楼一底给你带来的喜悦中，确实没想到那农业合作基金会的两万元贷款。你在心里谋划着房间的使用，你想在儿子没找对象之前，你两口子暂时住到楼上，等儿子结婚以后，便把楼上让给儿子两口住，自己和曹银娥搬到楼下住。这天晚上，一种消逝了的激情突然回到了你身上，你要了曹银娥两次，弄得曹银娥有些受不了了，说："你疯了呀？你还以为年轻是不是？这半个多月起早睡晚还没把你累趴下？"

你说："就是没把我累趴下，越是这样的累，我越觉得年轻，有使不完的劲，不信你试试！"说着，你又精神抖擞地爬到了曹银娥身上。

可是你的高兴劲没维持多久，便遇到麻烦了——乡农业合作基金会真的开始催你们还贷。正如贺春乾所料，上级这时发现了农业合作基金会放贷中的弊端，开始下决心整顿。除了这个原因以外，更重要的一个因素是县、乡两级政府花大力气搞的"农业产业结构调整"即动员农民从合作基金会贷款发展的柑橘种植，在开头两年让农民尝到一点小甜头之后，市场便以无情的手和农民及政府开了一个很大的玩笑——柑橘由一块多钱一斤降到了三角钱一斤，在你盖好"两层半"的第二年，甚至降到了一角钱一斤还没有人要。农民的屋子里、墙脚下及树下，到处都堆着小山一样红灿灿的柑橘卖不出去，最后只能眼睁睁看着它们烂掉。农民欲哭无泪，绝望之余，便纷纷扛起锄头、斧头，将果树连根刨了。那两年，家家农民的院子里，都码着高高的几垛果树树干和树枝，等着进灶膛。既然果树都被农民连根刨了，哪还有钱来还合作基金会的贷款？合作基金会意识到危机日益临近，于是便采取措施催收放出去的贷款了。

你和那些贷款户被通知到乡政府的大会议室里开会。那大会议室可以坐四百人，还是 20 世纪 70 年代修的，石头凳子又冷又潮湿，坐久了屁股就硌得生疼。那天坐了满满一屋子，比平时开大大小小的干部会和全乡党员会来的人还多。台上坐着乡农业合作基金会的人和乡上的领导，当听说要大家还钱时，会场顿时就像炸了锅似地吵了起来。你和雷家湾的雷长合坐到一起，雷长合在土地承包那年用两千块钱来把贺家湾的保管室给买走了，为这事大家还对当时的生产队长贺世忠有意见。因为贺家湾和雷家湾隔得近，你们都以"老表"相称。雷长合是个急性子人，一听会场大多数人叫了起来，便一步跨到石凳子上，涨红着脸，像和人吵架一样大叫了起来："当初我们不种柑橘，是你们像劝先人一样劝我们种，我们说没有钱，是你们动员我们贷的款，现在我们亏得裤儿都莫得穿的了，没有找你们赔损失都是好的，还要我们还钱？那些柑子树还在我们的坝坝里堆起的，你们要钱，各自来拉去！"

他的话一完，更多的人跟在他后面叫了起来："就是就是，你们可把我们坑惨了，我们哪有钱还？"说着，一些人还抽抽搭搭哭了起来。起初只是那些贷款种了柑橘的人才这样叫，叫着叫着，那些把款贷来跑生意、盖房子甚至直接拿了吃了喝了的人也混在其中，只听得会场乱哄哄的一片。

农业合作基金会和乡政府的人似乎早料到会出现这种情况，他们也没生气，只耐着性子看着大家。话说回来，这年头有句俗话，叫作"欠账的是大爷，要账的是孙子"，何况大多数人确实因种植柑橘失败，实在拿不出钱来呢！等大家吵够了，基金会的人才对大家解释说："大家说的都是事实，当初基金会把钱贷给你们发展柑橘，心意也是好的，为了帮助大家尽快富起来嘛！可谁想得到呢？有困难大家尽量想办法克服才是！农业合作基金会是靠吸收成千上万村民的存款建立起来的，建起来后，它的运作不仅要建立在有人来贷款的前提下，更建立在贷出去的款能够保证收回来的基础上。如果贷出去的钱像肉包子打狗——有去无回，那基金会会怎么样？只有破产！可是一破产，那些存款人的钱怎么办？存款人的钱取不出来，打了水漂，闹起来了，社会还不大乱特乱？大家将心比心，也体谅一下我们的困难……"

可是话还没说完，一些人又叫了起来："不管你怎么说，反正我们没有钱！"

基金会的人又耐着性子说："我们也知道大家的困难，实在没钱，就亲戚、朋友、邻里那里互相借一借嘛……"

一听这话，更多的人又叫了起来，说："大家都遭你们洗白了，到哪里去借？你借给我们嘛！"

农业合作基金会的人感到自己一张嘴实在说不过下面几百张嘴，便干脆不说什么了。

这时乡政府的人见了，便沉下了脸说："欠债还钱，天经地义，哪怕就是有天大的困难，也绝没有借了钱不还的道理！何况你们欠的钱还是国家的，国家的钱就那么好欠？喊明叫现说，农业合作基金会是县政府、乡政府的标志性企业，我们绝不会眼睁睁看着它就以这样一种可笑的方式破产！今天把大家召集拢来，算是打招呼，先礼后兵，做到仁至义尽，到时候不还，乡政府将采取一切措施，也要保证将贷款百分之百收上来！"

说完，叫合作基金会的人给每个贷款户发了一张"催款通知书"，便让大家回去了。

接下来，合作基金会和乡政府展开了强大的宣传攻势，又是发公告，又是挂标语，又是安排巡回宣传车到各村开展广播宣传，又是轮流派干部到每个贷款户家里登门催逼，可是不管怎么做工作，怎奈农民手中无钱，因此能去基金会还钱的人寥寥无几。这时更出现了一个奇怪的现象，就像贺春乾当初估计的那样，由于大部分从基金会贷款的农民都不还钱或还不出钱，一部分具有还钱能力的农民，比如像贺世元这样把钱贷去做生意赚了钱的人，也找各种理由拖着或拒绝还钱了。在这个大多数人都不还钱的时候，谁还谁吃亏，岂不意味着傻吗？因此这些人也不管乡政府怎么催，同样稳坐起钓鱼台来。

你和那些贷款户又被通知到乡政府，这次，合作基金会和乡政府的人不再是对你们做耐心的解释和说服工作了，而是变成了低三下四的乞求。他们推出了一招，说是谁能在半个月内还清贷款本金，可以享受减免百分之五十的利息，而且剩下百分之五十的利息可以逐年归还。他们以为靠这种小恩小惠，可以让那些贪求小利的农民动心。可他们不知道，现在大多数人连本金都无法归还，谈何利息？因此尽管会议室里几百人，并无一人响应。基金会和乡政府见一招不灵，又出一招，将在半个月内还清贷款享受减免百分之五十利息的优惠，直接改成了只要归还本金、利息全免的政策。可大家听了，仍是一声不吭，沉着一张哭丧脸，一副死猪不怕开水烫的样子。这时你看见基金会和乡政府那些人脸黑得像是雷公，鼓突着腮帮，像老鼠磨牙一般将牙齿咬得"咯吱咯吱"响，像是要吃人一般。这时你想起贺春乾曾对你说过的"狗急了要跳墙，人急了要咬人"的话，便知道基金会和乡政府的人恐怕要开始"咬人"了，心里不由得有几分紧张起来。

回到贺家湾，你又去找贺春乾，对贺春乾说了基金会和乡政府催收还款的事，贺春乾听后淡淡一笑说："我当初是给你提醒过的，这贷款有风险，是你自己要贷的！"

你苦着脸说："大侄子，我也是实在没有办法。你也是晓得的，贷来的钱我们婆娘口子也没好吃，也没好穿，都用在盖房子上，眼下手里实在没钱。我不是个欠烂账的人，要是有钱，我哪要政府这样三催四逼？"

贺春乾说："你跟我说这些有啥用？想起来基金会和乡政府也是实在没办法，贷出来的钱收不回去，就无法兑付存款人的钱。你不晓得，好多存款人也不知从哪儿听到风声，说合作基金会把钱乱贷，现在收不回去，就要破产了，于是纷纷跑去基金会提钱，基金会一时又无法兑付，好多人便跑到县上省上上访，现在情况十分严重呢！"

你说："我晓得，可我眼下也是实在还不出钱。我想请大侄子到乡上给我说说，让他们宽限我几年，等我手里有了钱，我一定会还他们……"

贺春乾没等你说完，便说："基金会和乡上现在是踩着火石要水浇，如果能宽限，他们何必连利息都免了？这个时候，我怎么能去给你说这个话？我只能给你说，从今天起，你白天眼睛放机灵一点，晚上耳朵灵醒一点……"

你听贺春乾话中有话，便急忙警惕地问："大侄子是不是听到什么风声了？"

贺春乾想了半天才说："本来是不该告诉你的，可一堆一块的，又一笔难写两个贺字，平时都是喊叔叫侄的，不给你私下通个信，又觉得怪对不起人！你知道这事后，可千万要注意保密……"

你见贺春乾严肃的样子，没等他说完便说："大侄子放心，我哪里听哪里丢，半个字也不会吐露！"

贺春乾说："今天乡上是最后一次跟你们仁至义尽，你们如果仍是冷水烫猪——不来气，继续和基金会、乡政府死磕到底，基金会和乡政府就要开始抓人了……"

你一听这话，吃惊得叫了起来："抓人？"

贺春乾说："可不是，他们先把欠款户家里的当家人抓到乡上，取了个名字叫'法制学习班'，实际上是把这些人先关起来，逼迫他们家里的人拿钱取人，看你还钱不还钱？"

你听了贺春乾的话，眼睛顿时瞪得比铜铃还大，半晌才说："天啦，他们来这一手，真是胳肢窝里生疮——阴毒！马上就要点小春粮食了，在这个节骨眼上把家里的主要劳力抓走了，地里的活儿怎么办？下季庄稼还要不要了？"

贺春乾说："人家正是抓住了你们这个要害，所以才要在这时抓人呢！不这样怎么把你们手里的钱逼得出来？实话跟你说吧，基金会和乡上连'抓捕队'都组织好了，只等一声令下，就要开出来偷袭你们这些欠账不还的人了，所以你自己小心一点。"

听完贺春乾的话，半天你才发出一声长长的叹息，说："怎么小心？躲得过初一，躲不过十五，没办法，鹅卵石滚刺笆笼——滚到哪算哪，反正我是没有钱还！"说完，你谢了贺春乾，忧心忡忡地回去了。

果然没过几天，便传出了基金会和乡政府开着面包车，到贷款村民家里抓人的消息。一些贷款村民不愿意被抓去，便白天外出躲藏，晚上才悄悄潜回家里。或者互相组织起来通风报信，和基金会与乡政府玩起猫捉老鼠的游戏。一天下午，"抓捕队"到雷家湾把雷长合抓住了，正要往面包车上塞，雷长合的兄弟雷长安带了一伙人跑来。雷长安一声吼，全湾的人便拥了过去，一伙女人扑过去吊住车门大哭大叫，雷长合的几个老婶娘干脆往车轮前面一躺，吓得面包车司机急忙跳下车来躲到一边去了。趁此机会，年轻人一拥而上，将雷长合抢起便走，还叫喊着"抓捕队"打了村民，要"以牙还牙，以眼还眼"，"抓捕队"人少，不敢和雷家湾的人硬来，只好落荒而逃，又开着面包车朝贺家湾来抓你了。却早有雷长合的侄儿到贺家湾向你报了信，等乡上"抓捕队"赶到时，你已经藏到了贺万山的诊所里。

乡上"抓捕队"的人虽然扑了空，但对于你来说，却更加不安了起来。"抓捕队"走后，你问贺万山该怎么办？贺万山想了想说："老是这样躲躲藏藏的也不是长久之计，既耽误了活儿不说，还老是提心吊胆的。你现在年纪也不是很大，不如到外面打几年工，既躲脱了'抓捕队'那伙人，又多多少少可以挣点钱回来，把账还了，从此也过点安安心心的太平日子，岂不是好？"

你一听这话，心里一亮，便说："我也有这个想法，只是担心曹银娥一个人在家里吃苦受累，心里很不安，现在你这么一说，我心里亮堂了！"说完又拍了一下自己的大腿说："三十六计走为上，看他们到哪儿来找我？"

说罢，你便回到家里，和曹银娥商量了一通，第二天便收拾起行李到外面打工去了。

正应了"走脱了和尚走不脱庙"这句俗话，你走了以后，基金会和乡政府又到你家里抓了几次人，但每次都是空手而归。"抓捕队"恼了，这天将曹银娥抓到乡上的大会议室关了起来。令基金会和乡政府没想到的是，他们小瞧了曹银娥的能量。曹银娥被抓去以后，便使出了一个女人的撒手锏，不是撒泼便是哭闹，要不就是不吃不喝，寻死觅活。基金会和乡政府的人真害怕她寻了短见，没办法，只得又雇了两个人来日夜看着她。关了几天，基金会和乡政府的人见不但不能逼迫她还钱，还得为她支付看管人员的工资，实在有些不合算，只好又把曹银娥放了回去。所以后来你每次想起曹银娥时，总觉得自己对不起她，因为是她帮你去乡上受了几天罪，并且也是因为她的"智慧"和"勇敢"，使基金会和乡政府的人从此再没有来过问过你们，直到你后来打工攒了些钱，自觉去把两万元的贷款还给了基金会，这事情才最终过去了。

第五章　2013 年 3 月

　　送走儿子和未来的儿媳妇以后，贺世跃回到家里，突然感到屋子里像是从没有住过人一样，是那么的冷清。贺世跃觉得很奇怪，按说儿子和吴娴在家的这一个多星期里，除了吃饭的那点时间在一起外，从来也没有认认真真地陪过自己半天。他们要不是进城或到乡上去，要不就是到外面找同样回家过年的打工仔、打工妹玩。即使是在家里，也是碗一放，两个人便跑到楼上，掩上房门，躲在自己的小屋子里，一会儿又在嘻哈打笑，一会儿又鸦雀无声，也不知他们在干些什么。但贺世跃却觉得这屋子里到处都响着他们的脚步声和说话声，甚至连空气里，也似乎有着他们的气息，这气息让他感到安慰、踏实和幸福。怪不得那位来到贺家湾的开基祖，子孙都繁衍到了九十多人，还不肯分家呢！人家人家，一个家庭首先要有人，有人才有热闹和祥和，没有人还叫什么"人家"呢？现在儿子和他的女朋友似乎把家里那份人气和喜庆也给带走了，贺世跃无论走到楼上或楼下，带给他的只有无尽的冷清和寂寞。

　　寂寞中，贺世跃便想找点什么事来做，可做什么呢？自从曹银娥死后，他家里的地就全部抛荒了，贺世海的工地，每年都是过了大年十五以后才开工，这时到工地上去不但没有活儿做，连吃饭的地方都没有。他在沙发上坐了一阵，又发了一会儿呆，才想起该去把儿子他们的床上物品给拾掇好，放进衣柜里，等他们以后回来再用。他在心里盘算了一下，自己辛辛苦苦花钱购买来的东西，这个电视，儿子和吴娴前前后后加起来，没看上两个小时，因为他们大多数时间都是躲在自己屋子里。这张沙发，他们坐得就更少了，只是买来摆了样子。还有洗衣机，贺世跃记得吴娴一共只在里面洗了两次衣服，而这两次衣服按照贺世跃的观点看来并不醒龊，如果曹银娥还活着，随便放在洗衣台上搓一搓就行了。至于那台空调，连一次也没开过。一直在发挥作用的，是儿子床上那些东西，伴随了他们一个多星期，可现在儿子和吴娴一走，也得收起来束之高阁。还有那台电冰箱，从儿子、吴娴一回来便在使用，并且在贺世跃看来，还得继续使用几天，因为冰箱里塞满了他们的剩菜剩饭，不到他彻底把它们消灭干净，这个铁疙瘩暂时还歇不下来。这是贺世跃认为买得最值的一件东西。可是贺世跃转念一想，现在虽说打了春，可气温仍很低，剩菜剩饭放上几天，也并不会坏，以前没有这洋玩意儿，大年三十天剩的鸡鸭鹅鱼，无论是蒸是炖是煎是炒，不照样留到正月十五待客还能用吗？因此在贺世跃看来，他花几万元买的这些东西，没一样是值得买的，可是不买又是不行的。因此贺世跃就在心里不断感叹："这人呀，到底是怎么回事呢？"至于吴娴从城里买回的那些厨房里的电器，贺世跃觉得不但不该买，还简直是极大的浪费和犯罪！因为昨天他悄悄看了一下电表，才短短几天，电表就跑了几十度。天啦，这哪里是在享受，分明是在烧钱呢！照这样下去，他打一年工的钱，怕还不够交电费呢！可是当着吴娴的面，他不但不能说什么，还得装出一副笑脸，似乎自己很乐意、很高兴的样子。但现在好了，他终于可以废除准儿媳给自己立的那些规矩，又可以照旧用柴火做自己的饭了！自己吃了几十年用柴火做成的饭，那饭里没有烟火的味道，还有什么吃头？说实话，这几天吃吴娴用那些电器做出的饭，他觉得寡淡寡淡的，才没什么味道呢！要不是顾年轻人的面子，他早就不吃她做的饭了！这都是年轻人不知道过日子闹的。一想到这里，贺世跃也忘了上楼去整理儿子床上的那些被褥，像是恨不得立即就让那些电器退出历史舞台似的，一跃身便从沙发上弹了起来，走进厨房，找出一块干抹桌布，将灶台上的电饭煲、电压力锅、电炒锅和那把电热水壶一一打开，将里面的水擦拭干净，又用吴娴买回的餐巾纸清洁一遍，然后便把它们装进儿子和吴娴提回的纸箱里，放到了儿子房间的大衣柜顶上。放好以后，他又下楼来，找出被吴娴塞到案板底下自己原先那些被柴草烟雾熏得黑黑的高压锅和铁锅，重新放到灶台上，又去院子外面的屋檐下抱了一抱柴火放到灶膛前面，做好烧火的准备。做完这一切，贺世跃才像满意起来，一边拍着双手，一边上楼收拾儿子床上的东西去了。

但也有令贺世跃感到非常幸福和开心的地方，那就是吴娴的大方、懂事和孝顺。一走进儿子的房间，贺世跃感到扑面而来的不是儿子的气息，而是吴娴的气息。这气息是由未来儿媳妇的声音、微笑、行动等言谈举止共同构成的。贺世跃觉得有些不可思议，自己带了二十多年的儿子很少喊自己"爸爸"，倒是才见面的未来的儿媳妇，一口一句"爸爸"，喊得又脆又响亮，每次听见那声脆脆的叫喊，贺世跃的心便像是泡在了糖罐子里，觉得那呼喊是那么亲切和甜蜜，可以消除他的一切烦恼和忧愁。现在，尽管吴娴已经走了，贺世跃觉得那甜蜜蜜的呼喊还响在耳边，令他感到陶醉。即使是吴娴叫自己以后就用那些电器做饭，虽然他心里有些不乐意，可细细想想，人家可是看在自己一个人在家里吃得又不多，却要生一次火，无一不是在为自己着想呢！自己可是把人家的孝顺当作驴心肝了！这孩子一看，就是一个孝子呢！俗话说，儿孝不算孝，媳妇孝才算真孝。看来这辈子我贺世跃老来有靠了！一想到这点，贺世跃周身的血液便马上沸腾起来了，觉得只要儿子能和这样孝顺的姑娘成亲，他动不了的时候不吃后人的受气饭，别说是他现在空买了几样家具，就是再有比这更大的付出，他也心甘情愿。这么一想，他便又不为买的几件家具和电器没派上多大用场而懊悔了。更重要的是，儿子和吴娴一回来便是像夫妻一样睡到了一张床上，这起初虽然让贺世跃感到有些惊诧和别扭，可细细一想这难道不是好事？在贺世跃想来，姑娘要是没有铁下心嫁给儿子，怎么会心甘情愿地将自己的"生米"拿给儿子做"熟饭"呢？人家说，女孩子的身子金贵着呢！别说已经像夫妻一样同宿同眠，当年自己和贺松母亲定亲后，偶尔拉了一下手，也互相要思念好几个月呢！因此在贺世跃心里，吴娴已经是自己的儿媳妇了，只不过还没有举行那道仪式而已！一想到有这样一个漂亮、懂事和孝顺的儿媳妇，他贺世跃又怎么不感到高兴呢？

现在摆在他面前的任务，就是等贺世海的工地一开工，他就得赶快出去挣钱，好早点把儿媳妇热热闹闹、体体面面地迎娶过来，这样他就算是彻底完成自己的人生任务了。

正月十五一过，贺世跃便到城里的工地去了。贺世海现在这工地叫"爱丽舍宫国际花园小区二期"，为什么叫这么个有些别扭的名称？贺世跃不清楚。但贺世跃听工友说过，贺世海是按照外国一个皇宫的模样修的，那皇宫就叫"爱丽舍宫"。贺世跃没有见过外国的"爱丽舍宫",但贺世海这房子修得确实漂亮,楼层不高,只十一楼,南北通透,中间空间很大,尖顶似楼顶,看上去既洋气又美观。据说贺世海是有意把这儿打造成全县的富人区,因而无论是基础设施,还是房屋造型,都下了很大功夫,也得到了县上领导的支持,是全县建筑行业的样板工程。功夫不负有心人,贺世海栽下这棵"梧桐树"后,果然吸引得全县大大小小想过一把"皇宫"瘾的富人,都争先恐后地把钱往贺世海的荷包里塞。第一期工程才开工,三百多套楼房便被一抢而空。第二期工程五百多套房屋刚开盘,便迅速售出了一半。现在,二期工程已经全部封顶,正在做室内修建及外墙抹灰、贴外墙砖。贺世跃的工作便是和一个叫王兴友、一个叫曹得盛的工友,在地面往吊塔的吊篮里装砖或用小推车将搅拌机搅出的水泥推到吊车底下,挂好吊钩,让吊车把这些建筑材料吊到各个楼层。

这天下午,贺世跃正干着活,挂在裤带上的手机突然响声大作,像是十分气愤一样。贺世跃见是儿子打来的,便对王兴友说:"兴友,你给我推两车儿,我接个电话就回来!"

王兴友已经过了三十岁的年纪,他很小就死了父母,跟着哥哥、嫂嫂长大。十五岁时,哥哥在广州一家塑料厂打工,不幸那日塑料厂下面的仓库燃起来了,他哥哥没有逃出来,被活活烧死了。不久,嫂嫂带着侄儿改了嫁,他便成了一个孤儿。起初四处流浪,后来便到工地上找些活儿干。因为他没文化,尽管人年轻,所以也只能和贺世跃一样,干些下力气的蛮疙瘩活儿。小伙子圆头大耳,身上的肌肉一疙瘩一疙瘩的,紫油油地放着光芒。但因为没有父母张罗,加上老家那两间土墙房子,从嫂子改嫁后没人修理,早垮塌成一堆废土了,因此现在他是一个连家都没有的人,所以一直没姑娘肯嫁给他。他也似乎死了娶媳妇的心,每当发了工资的时候,他最大的爱好便是出去找"小姐",工地上的人便给他起了一个有些鄙视的外号叫作"炮手"。但小伙子对人热情,又肯帮忙,大家心里还是有几分喜欢他。他正在往搅拌机里倒着水泥和细沙,听了贺世跃的话,便说:"你拿什么谢我?"

贺世跃说:"这么一点事还要谢你?"

王兴友说:"不谢我那就算了!"

贺世跃一见,又忙说:"我过几天请你喝酒!"

王兴友说："想喝你贺大爷的酒，除非石头开花马长角！"说归说，可还是过来接住了小车的车把。

贺世跃便一边拿着手机往旁边僻静处跑，一边回过头对王兴友说："真的，等我儿子结婚，我一定请大家喝喜酒！"

跑到有些听不见搅拌机噪声的地方，贺世跃才站下来，对着话筒大声"喂"了一声，然后才说："儿子，是我，你有什么事？"问完等了一会儿，手机里却没有传出儿子回答的声音。但手机明显开着，他听见了从手机里传出了一种粗重的喘息声，他想那一定是儿子的呼吸声。此外，从手机里还传来了汽车喇叭的鸣叫声和远处人群隐隐约约的说话声，他又猜想儿子此时一定是在大街上给自己打的电话，可是儿子为什么不说话呢？贺世跃急了，又立即大声叫了起来："贺松，你为啥不说话？出了什么事，你给老子说呀！"

又过了一会儿，电话那头贺松似乎实在忍不住了，突然声音颤抖地说："吴娟和我分手了……"

一听这话，贺世跃脑袋里"轰"的一声，像是有什么东西爆炸了，惊得嘴唇半天都放不下来，然后才又像是不相信地问："你说啥……"

话没说完，电话那头贺松又把刚才的话重复了一遍。说完，忽然"嘤嘤"地哭了起来。

听见儿子哭了，贺世跃更急了，他的心也像被人揪了一把那样，隐隐作痛起来，于是急忙说："这怎么可能呢？你们都在一起睡过了！"可是儿子没有回答，只有时大时小的"嘤嘤"的抽泣声。贺世跃见儿子没说话，又说，"你们都那样了，怎么说分手就分手了呢？"

贺松似乎被父亲这话惹恼了，突然气冲冲地说："睡过了又怎样？人家不在乎这个呢！"

贺世跃心彻底凉了，半天才又问："你们是不是吵架了？"

贺松说："吵什么架？"

贺世跃说："那她为什么要和你分手？她到底嫌你什么……"

贺松不等父亲说完，忽然像是和贺世跃吵架一样连声说："嫌啥？她嫌我们城里没有房子！她说她这辈子绝对不会再回农村了！她说她再穷也要嫁一个在城里有房子的，她要做城里人……"

言未毕，贺松像是子弹卡了壳似的，说不下去了，突然"啪"地挂了手机。贺世跃听见儿子挂电话，急忙在这头叫了起来："儿子，儿子，你听我说……"可是手机里再也没有贺松的声音了。

　　贺世跃朝自己的手机屏幕看了几眼，通话已经被挂断了，然后悻悻地往回走。可他脑海还响着翻江倒海的声音，最后这些声音又化作儿子那压抑和痛苦的抽泣声。他在心里，完全能想象出儿子此时绝望和痛不欲生的样子，可是他却帮不上任何忙，也不知该怎样去劝慰儿子，却觉得有什么东西在咬着他的心。他一路走一路想："完了，完了，我贺世跃苦挣苦磨一辈子，图的就是能够把儿媳妇欢欢喜喜娶回家，没想到煮熟的鸭子也飞了，老天爷你为啥要和我过不去呀？"这样想着，贺世跃鼻子酸酸的，也有一种想哭的感觉。

　　回到搅拌机前，王兴友正好推着一辆运送水泥浆子的小车回来，一见贺世跃，便兴冲冲地问："贺大爷，啥时喝你儿子的喜酒？"

　　贺世跃犹如受伤的心上又被人插了一刀，他想冲王兴友发火，可一时又不知道该说什么，于是只是沉下了脸，没好气地说："到了喝喜酒那一天我就请你嘛！"

　　王兴友还想说什么，旁边拿着水管往搅拌机里加水的曹德盛见贺世跃脸色不对，便对王兴友说了一声："各人做自己的活路，哪里那么多废话？"王兴友听了曹德盛这话，才把小车交给贺世跃，继续往搅拌机里倒水泥和沙子去了。

　　贺世跃接过小车，从搅拌机肚子底下接好搅拌好的水泥砂浆推着往塔吊下面走，却突然觉得腿上像是被人抽了筋似的，有些乏力。从搅拌机到塔吊，有一面缓缓的小坡，平时贺世跃稍稍把身子躬一下，脚上用点力，几步也就上去了。可此时同样用两手撑着车把，两脚蹬成八字形，仍然差点滑了下来。旁边曹德盛一见，忙丢了水管跑过去帮了他一把，才把小车推了上去。贺世跃一边推，一边期待着裤腰上的手机再响起来。可那手机却像是故意和他作对似的，再也不吭一声。

　　熬到下班，贺世跃再也忍不住了，急忙跑到一个角落里给贺松打电话，电话打过去却不是儿子的声音，而是一个温柔的声音告诉他"您拨打的电话已关机"。贺世跃没办法，只得又收了手机，拿起碗筷随曹德盛和王兴友一起去吃饭。这顿晚饭，贺世跃没吃出任何滋味。两碗饭一倒进肚子里，到水槽边洗了碗，便默默地走出去。天还没有完全黑尽，可两边道路上已经亮起了路灯，灯光一眨一眨，像是朝他挤眉弄眼。各种车辆响着喇叭呼啸而过，车屁股后面扬起一股灰尘，不可一世的样子。贺世跃心里闷闷的，他不知自己要往哪里去，只凭着脚的牵引往前移动着步子。他走了一阵，忽然想抽烟，一摸口袋，却发觉烟已没了，便生气地把空烟盒往旁边垃圾箱里一扔，又返身往回走。走到一个小烟摊前，买了一包劣质的烟——这是贺世跃唯一的嗜好，从出来打工那天起，平素除了吸几包廉价的香烟外，几乎舍不得多花一分钱。他撕开烟盒，抽出一支叼在嘴上，掏出打火机点燃，然后像是烟瘾发作似的猛吸一口，接着从嘴角喷出一股浓重的烟雾之流。烟雾在他额脑四周固执地翻腾了一阵，才像是恋恋不舍地从他头顶消逝了。他仿佛要和烟雾比赛谁更执着一样，又马上喷出一口更浓的烟雾。连续喷了几口烟雾过后，那支烟已经快燃到尽头了。他忽然不吸了，将残烟夹在指间，盯着烟头一明一灭的火星发起呆来。半晌，他将烟头往地上一丢，又掏出手机拨起儿子的电话来。

儿子的电话仍是关机，贺世跃几乎有些绝望了，不由得愤愤骂了一句："狗日的东西，你不给老子打电话，老子也不理了！管你是死是活，关老子屁事……"

可一想到这里，突然像是吓住了似的，立即闭了嘴，接着又往回走了起来。可没走多远，腰间的手机像是被揪了一把似的大叫起来。他被这声音吓得打了个哆嗦，急忙掏出看，正是儿子打来的，激动得拿手机的手都颤抖了起来。他仿佛害怕儿子又会消失似的，立即将电话贴在耳边问了一句："贺松，你下午把电话挂了做啥子？"

儿子没回答他的话，仍是像下午一样在电话里喘着粗气，半晌才突然说："爸，你把老家的房子卖了吧……"

贺松的声音比下午平和一些，但仍然带着一种哭腔。贺世跃一听这话，全身的肌肉像是被针狠狠地扎了一下，不由自主地颤抖着问："为啥要把老家的房子卖了？"

贺松似乎也像有些为难似的，半天才说了一句："卖了在城里按揭一套房子……"

贺世跃明白了儿子的意思，却突然生起气来，不等贺松说完，便马上对着话筒大声问："卖了老子今后住哪儿？"

贺松说："也住城里嘛……"

贺世跃听儿子这样说，更生起气来，又打断贺松的话说："老子没有住城里的命！"

话音刚落，那边贺松忽然像是绝望地问了一句："那我又怎么办？"说完马上又接着说，"反正没有吴娴，我也不想活了……"一边说，一边又从话筒里传来了贺松压抑着的低低的哭声。

一听见儿子的话和哭声，贺世跃的心一下又软了起来。但对于卖老家的房子，他是绝不会答应的。于是便说："有啥子不得了的？世界上只有剩谷剩米，莫得剩儿剩女，难道除了她就再也找不到女娃儿了？再说，看她用钱大手大脚的，也不是个正经过日子的人……"

话还没完，那边贺松突然像是自己受到了侮辱似的，大叫了起来，说："我不要你这样说她！你不知道，她平常用钱是很节约的，一分钱都舍不得乱花！"

贺世跃听了儿子这话，知道他心里还有她，便说："那也算了嘛，人家不愿意跟你，有啥办法……"

贺松马上打断他的话，叫道："不，我就是要她……"

贺世跃听他这么说，便说："你就是要她，可她心里没有你，你难道还能强迫她？"

贺松大声说："不，如果我们城里有房子，她还可能会回心转意！"

贺世跃一听儿子的意思还是要自己卖老家的房子，心里的气便不由得又窜上了头顶，便说："你想让我把老来的窝卖了，想也别想！"说完不等儿子答话，又接着说，"我把你带大了就算尽到责任了，你想在城里买房子就各人买去，我有什么办法……"

贺世跃还想继续说下去，那边儿子打断了他的话，也气咻咻地说："你连房子都给我买不起，当初生我做什么？我今年都快二十六岁了，好不容易才碰上吴娴，却因为城里没房子眼睁睁看着煮熟的鸭子又飞了，你还说尽到了责任？"说完也似乎不想让贺世跃说话，又一边抽泣一边说，"反正没有吴娴，我活着也没什么意思了！从今往后，你就只当没有生我，我也当没你这个父亲了！我是死是活，你都不要再管了……"话未毕，电话里忽然传来儿子的号啕大哭声。

听完儿子的话，贺世跃犹如万箭穿心。他急忙对着手机大喊起来："儿子，儿子……"可话筒里却再没有了声音，连电流的"噗噗"声也消失了。贺世跃知道儿子又挂断了，他握着手机呆呆地站在那儿，仿佛泥塑木雕的一样。

这时，城市的各种灯光都亮了起来，组成了一副炫人眼目的、海市蜃楼般的美丽图景。公路上往来穿梭的车辆都亮着前灯和尾灯，像是天上的繁星落到了地上。一些灯光从贺世跃身上划过，照着他彳亍的身子。

回到宿舍里，曹德盛已经睡下。所谓宿舍，就是那些还没有完工或虽已完工但还没有交付的屋子。这样的屋子多的是，你想睡哪间屋子就睡哪间屋子，反正就是在地板上铺上两床草垫，再扔一床席子在上面就行了。讲究一点的，在草垫上铺上一床破棉絮，再在棉絮上铺一张床单。贺世跃没那么讲究，他的床铺上除了草垫以外，只有一张破席子和一床棉被。他原先只和曹德盛住一间屋子，后来王兴友也搬了进来。王兴友有一个不好的毛病，他去找"小姐"打了"炮"回来后，不但要绘声绘色地把经过讲给同屋的室友听，而且还要品评一番，像是回味似的。不但如此，他还从那些"小姐"嘴里学到了不少下流话，听到了许多风月场中的下流故事，他还要讲给室友们听。那些室友年轻的四十多岁，年纪大的也不过五十来岁，他们虽有老婆，但都在乡下，一两个月都难得亲近一回，哪里受得住他这个"炮手"的撩拨？常常弄得屋子里的人半晚半晚地睡不着觉。时间一长，室友们便嫌他讨厌，将他赶出了宿舍。王兴友本可以自己去住一间屋子，但他又嫌一个人住冷清，便厚着脸皮搬到贺世跃和曹德盛的屋子里来了。贺世跃和曹德盛都一大把年纪了，有时虽然也被王兴友这个"炮手"的下流故事撩拨得心里像有毛毛虫爬，但那种感觉只是稍纵即逝，慢慢地也就习惯了，便让他住了下来。

贺世跃回到屋子，借着从窗外透进来的灯光，看见王兴友的床铺空着，便知道这个"炮手"又出去打"炮"了。春节期间，王兴友一个人没地方去，贺世海便把他留下来看守工地，每天另外给他补助一百元钱，今天早上刚把一千五百元钱交给他。贺世跃见他不在，也没问，脱了衣服，径直爬到自己铺上去了。

刚要躺下，旁边曹德盛翻了一个身，忽然问道："你消了夜到哪儿去了？"

贺世跃闷闷地说："我出去转路去了。"

曹德盛说："你从来没出去压过马路，怎么今晚有那个兴趣了？"

贺世跃没吭声，过了一会儿，曹德盛又忽然问："看你今下午接了一个电话回来，就像掉了魂一样，出了什么事？"

曹德盛比贺世跃小几岁，但两人很合得来。曹德盛有个念了研究生的儿子叫曹昊，这令贺世跃很羡慕，常常对曹德盛说："我要是有个儿子念了研究生，早在家里当老太爷了，哪还会出来打工丢儿子的脸！"说得曹德盛哭笑不得。后来才慢慢知道，曹德盛的儿子是研究生不假，念的却是历史专业，专门研究秦始皇、汉武帝时期那些事儿，毕业后找不到工作，耍了两年后才在省城一家私人办的职业中专学校找到一个泥饭碗。他的女朋友和他是大学同学，已经同居了几年，因为没有房子，两人也没有结婚。可凭两个年轻人那点工资，想在省城买上房子，不知要等到猴年马月？所以曹德盛才出来打工，想挣点钱在儿子买房子的时候帮他们一把。贺世跃听了曹德盛的事后，立即有些惺惺相惜起来，加上两人都非常节俭，是工地上有名的一对"铁鸡公"，所以便住在一起了。再后来，因为自己老婆也姓曹，贺世跃便干脆认了曹德盛为"野舅老倌儿"，以便在工地上互相有个帮衬，两人的关系又亲密了一层。现在听曹德盛问，本不想把儿子的事告诉别人，可一则心里憋得慌；二则觉得曹德盛不是外人，连曹德盛都不说，自己找谁说去？这样一想，于是叹息一声，便把贺松的事——对这个"野舅老倌儿"说了。

曹德盛听完，忙说："这可不是小事！年轻人心里难受，你好好给他说嘛！"

贺世跃说："我怎么给他好好说？我话还没说完，他就把电话挂了，再打就关了机……"

曹德盛说："他把电话关了，说明他心里正难受嘛！他总不能一直都把电话关了，现在打不通，明天再打吧！总之，你不能和他吵，多拿好言好语安慰他，过一段时间，他把这事丢冷落了心里就好了！"说完又说，"好了好了，你也不要东想西想了，累了一天，先睡觉，有啥事明天再说！"曹德盛说完，便又翻身睡过去了。

贺世跃也想睡，可他哪儿睡得着？只要一闭上眼睛，儿子那张挂着泪水的脸庞便出现在自己脑海里。他不但十分清晰地又听见了儿子刚才对他说的话，而且还带着埋怨的目光在瞪着他，在责怪他没有尽到一个当父亲的责任。可在心里，他又觉得自己这辈子为儿子已经做得够多的了，已经精疲力竭，尽了最大的努力，再要做，实在没有这份能力了。可是又一想，只要儿子还没成家，他便没有完成自己的人生任务，没有尽到自己的责任，还得继续为儿子贡献和奋斗。可怎么贡献和奋斗，他却想不出办法了。他知道这次遇到了一个很高的坎，自己还能爬过这个坎吗？他在心里冥思苦想，越想越乱，越想越睡不着，只得在床上像烙煎饼一样乱翻起来。

正在这时，他听见王兴友回来了。王兴友径直走进屋子，也没开灯，像他刚才一样，脱了外面的衣服，往床上的被窝里一钻，便睡过去了。昏暗中，他也没看清王兴友的脸，只在心里奇怪：要在平时，王兴友回来一定会把他们吵醒，然后兴致勃勃地把自己的"战果"喋喋不休地讲给他们听，可今天晚上一回来便安安静静地睡了，像是什么事也没发生一样。贺世跃想："可能是他今晚上没有打成'炮'。"想问他，但一想起自己家里的面糊还吹不冷，哪还有心思去帮别人吹稀饭？这样一想，也就懒得去问了。又过了一阵，终于迷迷糊糊地睡了过去。

第二天早晨起来，贺世跃拿着手机准备去外面给贺松打电话，经过王兴友身旁时，发现他的嘴唇有些肿胀，右边眼角上也有几块瘀青，明显是被人打过。但贺世跃因为自己心中有事，也没问他，却听见曹德盛在问："王兴友，你脸上是怎么回事？"

王兴友听了这话，似乎有些不好意思，伸手去摸了一下自己的嘴唇，却没答。曹德盛又问："你昨晚上和什么人打架了？"

王兴友还是没答，过了一会儿才突然说："老子过年那两天去买东西，不知从哪儿收到一张假钱！"

一听这话，贺世跃和曹德盛都立即明白了，曹德盛又明知故问："你是拿假钱去'打炮'，被人打了？"说完不等王兴友回答，又说，"你是自己讨到的，哪个叫你拿假钱去搞人家的嘛？"

听了这话，王兴友急忙急赤白脸地争辩说："我怎么知道是假钱？"

曹德盛说："人家发现是假钱，你给别个换一张就是嘛，也不至于挨腔子砣儿嘛？"

王兴友半天才嘟哝似的说："我只带了这一张钱嘛……"

一听这话，贺世跃和曹德盛都相互笑了一笑，便不说什么了。原来王兴友以前去"打炮"时，完事后，那些"小姐"常常还爬到他身上发嗲，嘴里"哥"呀"老公"的喊得又脆又甜，向他讨小费。王兴友心软，又一心想"小姐"下次把他侍候得更舒服一些，留个人情，于是便三十、五十地给，显得很大方。但后来王兴友发现，尽管给了小费，自己下次再去时，那些小姐还是装作不认识自己似的，该怎么办就怎么办，显得一点也不徇私情。再后来王兴友便学聪明了，再去"打炮"时，便只揣一发"炮弹"的钱，事一完，将钱往床上一扔，提起裤子就走人，任"小姐"怎么发嗲也不管了。这天晚上，"小姐"发现他给的是假钱并且拒绝更换，所以叫人打了他。

贺世跃听了王兴友的话，尽管自己心里烦躁和愁闷，但还是忍不住用长辈的口吻说了一句："你何必呢？自古嫖和赌都不是好事，你硬是想死在那个洞洞里呀？"说着走了出去。

来到外面的空地里，贺世跃便又迫不及待地拨起儿子的电话号码来，可回答他的仍是那个"您拨打的电话已关机"的温柔的声音。贺世跃满心的希望又落空了，只得又悻悻地走回屋子。

曹德盛一见，忙问："打通了？"

贺世跃摇摇头，说："还是关机。"

曹德盛说："时间还早，也许娃儿还没起床，也许是手机没电了，吃了早饭再打吧！"

贺世跃没有回答，目光中流露着一种既担心又无奈的神色。

上工以前，贺世跃又拨了一遍贺松的电话，仍然是关机。贺世跃有些绝望，在心里恶狠狠地说："你要关机，老子再给你打电话就不是人！老子不相信你硬是去死了！"可这话说过没多久，又把誓言忘到了九霄云外。在休息的时候，又不由自主地把手伸向了腰间的手机。但这次和早上一样，一连拨了两遍，贺松的电话都处于关机状态。越是没打通，便越是想打通，中午和晚上，只要一有空，贺世跃便掏出电话打，但每一次带给他的都是更深的失望。

第二天、第三天儿子的手机仍是关机。眼下，贺世跃感到的不再是愁闷、忧伤和痛苦，而是深深的恐惧。他不知道儿子出了什么事？过去他们父子俩也有斗气的时候，可不管他们之间有多大分歧，最多一天半天，父子俩便又重归于好了，哪像这次一连几天都不开手机呢！他想起儿子那天说过的"我也不想活了"

的话，头脑里突然"轰"的一声，像是有东西爆炸，接着全身便不由自主地哆嗦起来。他在心里一遍又一遍地祈祷："但愿这狗日的千万别去寻了短见！"越是这样想，内心的恐惧越是像烟雾一样弥散开来，把他拽进了一个无可名状的虚空中。

现在，贺世跃知道了什么叫度日如年的感觉，在一种丧魂失魄的恍惚状态中，他又度过了两天，仍是没法打通贺松的电话，贺世跃觉得自己就要疯了。这天晚上半夜时分，他突然大叫一声从床上坐了起来，瞪着一双惊恐的眼睛看着地下，嘴唇半张着，喘着粗气，身子微微颤抖，仿佛怕冷一样。他盯着地下看了半天，也没回过神。

曹德盛被他的声音惊醒，忙坐起来问："你怎么了？"

他听了这话，手抬到胸口摸了摸，这才像回过神似的呢喃着说："我梦见贺松寻短见了，血肉模糊的……"话还没完，忽然像是喉咙被堵住似的哽咽一声，接着便抽泣开了。

曹德盛一见，便说："你是日有所思，夜有所梦！"说完却说，"这样的事，也不是不可能发生。我们那边就有一个小伙子，女朋友和他分手后，他想不开，就寻了短见！"

他这么一说，贺世跃更觉得万箭穿心，时断时续的抽泣马上演变成了"嗡嗡"的悲怆的哭声。

曹德盛见了，马上又说："我也只是说这样的事有可能发生，也没有说大侄儿就一定发生了。要不，你到他打工的地方去看一看吧！"

贺世跃一听这话，慢慢止住了哭声，说："他年年都在换厂，我只知道他在福州，至于他在哪个厂里打工，我就不知道了。福州那么大，我大海捞针，到哪里去找他？"

曹德盛想了想，又说："你们那样大一个湾，总不至于他一个人在福州打工吧？你也可以问问他们。麻雀飞过都有个影影，一个大活人真的没见了，总不能连一点消息也没有吧？"

一听这话，贺世跃头脑里忽然像是裂开了一条缝，被强烈的阳光照亮了，急忙说："有是有，不过隔他打工的地方还要坐两个小时的公共汽车……"

话还没完，曹德盛便说："两个小时的公共汽车算啥子？都是一堆一块的，你叫他去帮你看看，是好是歹，你不是就知道了吗？"

贺世跃忽然一拍脑袋，像是醒悟过来似的说："你看我，这几天都急昏了，怎么就没有想到这点？真是人在事中迷，就怕没人提，谢谢他舅点拨我！"

曹德盛说："哑巴吃汤圆——心里有数了，各人困瞌睡吧！"说着，急忙将身子缩进了被窝里。

贺世跃又裹着被子坐了一会儿，果觉得心里比先前踏实了许多，这才也睡下了。

第二天一大早，贺世跃便打电话回贺家湾问贺贵全的电话。这时，回家过年的年轻人早已回到各自打工的地方去了，贺家湾又只剩下一伙看家的"老几几"和"老孃子"，贺世跃一连问了好几个老家伙，都用跑风漏气的声音说不知道。贺世跃又把电话打到贺端阳那里，贺端阳听他问贺贵全的电话，便问："你也想到福建去打工呀？"说完又劝他，"新房子也建好了，家具电器也买了，儿媳妇也是穿钉鞋，挂拐棍——把稳做实的了，都那样大一把年纪，还跑那么远打工做啥子？钱都挣得完呀，老叔？"

一听贺端阳提到儿媳妇，贺世跃心里又难受起来，但他还是尽量用了十分平和的口气说："不是到福建打工，我有点事想找贵全大侄子问一问。"

贺端阳这才没有再说什么，把贺贵全的电话号码告诉了他。

贺世跃又迫不及待地打电话给贺贵全。电话接通后，贺世跃的心便"咚咚"地跳起来，好似自己做了什么见不得人的事。电话响了好几遍，才从里面传来一个粗重并略显不耐烦的声音："哪个？"

听到贺贵全问，贺世跃的手微微抖动起来，眼里闪着一个濒临死亡的人又突然绝处逢生的光芒。他急忙对着话筒喊了起来："是我，贵全，我是贺世跃！"

那边贺贵全像是没有想到，有些惊喜地叫了起来："哦，是世跃老叔！老叔怎么想起给我打电话了？真是腊月三十天的磨子——想转了！"说完又马上问，"老叔你这是在哪儿？"

贺世跃说："我还在你世海叔这里打工嘛……"

话还没完，贺贵全在电话里又"哦"了一声，说："我还以为你到福州贺松老弟这儿来了呢！"

一听他提到贺松，贺世跃便尽量压抑着内心的焦急，对贺贵全不露声色地问："贵全，过了年你们到福州后，你兄弟到你那里来过没有？"

贺贵全一听这话，便马上像是有些不满地对贺世跃说："老叔，他到我这里来做啥子？往年他倒是三不打十地来看一下，可今年他有了一个又乖又嫩的婆娘儿，像公狗和母狗一样，随时都黏到一起的，哪还有心思到我这儿来？"

贺世跃听他提到吴娴，心里又像是被人揪了一把，便立即说："贵全，你快别提他女朋友了，他们已经吹了……"

话没说完，贺贵全在电话那头便惊叫起来："吹了？怎么吹了？"

贺世跃这时便带上了哭腔，说："要不，我怎么会给大侄子打电话呢？"说完，生怕贺贵全会拒绝似的，不等他回答，马上又说，"大侄子你不知道，老叔这几天过的可是在油锅煎熬的日子，差点就要疯了。不看僧面看佛面，大侄子一定要帮我这个忙……"

贺贵全忙说："老叔快不要这么说，一堆一块的，你又是长辈子，有啥难处就尽管说！"

贺世跃听了这话，有些放心了，便把贺松和吴娴如何分手，贺松如何给他打电话，他们又如何发生冲突，贺松又如何关了电话等经过，对贺贵全说了一遍。

贺贵全听完，才说："原来是这么回事，这个老弟，也太经不起打击了！"说完又说，"老叔放心，我现在就给他打电话，看能不能打通？如果也打不通，我们再说下一步的事！"

贺世跃忙说："那就多谢大侄子了！"

贺贵全说："这点事谢什么？老叔你等着，我打完电话后就给你回话！"

说完，贺世跃的手机里便没有了贺贵全的声音，贺世跃知道贺贵全给贺松打电话了，也挂了电话等起来。

没等多久，贺世跃手里的电话又响了起来，他急忙把手机贴到耳边，便听见贺贵全在电话里说："老叔，我给贺松老弟打了，电话也是关机……"

贺世跃还没听完，一颗心又提到了喉咙眼，便像要哭了一样对贺贵全说："这可怎么办，大侄子……"

贺贵全不等他说完，便说："老叔，我知道你心里急，可你再急有什么用？这样，上午我要上班，下午我该休息，吃过午饭，我亲自到老弟打工的厂里去一趟！把情况问落实了我再告诉你，你看怎么样……"

贺世跃一听到这里，便巴不得立即跪下给贺贵全磕头似的说："贵全，你真是在救老叔的命了，一辈子我都记你的大恩大德……"

贺贵全说："老叔，你这样说是在折晚辈的阳寿了！"然后才说，"就这样说定了，老叔，不管是好是歹，老叔晚上听我的电话就是！"说完就挂了电话。

贺世跃又在恍恍惚惚、提心吊胆中度过了一天，到天黑的时候，贺贵全果然打电话来了，可电话通了好一阵贺贵全都没有说话，贺世跃有些忍不住了，忙问："贵全，情况怎么样？"

贺贵全又过了一会儿才说："情况有些不妙呢，老叔！"

贺世跃又问："见着你兄弟没有呀？"

贺贵全说："老叔，不瞒你说，我兄弟真的不知到哪里去了呢……"

尽管贺世跃心里已经有所准备，可一听贺贵全这话，还是犹如头顶响起炸雷一般，耳朵里轰了一声，身子摇晃着差点倒下地去。他很想回答贺贵全，可嘴唇嚅动了两下，却没有发出声音。贺贵全见贺世跃半天没有吭声，急忙又在电话里问："老叔，你在听我说话没有？"

听见贺贵全问，贺世跃这才像是虚脱了一样回答了一句："听……着呢……"

贺贵全这才继续对贺世跃说："老叔，我到贺松老弟打工的厂里一问，人家说他四天以前就辞职离开了那里。我问了他最好的朋友，朋友也证实说贺松老弟失恋以后，确实非常痛苦，一整天都不吃不喝，只叫着吴娴的名字哭。后来他便提出辞职，朋友还劝他不要辞，说等过一段时间就会好的，但他还是不声不响地去把职辞了……"

听到这里，贺世跃才颤抖着问："他又……又去了哪、哪儿……"

贺贵全说："我问他朋友，他朋友也说不知道他辞职后去了哪儿？他什么人也没告诉，辞了职的当天，就悄悄地一个人走了！走的时候，只带了两件换洗的衣服，他那些东西，现在朋友还给他收着呢！"说完，贺贵全像是突然想起似的，马上又补充了两句，"哦，还有，他朋友说，走之前，贺松老弟买了一辆二手摩托车，也不知他为什么要买摩托车，反正现在摩托车也不见了！"说完才最后说，"我就知道这些了，老叔！"

贺世跃木木地站在那儿，贺贵全的话显得既缥缈又真切。他的嘴唇像是怕冷似的不断哆嗦，却没有发出一点声音，身子也像被掏空了一样随时都会随风飘散。他咬着牙关，努力控制着双脚，才没让自己瘫倒在地。过了半天，他才对着话筒嘟哝似的说了一句："谢谢你，贵全……"声音是那么轻，那么绝望。

贺贵全似乎感到了不安，就马上又说："老叔，你可不要往绝处想！贺松老弟又不是小孩子了，我不相信他为这点事就去寻了短见！我已经跟他最好的朋友说了，一有他的消息，就马上打电话告诉我。隔几天，我又过去打探打探消息，有什么情况我会随时告诉你，你老人家各人保重自己就是!"

贺世跃听了，并没有高兴起来，又像是嘟哝似的说了一声"谢谢"后，就挂了电话，然后拖着沉重的双腿，踉踉跄跄地回到了寝室里，蒙头睡下了。

第二天贺世跃不但头脑里空空洞洞，手脚软得没有一丝力气，而且身子也有些发烧，像是感冒了一样，于是便托曹德盛帮他请了一天假，躺在床上睡了一天。天黑的时候起来一看，嘴唇干得开了裂，曹德盛给他把饭打了来，他也不想吃，又躺在床上昏头昏脑地睡去了。第二天，身上的热不但没减轻，嘴角和舌尖上还起了很多小泡，更没了食欲。曹德盛叫他到医院去弄点药，但贺世跃没去。到第三天，贺世跃变得面颊通红，连眼睛也像要淌血一般，让人看见害怕。同时，他的头脑昏沉得很厉害，里面像有无数只苍蝇在飞，"嗡嗡"地响成一片，眼光却是越来越迟钝，看东西一片模糊。同时他不敢闭眼，一闭上眼他就看见各种龇牙咧嘴的鬼怪在他面前晃来晃去，或者发出怪声怪气的叫喊，或者手舞足蹈地哈哈大笑……常常吓得他惊恐地从床上一跃而起。到第四天，贺世跃忽然变得像小孩子样，一会儿在床上哭，一会儿又在床上笑，一会儿又是喃喃自语，说的什么却又听不清楚，仿佛疯了一般，吓得曹德盛和王兴友都赶快躲开。

然而就在这天中午的时候，贺贵全给他打电话来了。贺贵全不等贺世跃问，便在电话里大声地叫了起来："老叔，贺松老弟回来了……"

话还没完，贺世跃一个鲤鱼打挺就从床上跳了下来，也不知他哪来的那么大的力气，只听见他冲着电话就喊："你说啥，贵全?"

贺贵全也像是在拼尽全身力气对他喊叫一样："我贺松老弟回来了……"

贺世跃握着电话愣了一阵，突然双腿一软就坐在了地上，接着竟然"嗡嗡"地哭了起来。

贺贵全听见贺世跃的哭声，便又大声问："老叔，你哭啥子?"

话音刚落，贺世跃的哭声突然又变成了"哈哈"的笑声。贺贵全等他笑完，才又不放心地问："老叔，你这是怎么了？"

听见贺贵全问，贺世跃一下明白了过来，他马上止住笑声，恢复了正常，对贺贵全问："贵全，你看见他了？"

贺贵全说："他刚才还在我这里呢！我叫他给你打个电话，他像是有些不好意思，想了想对我说，'现在不打，等以后再打吧！'"说完不等贺世跃问，一口气又说了下去，"老叔，你知道贺松老弟这段时间发生了什么事吗？吴娴和他分手后，这老弟确实有些想不开，想去撞车跳楼，一死了之。可最后一想，他长这么大，还没看见过长城，也没有见过天安门，还有听说杭州的西湖、四川的峨眉山，这些地方都很美，要死，也要把这些地方看一看才死，死了也做个见了世面的鬼！所以他便没跟任何人说，悄悄地去辞了职，又买了一辆二手摩托，他想骑摩托既自由自在，沿途又看了风景，反正走到哪就算哪，口袋里那点钱在哪儿花完，就在哪儿死……"

贺贵全还想继续往下说，没想到贺世跃这时叫了起来："天啦，亏这狗日的也想得出来？"

贺贵全却说："老叔，幸亏这老弟出去走了一趟，这才打消了死的念头！我跟你说吧，这老弟走着走着，发现外面的世界这么美好，这么多人都快快乐乐地活着，他为什么就要死？所以越走，死的意念就越来越弱！等他看完天安门后，突然不想死了，干脆把那辆烂摩托扔到北京，买了一张火车票就回来了！"

听到这儿，贺世跃忽然问："这狗日的瘦没瘦？"

贺贵全说："瘦倒是比以前瘦了一些，也黑了一些，可比过去精神了！他从原来的厂里辞了职，现在也不好意思回去了，又重新找了一个厂呢！"

贺世跃又忙问："他一直把手机关了做啥？"

贺贵全说："他不是一直想悄无声息地离开这个世界吗？所以就把电话关了，他不想让任何人来打扰他这事呢！"

贺世跃听到这里，明白了，不由得狠狠地骂了一句："狗日的，差点没把老子的命送了呢！"

贺贵全又说："老叔，你现在放心了吧？不过我看这老弟的样子，虽然他现在不会寻短见了，但心里还是没有放下吴娴。这段日子，如果老弟不主动给你打电话，我劝你也不要先给他打电话，免得又勾得他伤心。让他心里的伤口慢慢好了以后，你再给他打电话也不迟，你看怎么样，老叔？"

听了这话，贺世跃马上说："我听贵全你的！只要有了他的消息，我一颗心就算落了地！"说完，贺世跃又对贺贵全说了一通千恩万谢的话。

挂了电话，贺世跃忽然感到全身轻松起来，也想吃饭了，便拿起碗筷朝食堂走去了。

第六章　2013 年 4 月

　　贺世跃听了贺贵全的话，果然没先给儿子打电话，但他心里踏实了。他不但知道儿子没有寻短见，而且还知道了儿子浪子回头，以后会更加珍惜自己的生命。贺松也暂时没有给他打电话。好在他现在有了贺贵全这条联络线，每隔几天，他便要打电话问问贺贵全关于自己儿子的情况，贺贵全也总是耳报神一样把自己知道的事告诉他。因此，父子俩虽然远隔千里，又互相赌气似的没有联系，但儿子的一举一动甚至包括他心里是怎样想的，他都一清二楚。同样，他相信自己的担忧、着急、思念等，贺松一样会明白。他知道儿子一定会给他打电话的，他只需耐心等待。

　　果然这一天，贺松给他打来电话了，喊了一声"爸爸"，接下来却有些不知该说什么好的样子。贺世跃也一样，一听到儿子的声音，他就有些紧张得心里像是擂起鼓来的样子。他十分害怕儿子又提起卖老家房子或吴娴的事，幸好贺松没说，只淡淡地问候了几句，便说自己要去上班了，就挂了电话。尽管儿子的口气没过去那么亲切和热烈，但贺世跃知道，儿子此举是在主动修复父子间的关系，意味着从此以后，父亲还是父亲，儿子还是儿子，该怎么样还是怎么样。这样一想，贺世跃就彻底放心了。

　　日子慢慢过去，天气渐渐热了起来，白天也变得格外漫长。下午下班以后，贺世跃忽然在工地上拾起垃圾来。工地上的垃圾主要是些水泥包装袋、废铁丝、铁钉等，偶尔也会有工友扔掉的矿泉水塑料瓶。他把这些东西分门别类地收集起来，打成捆，放到一间空屋里，每隔三四天便背到吴驼子的废品门市去卖。有时一次能卖二三十块钱，有时能卖十多块钱，刚好能把这几天的烟钱挣回来。贺世跃见自己抽烟不再用自己的工钱去买，便很高兴，于是捡破烂的积极性更高涨起来。

这天晚上，贺兴跃刚把破烂卖了回来，因为价钱比往天都卖得好，所以贺世跃便格外高兴，一边走一边嘴里还哼着一支小曲。走进屋子，那眼睛还弯成了一个三角形，脸上的每条皱纹都似乎注满了兴奋和开心。王兴友正在换衣服，像是要出去的样子，贺世跃趁着心情好，便问："又要去找'小姐'呀？"

王兴友也不避讳，说："莫得婆娘的人，不找'小姐'干什么？"

贺世跃道："你就这样找一辈子'小姐'呀？"

王兴友说："我倒想讨个婆娘，可没哪个婆娘肯嫁给我！虽然不能找一辈子'小姐'，但快活一时是一时。"口气充满无奈，有些破罐子破摔的味道。

贺世跃听了这话，便不再说什么了。

王兴友见贺世跃尽管从头到脚都蒙了一层水泥灰，像个脏猴一样，却一副乐呵呵的样子，便看着他问："老爷子，看你像是捡到金元宝的样子，是不是今天发大财了？"

贺世跃说："大财说不上，不过卖了几个烟钱。"

王兴友沉吟了一会儿，便也用了规劝的口吻说："老爷子，你怎么那么没事？钱卖不到几个，把身上整得倒像个灰娃儿似的，何必呢？"

贺世跃说："衣服蒙了灰掸一下就是嘛，日头还有这样高，不找点事混到起，耍起有啥意思？"一边说，一边从绳子上扯下自己一条硬邦邦的毛巾，用力掸起身上的灰来，一股强烈的水泥灰尘便满屋子乱飞。

王兴友见了便有些不高兴了，大声叫了起来："要掸到外面去掸，没看见别人正在换衣服么？"

贺世跃听见王兴友口气有点不对，心想："刚才说话还好好的，你娃儿这阵是哪股水发了，用这种口气对我说话？"心里也有些不舒服起来，不但没去外面掸，反而将衣服拍打得更凶，并沉下了脸说："我掸我的，关你什么事？你娃儿想爱干净，自己出去！"

王兴友平时见贺世跃捡破烂赚了钱，心下多多少少有些妒忌，所以见他在屋子里掸衣服才会生气。现在听了贺世跃这话，想了一会儿，便带着挖苦的口吻说："挣了那么多钱，连一点破烂都看得起，平常和大家打平伙时，你生怕多出了一分钱，但喝起酒来比哪个都凶，真是越有越抠门！"

贺世跃一听这话脸立即红了，便对王兴友大声说："我喝酒比哪个都凶，可也没有喝你的，关你屁事！"

王兴友喉咙里"咕咚"了一声，似乎想找话反驳贺世跃，一时思维却短了路，狠狠地瞪了贺世跃一阵，突然抓起墙角两个塑料矿泉水瓶子，说："我这瓶子就是扔了，也不给你这号人捡去卖钱！"说着，将两只矿泉水瓶子用力朝窗外一扔，然后"咚咚"地转身出了屋。

贺世跃见了，心里也气得一鼓一鼓的，半天才盯着王兴友的背影狠狠骂了一句："你狗日的不得好死！"骂完，去外面水槽边洗了脸，又冲了脚，然后回自己床铺上躺下了。

一觉醒来，已是半夜，却见王兴友床铺上还是空空的，便急忙喊醒了曹德盛，道："王兴友这狗东西'打炮'还没有回来？"

曹德盛睡得蒙蒙眬眬的，听见贺世跃问，便道："怕是还没打够，或者遭哪个'小姐'缠住了嘛！"

贺世跃说："还有'小姐'缠住他的？"

曹德盛说："听说现在专门有这种'小姐'，叫作'包夜'，可以从天黑睡到天明呢！"

贺世跃听了曹德盛的话，没说什么，却说："这狗日的，昨晚上还和我吵了几句呢！"

曹德盛问："为啥？"

贺世跃便把昨天晚上的事对曹德盛说了一遍，曹德盛听了，也没置可否，却问："昨天晚上你那些破烂卖了多少钱？"

贺世跃说："五十块。"

曹德盛说："还是你有出息，白白捡了五十块钱，我昨晚上和贺长云、杜德友几个人打了几圈麻将，还输了三十多块钱呢！"

贺世跃说："怪不得我回来的时候，你没在屋子里，原来还是打麻将去了！"说完，两个人又说了一点别的，便又各自睡了。

第二天早上起来，已是红霞满天，那朝阳的万道光线映在这幢还没完工的水泥建筑上，呈现出一种金黄的橘红色，空气中也弥漫着一种潮乎乎的露水的气味，温馨、甜蜜，使人有种十分愉快的感觉。贺世跃看见王兴友的床上还是和昨晚上走的时候一模一样，便知道他彻夜未归，于是便又对曹德盛说："这狗日的和'小姐'睡了一整夜都没回来，饿狗儿滚粪坑——饱胀一顿了！"

曹德盛道："你管他的，只要他有那个精力，他一晚上就打一百回'炮'，也是他的事！"说着，从绳子上扯下自己的毛巾，下楼洗脸去了。

贺世跃却有些隐隐的不安起来，他知道王兴友这个东西虽然喜欢"打炮"，可打完"炮"后都准时回来，从来没有出现过彻夜不归的事，会不会出了什么事呢？

正这么想着，一个人忽然急匆匆跑来，一头撞进屋子里，连看也没朝贺世跃看一眼，便惊风扯火地叫了起来："不好了，不好了，王兴友昨晚上被车子撞死了……"

一语未了，贺世跃如闻晴天霹雳，面色立即变成了土灰色，同时两眼也像是进了虫子一样一上一下急速眨动起来，愣了半天才回过神，看见来的人是昨晚和曹德盛一起打牌的贺长云，便哆嗦着问道："长云，你……你说什么？"

贺长云说："真的，他和你们住一间屋子，昨晚上他人没有回来，难道你都不知道？"

贺世跃还是不肯相信，继续看着贺长云问："你……你是怎么知道的？"

长云说："刚才兴仁过来告诉我们的！兴仁说，'炮手'大概是昨天晚上十点到十一点左右被汽车撞死的，尸体是在南门转盘前通往我们工地的岔路边发现的，听说脑袋和半边身子都被撞没了，警察赶到的时候，人早已翘死梆硬的了。警察说，车祸肯定是车祸，可肇事车辆早跑得无影无踪。警察也不晓得他是哪里的人，叫什么名字，只得先把他拉到了火葬场。好在'炮手'的电话还在口袋里，警察把他电话里的通讯录调出来一看，你们猜怎么样？里面全是'小姐'的电话号码。可那些'小姐'又全是假名，什么阿芳、阿花、阿红、方方、圆圆、珍珍、涓涓……警察打了一晚上的电话，都说不认识这个人，还说警察半夜三更骚扰她们，最后有个'小姐'还算有点良心，对警察说：这个人好像在'爱丽舍宫国际花园小区'打工。警察听说是'爱丽舍宫国际花园小区'打工的，立即给世海老辈子打电话，世海老辈子叫兴仁天不亮就赶到火葬场去看，可不就是'炮手'这个家伙……"

贺长云连比带画把经过说完，又一溜烟跑了。贺世跃还呆呆地站在那里，事情来得太突然和意外了，昨晚上，他在这屋子里还和王兴友吵过几句呢，一个活蹦乱跳的大活人，怎么说没就没了呢？他简直不敢相信自己的耳朵，可是贺长云说得又是那么有鼻子有眼，更重要的是，要不是真出了事，王兴友怎么会一夜不归呀？他猛然想起昨夜和王兴友吵嘴时说的那句"你狗日的不得好死"的话，突然打了一个哆嗦，觉得王兴友的死和自己脱不了干系。想到这里，他上下颚骨像是怕冷似的打起战来，并且发出"嘎嘎"的响声，黝黑的脸上呈现出一副丑陋的、欲哭不哭的表情。他看了看王兴友的床铺和紧挨在床头的那口木头箱子，像是害怕它们的主人会突然从床上或箱子里跳出来抓住他索命一样，他想跑到外面去，可刚迈开腿，却脚下一软，又坐到了自己床上，接着又发起呆来。

果然在吃早饭时，贺兴仁来向大家证实了王兴友死亡的消息。贺兴仁是贺世海的亲侄儿，贺兴成的弟弟，贺世海才出来打拼时，他便跟在幺爸鞍前马后效力，慢慢地成了贺世海的得力助手，现在是公司管业务的副总，总揽公司的一切大小具体事务。他来到饭堂里，对工友们说："大家可能都听说了，王兴友昨晚上被车撞死了。按说来，他死在外面，跟我们公司无关，公司可以不管这事。可你们也晓得，王兴友他没有任何亲人，肇事司机逃逸了又一时找不着，现在尸体停在殡仪馆，警察要求我们公司早点把他尸体火化了。看在他在我们公司打了几年工的分上，我们打算在他火化前，找个人把他尸体稍稍打整一下，给他换身干净衣服，也好让他稍微体面一点到阎王殿去报到，你们哪个愿意去呀？"

众人互相看了一眼，都没吭声。贺兴仁见大家都沉默不语，便又说："谁愿意去，公司给他记两天工，回来就到财务上领钱！"

众人听了仍是没有回答，半晌，才有人说了一句："贺总，这不是钱的事，'炮手'是凶死，谁那么倒霉愿意去沾凶死鬼的晦气呀？"

这人话音一落，马上也有人跟在他后面叫了起来："是呀，贺总。听说'炮手'的半边脑袋都没有了，还给他美啥子容？直接推到炉子里烧了就是！"

贺兴仁听了这话，想了想才说："话不能这么说，我们公司也要图点吉利不是？农村死了人，还要给他洗洗脸，擦擦身子，穿上干净衣服，这叫作给死人

'抹汗'！听老辈人讲，人死了不抹汗，就进不了阎王殿，只能成为孤魂野鬼，在阳间四处祸害人呢！要不，殡仪馆为啥还有专门给死人美容的理容师？"说完，见大家还是没有响应，停了一会儿便说："你们没人愿去，我们只好找殡仪馆的理容师了！"说完转身便要往外面走。

贺世跃一直埋着头吃饭，起初他并没有把贺兴仁的话听进耳朵里，可后来听说公司给记两天工，那可是整整三百块钱呢，他心里有些活动了。再则，他脑子里总忘不掉昨天晚上和王兴友争吵的情形，以及自己说过的那句刻毒的咒语，心里一直很内疚。看见贺兴仁转身要走，便突然站起来喊道："我去……"

众人听见喊声，都转过头来惊讶地看着他，连贺兴仁也愣了好一阵，才用了似乎不肯相信的声音问："老叔，你真的要去？"

贺世跃说："我和他同屋住了一场，就当做个好事吧！"

贺兴仁便说："那好，老叔，吃了饭你先回屋子收拾一下王兴友的东西，找两件干净衣服准备给他换，其余的都给他包到一起，顺便拉到殡仪馆给他烧了。"说完，贺兴仁这才走了。

吃过早饭，贺世跃和曹德盛回到屋子里，果然打开王兴友的箱子收拾起他的东西。其实也没什么值钱的东西，除了平时换洗的衣服外，尽是一些破烂玩意儿。贺世跃找出了两件干净衣服，然后看着一堆破烂对曹德盛说："你看有什么东西用得着，用得着就拿去吧！"

曹德盛一听这话，急忙避之唯恐不及地说："你快别这样说，凶死鬼的东西哪个敢用？快包上给他拿去烧了！"

贺世跃果然不再说什么，将那些七古八杂的破烂用一床被单包了，放到床上，等着雷毅来接他。没一时，雷毅果然开着贺世海那辆银白色的宝马车来了。雷毅是贺世海的专职司机，二十七八岁，细长个儿，体格匀称，长着一张十分机灵、年轻、俊秀的面孔，听说贺世海很喜欢他。贺世跃提着王兴友的破烂东西下楼来，将包袱塞到后备厢里，打开后车门坐上去，雷毅开着车便往殡仪馆去了。殡仪馆在县城南郊，离主城区约有四五公里远的样子。车出南门，贺世跃忽然看见路边有个卖殡葬用品的商店，便急忙喊道："停一下！"

雷毅没有停车，却回头看了他一眼，道："干什么？"

贺世跃道："我买点香烛纸蜡，也祭奠他一下。"

雷毅说："殡仪馆里不准烧纸，你要祭奠，回来了找个空地方，想烧多少纸都行！"说罢一踩油门，早把那殡葬用品店甩到后边去了，贺世跃只好作罢。

车到殡仪馆，贺世跃这才知道，这个传说中令人感到恐怖、不祥、神秘的地方，环境竟比中心城区任何一个小区都要美好、幽静，他犹如进入了一个风光旖旎的公园。这里的建筑都不高，掩映在一棵棵高大的青松翠柏中，显得庄严、恬静。道路干干净净，路两旁的万年青修剪得整整齐齐。小车在一条浓荫四合的左盘右拐的小路上开了一阵，来到一幢建筑前停下了。贺世跃打开车门跳下来，看见这座建筑同样不高，但有些破旧，建筑旁边有一个像是中心城区垃圾池样的方方正正的池子。贺世跃看见雷毅走到那幢建筑前面，对里面一间屋子里的人说了几句什么，便又走过来，打开车后备厢，叫贺世跃把王兴友那些破烂给扔到旁边像垃圾池样的池子里。贺世跃提出包袱往池子里一扔，那池子里立即腾起一股烟灰，贺世跃方才知道这儿是焚烧死者生前东西的地方，看着王兴友这些东西即刻就化为灰烬，贺世跃心里又不免有些哀伤起来。

扔完王兴友那些破烂，贺世跃看见雷毅又从车的后备厢里取出一只塑料小桶和一条干净毛巾，对贺世跃说："去那边自来水龙头下面接一桶水！"

贺世跃就去接了一桶水回来，雷毅又对他说："把他的干净衣服拿上，跟我来！"

贺世跃又打开车门，将王兴友两件干净衣服拿在手里，另一只手提了水桶，跟着雷毅往前走。走到那幢建筑左侧一间屋子前面，雷毅突然站住了，指了那屋子的门说："就在这屋子里，你进屋吧，我不进去了！"

贺世跃一听这话，突然觉得浑身的肌肉一下收紧了，皮肤上长出了许多小疙瘩，心里也像是闯进了一只兔子般"突突"地跳动起来。

但他现在已经没有退路了。雷毅说了这话后，便退到了一边，两只眼睛却死死地落到了贺世跃身上。贺世跃只得硬着头皮，放下水桶，推开了那扇锈迹斑斑的铁门，那门发出"吱呀"一声怪叫，犹如启开了地狱之门一样。屋子里没有窗户，贺世跃借着从门口透进去的光亮一看，只见那屋子约有二十来平方米，屋子里什么也没有，只中间一个停尸床，上面停着一具尸体，尸身盖着黑布。贺世跃想："恐怕这就是王兴友的尸体了！"一边想，一边提起水桶，便往尸身边走了。到了近前一看，原来不是盖着黑布，而是一只黑色尸袋。贺世跃放下水桶，又将准备给王兴友换的干净衣服放到旁边，正要伸手去拉开尸身上的尸袋时，头顶上的电灯突然唰地一下亮了，屋里顿时比外面还要明亮。原来，这屋子里电灯开关是安在进门的墙壁上的，雷毅见贺世跃进屋没有开灯，这时便探进头来，伸手将电灯开关打开了。贺世跃朝门口看了一眼，发现雷毅又退回去了。贺世跃回过头，这才去打开尸袋上的拉链。

可他刚把尸袋拉开，只朝里面的尸体瞥了一下，却见一片血肉模糊、面目全非，便立即毛发耸立，不由得"啊"地叫了一声，撒腿便往门边跑去。跑到门边，把住门框，便朝地下"哇哇"地干呕起来。雷毅这时已经退到对面一棵枝叶扶苏、绿荫匝地的松树下，见贺世跃这样，便问："怎么了？"

贺世跃干呕完了，这才捂着胸口，喘着气说："太吓人了！"

雷毅说："你都这样大的岁数了，怕什么？"

贺世跃说："我从小就怕死人……"

雷毅没等他说完，便说："那你为啥愿意来？"

贺世跃有点不好意思了，过了一会儿才说："我没想到他被车碾成了这样……"

雷毅见贺世跃被吓住的样子，便说："癞子梳头往里边过，马马虎虎给他弄一下，重新往尸袋里一装就行了，反正也没人来检查验收！"说完了又说，"我在外面等你，你快点弄吧！"

贺世跃在门边站了一会儿，等心情稍平稳了一些后，才重新鼓起勇气走到王兴友的尸体旁边。这次，他比刚才胆子大了一些，但还是不敢朝王兴友的尸体认真看，只瞥一眼，便又把头转过去，如是几次，才把这个死鬼的模样看清。原来，这死鬼并不像贺长云说的半边身子都没有了，只是脑袋被分成了两半，一半的天灵盖没有了，可以看见里面残留的脑浆，一半天灵盖还留着，却凹陷进去了小碗似的一个坑。脖子也似乎被撞断了，整个脑袋歪到了一边。下巴颏也被撞掉了，两排白森森的、像是要吃人一样的牙齿向外龇着。鼻子歪到了一边，唯有两只眼睛还露着惊愕的样子大睁着，似乎不明白是怎么回事一样。看了一会儿，贺世跃像是控制不住自己似的，两片嘴唇开始颤动起来。过了一阵，他才看着王兴友的尸体说："你娃儿，我说过，你要死到小姐那个洞洞里，这下怎么样了？你看你划不划得来嘛！"说着，忽然觉得心里酸酸的，眼睛也有些潮湿起来，便急忙弯腰从桶里提起毛巾，拧了一把，在王兴友的脸上细细地擦了起来。

现在，贺世跃突然不觉得害怕了，他像是在守着自己的亲人一般，擦得十分仔细。一边擦，一边自言自语地说了起来："你娃儿到了阴司里，可不要怨恨我老汉！昨晚上我不该和你吵架，更不该咒你不得好死的话。可你也是晓得的，那是我气头上的话，不是想真心咒你死！你不晓得我现在心里有多后悔，要不然我今天怎么会来给你'抹汗'？你放心，你再做了凶死鬼，我也一定把你打整得干干净净，让你上路体面一些！你就不要和我老头子一般见识了……"

说完又说，"你娃儿的命也是苦，那么小就离了爹娘，唯一一个哥哥也是非命而死。想起来你来到人世，爹娘也是欢喜了一场的。他们看见你快快乐乐、无忧无虑地成长，心里甭提有多高兴！那时候，他们日子再穷，也巴不得把身上肉都割给你吃。他们希望你长大成家立业，生儿育女，过上好日子。他们盼你无灾无病，一有点伤风感冒，他们就会像是挖自己心肝一样着急；到了读书的年龄，他们便要担心你读书成绩不好，长大不能成就一番事业，如果你在学校里顽皮，他们也着急。他们打你骂你，都是为着你好。再大一些，他们就要为你讨婆娘操心……哦，你看我说到一边去了。你是没有爹娘操心，才落到今天这个地步的！可惜是你爹娘走得太早呀！你看你现在一个人冷冰冰地躺在这里，连个哭一声的人都没有，要是有爹有娘，带这样大个娃儿突然没了，不知要哭死儿回呢！娃儿，你听我这个老家伙的话，到了阴间，再不要去找'小姐'了，找一个女娃儿，哪怕丑点、年龄大点的都行，好好过自己的日子……

"你如果要重新投胎的话，娃儿，我劝你一定不要再投到穷人家去了。最好投到当官的家里，做个官二代！眼下不是有'拼爹'一说吗？'拼爹''拼爹'，不就是拼的老子的权势和地位吗？你只要投胎到当官的家里了，不用你干什么，你一辈子也会住最漂亮的房子，吃最好的饭，穿最好的衣，娶最漂亮的女人，哪里还要你去找'小姐'？要不，你投胎到有钱人家里也行，像贺世海那样，虽然过去当过几年村干部，可到底也和我们一样背太阳过山。可人家现在怎么样了？你都看见了，住的是别墅，开的是宝马，县委书记、县长都和他称兄道弟呢！你投胎到这号人家里，要钱有钱，要势有势，女人一串串地跟在你屁股后面，你也不会出去'打炮'把小命儿都送了！最不济你也要投到城市里面，城里人比农村人体面呢！这辈子你就只有认命了。认命就是命里你该怎么样，就怎么样。比如你今天这样死了，那也是命里注定你要这样死，所以你娃儿不要怨恨我，也不要怨恨任何人，不要哭哭啼啼，高高兴兴上路吧！以后更不要到阳间来兴风作怪，找人的不是！俗话说：'你吃土一世，土吃你一口。'人迟早都要被土吃的……"

贺世跃一边说，一边将王兴友的尸体洗干净，这时王兴友的脸露出了本来的颜色，尽管仍然有些吓人，却安详了许多。贺世跃又将王兴友的尸体扶将起来，脱掉了他身上血迹斑斑的衣服，将身子也认认真真地擦洗了一遍，然后才把两件拿来的干净衣服穿在了他身上。这花去了贺世跃很长一段时间，因为王兴友的尸体已经僵硬，在搬动他的尸体时，贺世跃听见了从他皮肤底下传出的骨头被撞碎后发出的"咯吱"声。

雷毅在外面像是等得不耐烦了，便叫："还没完呀？"

贺世跃也没搭理他，只认真地做着自己的活儿。直到把王兴友的尸体彻底打理干净，又重新装进尸袋里后，贺世跃才提着水桶往外走。走到门边，他回头看了王兴友的尸体最后一眼，然后一步跨进了阳光里。

这天下午下工后，贺世跃没到工地上去拾破烂。吃过晚饭后，他一个人悄悄地到县医院住院部旁边一家丧葬用品店里，买了一捆纸，一对蜡，两束香，又买了两挂鞭炮，一手提纸，一手提了装香蜡、鞭炮的塑料口袋，径直来到工地后面的一个小山坡上，找到一块草坪，拔了地上的草，用石块画了一个筛子大的圈，插上香、点上蜡，喊了一声："王兴友，我为你烧纸了，你快来领钱！"说着便在那个圆圈里为王兴友烧起纸来。他本来想在工地上的空地里烧的，但又不想让工友们知道，于是便改在了这里。他一边烧，一边又说："本来上午就要当面烧给你的，可雷毅说殡仪馆里不让烧纸，所以便只能改在这里烧。你领了钱，在阴间慢慢用吧！"说完，又将上午在殡仪馆说的话，絮絮叨叨地对着火苗说了一遍。火光映着他的脸，纸灰蝴蝶似的在他头顶飞舞，旁边两支朱红色的蜡烛，从上面往下不断淌着蜡油，仿佛流泪一般。烧完了纸，贺世跃又对着残剩的火光打了一个拱，最后才点燃两挂鞭炮。鞭炮个头虽小，响声却好，立即"噼噼啪啪"爆起来，犹如炒豆似的，在这岑寂的夜空里，给人一种很热闹的感觉。

回到屋子里，曹德盛正要脱衣服睡觉。曹德盛中午的时候，就将王兴友床铺上的两床草垫和一床破席子，抱到楼下空地上给烧了。现在屋子里就剩下贺世跃和曹德盛两张床铺。只少了一张床铺，贺世跃一走进去，就觉得屋子比原来空旷了许多。他见曹德盛要上床睡觉，便问："这么早就睡了？"

曹德盛说："不睡干啥子？打麻将又光输，不打麻将又没事，不如早点躺到床上养精神。"说完又对贺世跃问，"你做啥子去了？"

贺世跃坐到自己床铺上，背靠着墙壁。他还不想睡，想和曹德盛说会儿话，听见曹德盛问，便实打实地回答他说："我买了点香烛纸蜡火炮，去给王兴友烧了点纸！"

曹德盛听了，像是没想到的样子，说："你还给他烧纸呀？"

贺世跃说："管他的，看在他无父无母、无兄无弟，哭都没人哭一声的分上，给他烧几张买路钱吧！"可说完却突然对曹德盛问，"你说王兴友在阴间究竟会不会怨恨我？"

曹德盛说："他怨恨你啥？"

贺世跃说："是我把他咒死的？"

曹德盛用开玩笑的口吻说："说他妈些空话！你真的能把人咒得死，还要阎王爷做啥子？是他命里该这样死，关你啥事？"

贺世跃想了一想，却说："道理是这样的，可这事想起来却还是有些日怪！你说我这个人，平常和哪个争过吵过？别说为那么两句话，就是别人把口水吐到脸上，我也能忍。昨天晚上他叫我到外面去掸衣服，可我偏偏不肯让他一让，就和他顶起来了，你说这不是有鬼使着吗？"

曹德盛说："这就叫作豌豆滚进磨眼里——遇缘了！说明他也一样火气大，说不定这正是他要凶死的征兆呢，只是他自己不知道罢了！"说完又说，"人都有一定定数的，阎王叫你怎么死，你就得怎么死！"

贺世跃没立即回答，却从口袋里掏出了两支烟，一支甩给了曹德盛，一支叼在自己嘴角，掏出打火机点燃，用力吸了起来。吸了几口后，这才看着红红的烟头，像是自言自语地说："造孽呀！你没看见他那个样子，真是吓人呢！"说完，又猛地像是想起了什么的样子，突然将手里的烟头往墙角一丢，侧过身子又看着曹德盛问："他舅，你说是不是所有没有讨婆娘的年轻人，都容易出去找'小姐'？"

曹德盛听贺世跃这样问，便从嘴里取下烟头夹在两根指头中间，也看着他说:"你是过来人,还不晓得这些事?别说没有讨婆娘的年轻人,你看我们工地上那些四五十岁和老婆分别时间长了的男人,隔段时间也要去找一回'小姐'!没有男人去找,那些'小姐'怎么挣得到钱?挣不到钱就没有'小姐'这个职业了哦!世界总是有买才有卖,你说是不是?"

贺世跃听了久久没有应声,过了半天才重重地叹息了一声,说:"唉!找'小姐'花了钱倒罢了,可像王兴友这样连命都丢了,要是他爹娘还在,也不知心里要痛到哪里去?"

曹德盛说:"这些事很难说!他是找了'小姐'出来被车撞死的,还好理解。我们那里有个人,发了工资去找'小姐',遇到'仙人跳',不但'炮'没有打成,还被几个大男人冲进屋子,把他摁到床上,说他是强奸良家妇女,把他身上所有的钱搜刮了个一干二净,还被打得皮开肉绽,你说划不划得来?"说完又补了一句,"这世界上啥怪事没有……"

说到这儿,曹德盛突然像是明白过来,马上转换了话题,盯着贺世跃问:"你是不是担心贺松在外面也去找'小姐'?"

贺世跃听了没马上回答,过了一会才带着一种忧虑的口气说:"不哄他舅说,自从他和吴娴分手后,我眼皮一直在跳!先是担心他想不开寻了短见,后来听说他回来了,又担心没女娃儿跟他了。出了王兴友这事后,今天一天,我心里都不踏实,真害怕他在外面也像王兴友一样破罐子破摔,挣两个钱就去扔到'小姐'那里……"

话还没说完,曹德盛像是故意吓唬贺世跃一样,说:"年轻人,正是精力旺盛的时候,不像我们这些老头子,哪个说得准呢?"说完又补了一句,"这种事又不像别的事,就是猪牛发情了,还晓得打圈呢,何况年纪轻轻的人?"

贺世跃听了曹德盛这话,忧虑显得更重了,目光看着窗户外面的灯光,紧紧皱着眉头似乎在想什么的样子。过了一阵,又才收回目光看着曹德盛问:"真出了这事,他舅,你说我该怎么办?"

曹德盛说:"这事你能怎么办?别说隔这么远,你管不了他,就是你在他身旁,他要出去做这些事,你又管得了他?你看那些打工仔过年的时候一回来,聚到一起不是谈挣钱多少,就是炫耀在外面找'小姐'的事,好像这事特别光荣似的!现在风气都是这样了,你说你能怎么办?由他去罢了!"

贺世跃听完曹德盛一番话，又陷入了沉思，屋里的空气似乎没有流动，有些沉闷。过了一会儿，贺世跃又突然对曹德盛说："他舅，我有一个事情，搁在心里很久，一直找不着人说，你给我参谋参谋，这事该怎么办？"

曹德盛急忙问："啥事？"

贺世跃说："贺松打电话回来叫我把老家的房子卖了，到城里按揭一套房子。吴娴就是因为他在城里没房子才分手的……"

话还没完，曹德盛便说："这事你跟我说过……"

贺世跃急忙有些惊讶地问："我给你说过？我怎么想不起来了？"

曹德盛说："你给贺松打电话打不通的时候……"

贺世跃一下想起来了，说："哦，我想起来了！"说完又马上问，"他舅，那你说我现在该怎么办？"

曹德盛一听这话便说："这是大事，是卖还是不卖，还得你自己拿主意！你问我，我自己的面糊都吹不过来呢！"

贺世跃一听曹德盛这话，便问："他舅你现在为啥事犯愁？"

曹德盛说："还不是为你侄儿的婚事。前几天你侄儿带了女朋友回她父母家，原本想和她父亲好好谈一谈心，可还没等你侄儿开口，老东西便先提出了几个很高的条件，其中之一，就是必须要在成都有一套房子，如果没有，就免谈结婚的事，看来这一回老东西像是下定了反对的决心！前天你侄儿给我打电话说了这事，我心里就愁起咚大一个包了呢！"

贺世跃听了忙说："我说嘛，这两天你有些愁眉苦脸的，原来是这么回事！"

曹德盛说："想起来他岳父这个要求也并不为过！你想想，人家一把屎一把尿好不容易带大一个女儿，还送她上了大学，现在跟着你儿子连房子都没有，难道让人家住街檐角角？天下父母哪个不希望儿女好？怪只怪我们自己没那个出息……"

贺世跃听了这话深有同感，便也马上说："可不是这样！这段日子我嘴上没说，可心里一直在打架。不卖吧，现在的女娃儿眼界高，还有几个女娃儿想留在农村过日子的？都想往城里跑，当城里人，一要朋友就问对方城里有没有房子，没有房子就别谈。如果不卖了在城里买一套房子，就可能没有女娃儿愿意跟你外侄。可真要卖房子，我又实在舍不得。和你妹妹苦了一辈子，在贺家湾就看到那样一座房子才算是我的，别的东西都不是我的。现在把它卖了，回去连个窝都没有，你说今后还回得了贺家湾吗？"

曹德盛听了，忽然说："这要看你怎么想，是年轻人的日子长呢，还是你的日子长？"

贺世跃说："当然是年轻人的日子长！"

曹德盛说："这就对了！既然年轻人日子长，我们何必挡他们的道？像我们这样的老家伙，你说还能活多少年？到时四脚一伸，什么都没有了！你说你以后回去连个窝都没有了，其实你真正想回去，随便搭个草棚棚就把雨给你挡住了，哪儿会没你住的？可是年轻人就不同了，他们还有几十年呢！"

一听这话，贺世跃忽然醒悟了，急忙看着曹德盛有些欣喜地问："你是说这房子可以卖哟？"

曹德盛说："我可没说可以卖，不过是讲点道理给你听，其实我要是有你那样一座房子卖倒好了！前些年我打工挣点钱，都供你侄儿上大学和读研究生去了，家里房子也没修，现在就是想卖，谁看得上那旧房子？"

贺世跃听完曹德盛的话，心里豁然开朗起来，说："他舅你讲的这些，我心里都明白，就是下不了决心。其实人这一辈子，都是在给后人当牛做马。父母为我们当牛做马，我们又为儿子当牛做马，一辈又一辈，代代相传，都是这样来的。话说回来，一个人为自己活有啥意思？到我们这个年纪了，你能吃多少，穿多少？拿一百块上街，从上街走到下街，如果不是非买不可的话，一百块还是一百块。再说，为儿子当牛做马也是为自己当牛做马。为啥？因为等我们自己老了，还要靠后人养活不是？死了还要靠后人把你抬出去不是？三月清明七月半，腊月三十献年饭，还要有人念叨你一声，给你烧把纸不是？像王兴友这样的人，倒是在为自己活，挣两个钱来想吃就去吃，想去找'小姐'就去找'小姐'，当月就把几个钱花光，看起来活得很潇洒、舒服，可到头来怎么样？死了连收尸的人都没有，你说有啥意思？"

曹德盛听到这里突然笑了，说："你他妈的既然明白这些道理，何必像是猴子拣片姜——吃了又怕辣，丢了又舍不得的样子？"

贺世跃有些不好意思了，便笑了笑说："道理是明白了，可真要做起来，又有些舍不得了！"

曹德盛说："有啥舍不得的？你细细想想哪样东西是你的？活着的时候看起来什么都是你的，其实什么都不是你的，你死了带得走啥？"

贺世跃忙说："那是，那是，一根草也带不走！"说完，犹如一下想通了，又忙对曹德盛说，"多谢他舅今晚上帮我拿定了主意！"

曹德盛说："我可没有给你拿主意！"

贺世跃说："拿了，拿了！"说着，早已忘了王兴友的事，倒在床上便睡了。

第七章　2004 年春—2010 年春

　　其实，你和曹银娥对儿子婚姻大事的操心，并不是始于今天，而是很早就开始了。儿子交的第一个女朋友叫汪小玲，还是十年前刚建了"两层半"的时候呢！说起这个汪小玲，还有点像戏文里的故事！那是建了"两层半"的第二年，妻子从乡上的"法制学习班"被放回来后，发现种庄稼越来越亏，你们两口子又欠了乡农业合作基金会一大笔钱，儿子已经上了初中，学费和书本费也比念小学时高了许多，况且小伙子大了，需要花钱的地方更多。曹银娥是一个心性很高的女人，为了不背一个"欠账不还"的恶名，也为了减轻你的负担，她见种庄稼不赚钱，便在承包地里种起蔬菜来。种菜对农村女人来说，并不是一件陌生的事，可过去只是在自留地里零星种一点，比如夏天的冬瓜、南瓜、青椒、黄瓜、四季豆，冬天的萝卜、青菜、白菜、莴笋等，供一家人够吃就是了。可现在是成片地种，你知道种菜比种庄稼还要烦琐和辛苦，从撒下种子那一刻开始，地里就离不开人，得像照顾先人一样精心打理那些瓜瓜果果，不敢有丝毫的马虎，并且又都是些风吹日晒的活儿，对一个女人来说，其艰苦可想而知。谁知曹银娥竟然弄成功了，那些蔬菜长得葳葳蕤蕤，人见人爱。但这只是成功了一半，贺家湾地处偏僻，至今还只有一条"农业学大寨"时期修的机耕道和乡上相连，没有菜贩子下来收购，得亲自挑到乡上菜市场卖成钱后才算真正成功。种菜不容易，卖菜更辛苦，卖菜前一个重要工作是要将地里的菜采摘回来，然后分门别类地进行整理。如果是南瓜、丝瓜、苦瓜、西红柿之类，这很简单，直接放到篮子里，第二天一大早挑到市场上卖就行了。至多再用矿泉水瓶子装上一瓶清水，卖的时候往这些瓜果上喷上一点水，看起来颜色更好、成色更鲜嫩就行了。如果是莴笋、葱、蒜之类，则要麻烦得多。从田地里弄回来之后，首先是要用水进行清洗，清洗干净之后还要一根一根地摘掉附着在周围的黄叶子和死叶子，莴笋还要把下面粗糙的表皮刮掉，最后才是用稻草把那些菜一把一把地系整齐。卖的时候，同样要带上用矿泉水瓶子装的清水，不时往菜叶上喷一下。那菜叶沾上水珠，鲜嫩得就像刚从地里采摘回来的一样，就能卖得快，价钱也相对好一些。因为买菜的不仅要看你卖的是什么菜，而且还要看你菜的成色和品相好不好。整理菜的工作，不但需要耐心和毅力，而且常常要在晚上进行。因为如果蔬菜采摘早了，颜色便会受到影响，最好的当然是下午采摘，晚上整理，第二天天刚亮就挑到市场上卖了。那些年，曹银娥几乎就是这样过来的。卖一回菜的收入三四十元到五六十元的不等，情况不好的时候，只有一二十元甚至卖不出去。一年算下来，整个种菜的毛收入大致就在万把块钱左右，除去成本和家里的日常开支，还能剩下三五千元。这就比种庄稼划算多了。后来你心里常常内疚，觉得对不起曹银娥，作为丈夫，你亏欠她太多，也就是针对那几年她在家里种菜的辛苦说的。要不是她在家里那么辛苦地种菜卖钱，你们欠农业合作基金会的钱，还不知什么时候能还清呢！

汪小玲就是曹银娥在卖菜的时候认识的。曹银娥最初卖菜的时候，在菜市场并没有固定摊位，看见哪儿有空位置了，挤进去卖就是，实在没位置便打游击，挑着担子满市场转。一天，她正挑着担子在市场里转悠，忽然一个声音喊住了她："大姐，你这样挑起到处转不累呀？到这里来，我们挤到卖！"

曹银娥一看，喊她的也是一位中年妇女，四十多岁年纪，一张冬瓜脸，颧骨有些高，眼角布满细细的皱纹，面前也搁了两大筐又粗又嫩的莴笋。曹银娥见她这样热情，便对她笑了一下，说："谢谢大姐！"

女人听了却说："都是苦人儿，谢啥子？"说罢，把自己的筐子往中间挪了一下，又对旁边一个老头像是命令地叫道："张老汉，把你那挑子也往旁边移一下，你一个人占那么宽的地盘做啥？"

那老头一听，果然像是不敢违抗似的，把自己和一只滑篮也往旁边移了移，这样就挪出了一个位置。女人又忙对曹银娥说："进来吧，大姐！"

曹银娥果然把篮子挑过去，在女人给她挪出来的位置上放下了。女人又对曹银娥说："大姐，二天你就在这个位置上卖，不要再挑起满市场转了！我们哪个来得早，都帮对方把位置占到!"

曹银娥答应了，从此以后，曹银娥终于在市场上拥有了一个固定摊位。

当天，曹银娥和这女人就熟悉了起来。女人姓任，名叫任大珍，丈夫姓汪。她比曹银娥小三岁，便称曹银娥为曹大姐，曹银娥也便叫她任大妹子。和曹银娥一样，任大妹子的丈夫也在外面打工，她本人也是嫌种庄稼不划算，便种些蔬菜来卖。下一个场日曹银娥正在那任大妹子旁边的摊位前卖菜时，忽见一个小姑娘年约十五六岁的样子，穿一套宽大的红蓝相间的校服，手上提了一只书包，肩上却背了尖尖的一背篼莴笋，喘着粗气来到任大妹子的摊位前，嘴里喊了一声："妈!"姓任的女人一见，急忙放下手里的秤，过去将女孩肩上的背篼接了下来，说："来了?"

曹银娥见那女孩和任大妹子十分相像，只是稍瘦一些，因而脸上的颧骨比姓任的女人还高。也许是走热了的缘故，一张小脸红扑扑的，额前的几绺头发被汗濡湿了，紧紧贴在了额头上。曹银娥便问："是你女儿?"

女人说："可不是!"

曹银娥说："怪不得昨天别人篮子里的菜都卖得差不多了，你两只筐子里却还是满的，原来是中间有人给你补充来了!"

女人说："她在乡上学校里上初中，反正是顺路给我多少背些菜来，也让我少挑一些嘛!"

曹银娥听了就十分羡慕，说："还是养女儿好些，知道体谅娘的辛苦，要是我家那小子，就是顺路他也不会像这孩子一样来吃苦嘛!"

女人一听这话，反过来又羡慕起曹银娥来了，说："哦，你家里是个小子?"

曹银娥这时颇露出了一点得意的样子，说："是个罚款娃儿，也上初中了，不过上的县城中学。他爸说，城里教学质量好些，所以就让他考了县城中学!"

女人听后停了一会儿才说："她还不是个罚款娃儿! 我头胎是丫头，她爸爸一心想要个小子，可生下来一看还是个丫头片子，没出息的东西。"

曹银娥忙说："妹妹可不能这样说，养儿虽知娘辛苦，养女才报父母恩呢! 再说，看侄女儿这模样，长大说不定比小子还有出息呢!"

女人听了这话，似乎才找到了平衡，立即便对了那女孩儿说："小玲，这是曹阿姨!"

女孩儿听了，脸上露出了几分忸怩的神情，但还是脆脆地喊了一声："曹阿姨好！"说完，用手指拢了拢额头上被汗湿的几绺头发，背起书包上学去了。

接下来几个场日，曹银娥看见那女孩儿都在上学的时候，顺路给母亲背一背蔬菜来，看见曹银娥，也总是甜甜地喊一声"阿姨好"，然后放下蔬菜，擦擦头上的汗水，又去上学了。有一次是星期天，曹银娥以为女孩儿不会来了，可她仍是跟在母亲后面背着一背蔬菜来了，放下背篼后也没有离开，而是帮着母亲卖起菜来。曹银娥看见她手脚麻利、聪明伶俐的样子，突然有些喜欢起她来。后来曹银娥又打听到这女孩子只比自己儿子小一岁，上的是初中一年级，而你儿子此时上的是初中二年级。曹银娥禁不住心里想："要是这女孩儿做我的儿媳妇该多么好呀！她现在虽说还不十分好看，脸上的皮肤看起来也有些黑糙，但人家才什么年龄？就凭那腿、那身架子，那正在往外膨胀的胸脯，等长到'女大十八变'时，一定也是个美人儿！"更重要的是，那女孩儿吃苦耐劳的精神正符合曹银娥对未来儿媳妇的要求。她想："男人娶女人是为了过日子，而不是娶来摆样子的，就凭女孩儿小小年纪，每场都要给母亲汗流浃背地背一背菜来这点看，今后就是一个会过日子的人！"

曹银娥越是这样想，心里就对女孩儿越是喜欢得不行。女孩儿每次给母亲送菜来时，她两只眼睛都直直地盯着人家看，看得女孩儿都不好意思了，急忙背起书包走掉。可曹银娥又不好把自己的心思对任大妹子说，只是在心里动着心思，每逢和女人摆龙门阵时，便有意无意地拿出儿子来夸，说他如何模样儿，如何聪明，如何孝顺，等等。那女人听了，装作不懂，只当是闲话，胡乱应付几声也就过去了。

后来，曹银娥突然想让那女人看看自己的儿子，可怎么样才能让那女人见到儿子呢？只能等着星期天儿子回来了，而且这天又必须是当场天。即使碰着了这样的机会，儿子也是绝不会背一背蔬菜去菜市场的。想了许久，曹银娥都没有想出主意，这天终于有了机会：儿子星期六回来突然对曹银娥说："妈，学校里下周要开运动会，我要买一双球鞋！"

曹银娥一听这话，灵机一动，马上说："你怎么不早说？上周卖菜的钱我凑了个整数拿到信用社存了，你要买鞋子，只得等我明天卖了菜才行！"说完曹银娥停了一下，才接着说，"明天反正不上课，上午十点来钟的时候，你到菜市场我卖菜的地方来拿钱,然后就到街上的鞋店里买吧!"贺松答应了。

第二天曹银娥起来,将儿子一套新衣服找出来放到他的床头,喊醒他叮嘱道:"等会儿你来可得把衣服换了,不然你那些在乡上读书的老同学看见笑话!"儿子是个听话儿子,听了母亲的话不但没反对,还"嗯嗯"地答应了两声,曹银娥这才挑着菜担子走了。

半晌午时候,儿子果然穿戴一新地出现在他母亲的菜摊子前。儿子那时虽然只有十六岁多,可个子却差不多已经有一米七高了,个子高高挑挑,那胸脯和肩膀还稍显单薄,但已呈现出了四四方方的轮廓。一头浓密而漆黑发亮的头发,衬着一张生动的、洋溢着青春气息的白里透红的面孔,浓眉下闪动一对快乐的目光。他往母亲的菜摊子前一站,亲切地喊了一声:"妈!"立即吸引了周围所有人的目光。

曹银娥听见旁边任大珍惊诧的声音传了过来:"这就是你儿子?"

曹银娥看见女孩儿母亲满眼又惊又喜的表情,按捺住满心的喜悦和骄傲对她说:"可不是!"说完便急忙对儿子说:"这是任姨,快喊任姨!"

儿子听了,也果然毕恭毕敬喊了一声:"任姨!"

那女人听了,立即像是喜不自禁的样子答应了一声。曹银娥这才和儿子不咸不淡地聊了几句,将买鞋的钱拿出来给了儿子。曹银娥看见儿子走时,那女孩儿母亲的眼睛还像被儿子牵着一样,不断朝着儿子的背影看。

接下来的日子,当曹银娥再向她谈自己的儿子时,女人热情起来,不但话也变得多了,而且目光也像是刚充了电似的比平时亮了许多。

曹银娥把这一切都看在眼里,一天她突然对女孩儿的母亲说:"大妹妹,我们打个儿女亲家,好不好?"

女人一听,先是像没听明白似的愣了一会儿,接着明白过来,大声笑着说:"那好呀!"

曹银娥听见女孩儿的母亲答得这么爽快,似乎有些没想到的样子,又马上看着她问:"真的?"

女人这才停住了笑声,呈现出了严肃的样子,说:"只怕我家小玲配不上你的儿子,她书不怎么读得,将来怕只配打粗活……"

话还没说完,曹银娥就急忙说:"话不能那样说,妹妹!我看上的正是小玲肯吃苦又懂事的样子。我们家那小子，读书成绩也是一般，将来还不知能干什么呢？就算他今后有出息，能挣大钱，可家里没有个好笆篓，再多的钱也存不住呢！"

女人一听，更喜得眉开眼笑，连声说："可不是这样！我那小玲别的不敢打包票，可在吃苦和持家方面，我却敢拍胸膛呢！"说完却马上又说，"不过孩子还小，这事不能声张！"

曹银娥说："这是自然的，我们不过先说到这里，等过两年孩子大些了，又都毕了业再说也不迟！"

女人说："那是，那是，我们心里明白就行了！"两个女人就这样说定了。

自此以后，曹银娥和那女孩儿的母亲私下里便以"亲家"相称，两人关系更进了一层。曹银娥对那女孩儿也更是另眼相看，每次见到她，都恨不得一把将她搂到自己怀里的样子。有两次，她还要给女孩儿买衣服，但被任大珍给止住了。

曹银娥擅自给儿子找了对象后，曾经打电话告诉过你，你听了过后说："是不是早了一点……"

你还没说完，曹银娥便在电话那头说了起来："早啥？我也想等他长到二十多岁再说，可那时候难道有现成的女娃儿在等着他呀？"说完又态度十分鲜明地说，"过了这个村，就没那个店，这事你不要管，得听我的！"

你一听曹银娥这话也觉得对，现在农村女孩不知怎么回事越来越少，一个女孩子才十五六岁，不是东家的媒人来提亲，就是西家的红娘来保媒，真是一家有女百家求呀！儿子虽然年龄还不大，但说到那儿有备无患，又何尝不是好事？这样一想，你也便不说什么了。

这年春节回家，你还特地跑到菜市场里去相了相那未来的"儿媳妇"。果见那女孩儿一边帮着她母亲称秤、拿菜、收钱，一张巧嘴一边脆生生地回答着一些买菜人和"盘摊匠"的问话，显得既大方又老成，一副有条不紊的样子。你又看了看那正在发育的身架子，也知道再过两三年，一定会变成个大美人儿。

你打心眼里高兴起来，晚上和曹银娥亲热时，你着着实实给了妻子一次口头表扬。但曹银娥听了你的表扬后，却又表现出了一丝忧郁的样子，对你说："你看出来了没有？那女孩儿也有些缺陷……"

你急忙问："什么缺陷?"

曹银娥说："她妈脸上的颧骨高,她的颧骨也有些高……"

你一听是这事,突然一笑,问："颧骨高有啥?"

曹银娥说："听说颧骨高的女人克夫呢……"

你没等妻子说下去,便说："瞎说!她妈的颧骨高,她爸怎么还是活得好好的?"

曹银娥说："你真的不信?"

你说："那是封建迷信,胡说八道的,我怎么能信?"

曹银娥听了你这话,高兴了起来,说："你不信就好,我就怕你嫌弃呢!"一边说,一边将屁股往上抬,做出迎合你撞击的样子,来共同庆祝你们夫妻俩取得的一致意见。

转眼两年过去了,女孩儿在乡上初中毕了业,没考上高中,而儿子这时却正上着高中一年级。曹银娥急了,巴不得马上就为儿子把亲事订下,便有些愁眉苦脸地对任大珍说："怎么办,亲家?我贺松还要两年才毕业呢……"

女孩儿的妈听了这话,知道曹银娥心里着急,便十分爽快地说："两年就两年吧,反正孩子年龄也不大!"说完又说,"这小蹄子吵着要出去打工,我没答应,让她在家里帮我种两年菜,我们等就是了!"

曹银娥听了这话,又忐忑地说："要是有人来给小玲提亲……"

任大珍没等曹银娥把后面的话说完,便又态度十分鲜明地说："你放心,亲家,任什么人来提亲,我只说孩子还小,不答应就是了!"曹银娥听了这话,一颗心才算落了地,便十分感激地对任大珍说了一句:"那就多谢亲家了!"

女孩儿的母亲也真是一个说话算话的人儿,两年时间里,她果真没让小玲出去打工,也拒绝了所有登门求亲的人,只让女孩儿陪着自己种菜、卖菜。于是曹银娥便有幸看着女孩儿一天一天地变化,最终变成了一个亭亭玉立的美人儿。这女孩儿的美是综合的,分开来看只是一般,比如那身子、手臂、大腿以及面部,都没有什么特别的,可搭配在一起,便像是上苍用巧手精心雕刻出来的一样,既健康又匀称,自有一种说不出来的让人神往的美。就像一些狂蜂浪蝶闻不得花香一样,街上一伙闲汉听说菜市场有个卖菜的姑娘美如天仙,每到场日,便三三两两勾搭着到菜市场来,找机会与女孩儿搭讪或故意说些挑逗的轻薄话。每到这时，女孩儿总是不搭理他们，加上又有她妈和曹银娥保驾，那些闲汉只讨了些没趣。但曹银娥心里却是越来越急，每天都掰着手指数着儿子毕业的日子。

儿子终于从县城中学毕业了，没考上大学，这在你的意料之中，因为儿子说到底不是读书的料，但他却收到一大把乌七八糟的职业中专学校的录取通知书。那时你已经听了曹银娥的话，也一心只想着把儿子的亲事给早点订下来，加上儿子也不想再去念书了，只想早点出去打工挣钱，于是你把那些印得十分精美、上面写着世界上最美谎言的录取通知书一张张给撕了。但当他母亲给他说了已经替他物色下了一个女朋友的事时，儿子却脸红筋胀地罩着一颗硕大的脑袋说："不，不，我不要你们给我找！我的婚姻我做主，我要自己找！"并且拒绝你们和女孩儿母亲说好的第二天让两个年轻人到菜市场菜摊上见面的安排。

儿子高考结束后，你专门从打工的地方赶回来，目的就是想给他把亲事订了，现在一看这小子竟然拒绝了你们的好意，便有些生气了，于是就冲着他吼道："你是不是嫌人家是农村人？你他妈要是有出息，这次考上大学了，就可以变成城市人，老子也就不管你的事了！可你现在一样也是农村人，人家不嫌弃你，就算你祖上积德了，你还有啥尾巴可翘？"说完又说，"行不行明天你去看一眼，你又不少根肋巴，有哪点不行的？当父母的都是为你好，你实在看不上，我们也不强迫你！你以为我们想管你这事？要不是责任没有尽到，老子才不愿管你的事呢！"一通话把儿子说哑了，这才闭了嘴。

第二天，这小子便按照曹银娥的安排，穿戴整齐，装着帮他母亲卖菜的样子走进了菜市场。当他走到菜摊旁边时，便像饿痨鬼似的，一双目光就瓷在姑娘身上不动了。那小玲也一样，不用任何人介绍，她已经知道来的是什么人，一张粉脸不由得羞得绯红，益发衬托出她的妩媚。她故意装作不知道似的和人大声说话，想以此来转移自己内心的慌乱和羞涩，却又不时忍耐不住地用眼角的余光来瞥你那小子，最后两个人的目光终于在空中碰在了一起并牢牢地黏住了。曹银娥和那叫任大珍的母亲一见，不由得互相会意地碰了一下目光，然后长长地吁出了一口气，像是完成了人生一件十分重大的任务一样。

两个年轻人见面过后，又交往了半年多。儿子和那姑娘都毕竟是在你们这样一个传统的农民家里长大，又还没有出去经见过世界，都还纯洁得像是一张白纸，没半点污染。在这半年多的时间里，他们虽然没像后来的年轻人那样一耍朋友就搂搂抱抱甚至睡在了一起，但你和曹银娥都看出他们是真心喜欢着对方，并且随着时间越往后移，他们就更像是墙壁上的春牛——离（犁）不得！现在，这小子突然变得勤快起来了，每个场日到菜市场卖菜，他像是承包了一样，天还没亮便挑着一大担蔬菜，"叽嘎叽嘎"地迈着大步走了。奇怪的是，他要很晚才挑着空筐子回来，曹银娥知道他干什么去了，却装作不知道，也不问他。从此，曹银娥只管打整地里的蔬菜，卖菜这个辛苦的活儿就交给了儿子。姑娘也三天两头到家里来，一来就手脚闲不住地帮曹银娥干活儿，看见姑娘手脚麻利又勤快的样子，曹银娥更是喜得合不拢嘴。每次姑娘走的时候，曹银娥都要叫儿子去送她，儿子一送就会是半天，走到没人的地方，两个人就躲在树下你一句、我一句地拉话儿，一拉便忘了时间。有一次，儿子还像赵巧儿送灯台，直到第二天下午才回来。看着他们那份像刚出笼的糖包子——既热乎又甜蜜的样子，你们夫妻俩都认为这场亲事是铁板上钉钢钉——没什么能摇得动了，你们就等着当"咸老婆婆"和"咸老公公"吧。

半年过后，这对年轻人商量着到外面打工。你一听这话，便问儿子说："你们是一起出去还是单个出去？"

儿子说："我们先不一起出去。"

你忙问："为什么不一起出去？"

儿子说："爸，你是晓得的，我们两个人都没有出去打过工，没有经验，也不知道外面工作好不好找，所以我先走远一点，如果工作好找，小玲才来，如果工作不好找，小玲就不用来了……"

你没等他说完，便马上又问："那小玲呢？"

儿子说："小玲一直没出过远门，她想先在县城找点事干到，等有了经验，又破了胆儿，然后才往外面走。"

你一听这话也有些道理，便道："那看你们嘛！不过你到外面把身安下来后，还是尽快把小玲接过去，两个人在一起，互相也好有个照应！"

儿子说："爸，你放心，等我找到了工作和安身的地方后，一定就把小玲接过来！"

你见儿子话语之间透露着一种"我比你更着急"的意思，便不再咸吃萝卜淡操心了。

112

没想到姑娘进城才半年，便提出要和你儿子分手，而且托人把你们和儿子给她买的礼物全退了回来，态度十分坚决。这事不仅让你们一家感到突然和难以接受，连湾里许多人也不相信：怎么好好的要分手呢？

　　第二天，曹银娥连菜也不卖了，抱着那些东西跑到菜市场上质问任大珍为什么要退亲？那女人脸上先还有几分愧色，把责任推到女儿身上，说："我们也只有那样劝她，叫她不要退，可女大不由娘，她一定要退，我们有啥办法呢？"

　　曹银娥根本不相信她的话，便大声骂道："骗子，你们都是骗子！耽误了我儿子这么多年，说声退就退了，有那么容易？你们良心都遭狗吃了！"

　　女人一听这话，也勃然变了脸色，丢下秤，双手往腰间一叉，便和曹银娥对骂了起来："不容易你又想怎么样？人往高处走，水往低处流，就是结了婚，还有离婚一说呢！你难道还敢强迫不成？"

　　两个女人你来我往，都不示弱，最后扭到一起，在大庭广众中打了一场。事已至此，再无挽回的余地，也只得由她去了。女人从此把菜摊搬到一边去了，看见曹银娥也是绕着走，像是心里还有些亏欠你们似的。

　　过后许久，你们才弄清事情真相。原来小玲进城以后，经熟人介绍先在一家饭店做服务员。做了一个多月，小玲忽然想自己还这么年轻，应该学个什么手艺才是长久之策。一天下了班，和几个小姐妹一起逛街，忽然看见一家美容美发店招收学徒，动了心，便去应聘。你到了贺世海工地上打工的时候，还去看了那家美容美发店。那美容美发店老板是个女人，三十来岁的样子，姓郑，大家都叫她"郑姐"。郑姐长相秀气，皮肤光洁，一双漂亮的大眼睛，眉毛文得细细的。穿着时髦，化着淡妆，左手中指上戴着一只银色的戒指，脖子上一条黄金项链。她的美容美发店有二十来平方米，摆了十张理发椅，还摆了两张长沙发和几张凳子，两部大彩电播放着肥皂剧。那天郑姐只瞥了一眼小玲，便满口答应了下来。于是小玲便辞了饭店的工作，去学起美容美发来。谁知小玲不但眼尖、手巧，而且心特别细，三四个月下来，洗、吹、剪、烫、焗等十八般武艺，都能独立操作了。加上她嘴又甜，所以顾客都十分喜欢她。

　　一天，店里来了一位三十五六岁的中年女人，身材不高，一张鹅蛋形脸，面孔白皙，化着淡妆，一头披肩发焗成了金黄色。上穿一件大红紧身短袖T恤，胸前缀着亮闪闪的珠子，下着一条白底大红花的七分裤，脚蹬一双厚底的松糕鞋，脖子上一条铂金项链。她和郑姐大约是熟人，郑姐喊她"胡姐"，两个人亲热地说了一会儿话后便说要洗一下头，郑姐便安排小玲去给胡姐洗。

洗完了头，小玲拿电吹风又给她吹干了，这胡姐享受了小玲的服务，似乎十分满意，她将小玲觑了半天，突然问："你是从乡下来的吧？"

一听"乡下"两个字，小玲忽然一下脸红了，可她又不好不回答顾客的话，便只含混地"嗯"了一声，像是理不直、气不壮似的。

胡姐却马上抓住了小玲的手，像是亲人般一边摩挲，一边又像警察盘问户口一样问了她年龄，叫什么名字，是哪儿的人，在哪儿上的学，家里还有什么人等等问题，小玲都一一回答了。最后，胡姐忽然又问她找男朋友没有？小玲一听脸又立即红了。

胡姐一见心里便明白了，却又马上问："也是个农村人吧？"

小玲听了这话，心里又像是被小虫子咬了一下，脸更红了，又像刚才那样含混地"嗯"了一声。

胡姐看见小玲的样子，仿佛害怕她会飞走一样，把小玲的手抓得更紧了，然后叹息了一声，才说："像你这么漂亮的人儿，天生的就该在城里享福，怎么找了个农村人？农村人再好，还能好到哪儿去？"

小玲一听这话，不知该怎样回答她，只像是做错了事一般窘在那儿。胡姐见了不再说什么，松开小玲的手便又去一边和老板说话去了，一边说，一边又不断回头瞥着小玲。

下午，店里又进来一位三十岁左右的男人，这男人一米六几的个子，身材瘦削，脸颊更瘦，鼻沟很深，像是长年都处在一种十分严肃的状态中似的，但额头下那双眼睛却十分明亮，显得敏感、犀利而有精神，并且从那目光中还透出一种非常自信甚至是目空一切的狂气。他上穿一件白色的短袖上衣，下面是一条浅灰色牛仔裤，脚上一双锃亮的棕色皮鞋。但他走路一瘸一瘸的，是个残疾人。瘸腿男人一走进店里，也说要洗头，郑姐像是十分会意似的，马上又叫小玲去洗。小玲给他洗完头后，他也没马上离开，而是坐在收银台前和老板有一搭没一搭地拉起闲话来。老板又叫小玲去给他泡茶，小玲泡了茶来，老板便指着那瘸腿男人对小玲介绍，说他是县医院的胡医生，以后有个感冒什么的，去找胡医生便是。郑姐介绍时，那瘸腿男人目不转睛地看着小玲，一边微笑，一边想说什么的样子。小玲一见，放下茶杯便走了。但瘸腿男人在走的时候，却将一张百元大钞往郑姐面前一放，大声说："别找了，剩下的给洗头的小妹做小费！"一副财大气粗并且十分豪爽大气的样子。

晚上，郑姐忽然把小玲喊到自己屋子里，她也像上午那个来洗头的女人那样，详细地问了小玲家里的情况，又问了你们家里和贺松的情况，小玲都一一作答。郑姐听后，忽然问了小玲一句："好妹妹，你说农村好，还是城里好？"

小玲不明白她的意思，便老老实实地回答道："当然是城里好！"

郑姐马上又问："愿不愿意一辈子都做城里人？"

小玲一听这话，红了半天脸才说："想当然想，可世界上的事情不是你想就能得到的……"

话还没完，郑姐立即拉住了小玲的手说："好妹妹，恭喜你，现在机会来了，如果你愿意，我来当这个红娘，把你介绍给城里人，你不是一辈子就是城里人了？"

小玲一听这话，猛地吃了一惊，愣住了。郑姐不等小玲答话，便又马上说："我知道你想说自己已经有了男朋友，可那能和城里人相比吗？人长得再帅，也不能当饭吃是不是？打一辈子工能挣多少钱？现在社会上有句话，叫'干得好不如嫁得好'。我们女人呀，凭的就是一张脸，好花不常开，一旦过了这个村，就没那个店了！"

小玲听了这话，仍是埋着头没说话。郑姐马上又说："我给你介绍的这个人，就是下午你给他洗头的那个胡医生。上午来洗头那个焗金黄色头发的女人，是县上一个局的科长，是胡医生的姐姐。你可别看胡医生年纪有点大，走路又有点瘸，可人家家里好呢！他父母过去都是国营单位的工人，现在有退休工资，他本人又是县医院的医生，收入也很高。家里两套房子，他父母住一套，剩下一套便是给他结婚准备着的。都是因为他那只脚，城里自认为长得有些姿色的姑娘不愿意嫁给他，而那些长得一般的女孩子他又看不上，所以才把婚事耽误了。现在，他只好把条件放低一些，打算找个乡下的姑娘。也是你前世修来的福，上午他姐姐来洗头，一眼把你看上了，下午他本人来，也把你看上了，他们也不嫌你是农村人！你要是愿意，嫁到城里来，不但吃的、住的、穿的、戴的不需要你操心，还能帮衬娘家人，不知比你现在那个男朋友强到哪儿去了！那可真是从糠箩筐往米箩筐里跳呢……"

小玲一边听着郑姐的话，一边心里矛盾得不行。她年纪虽说有十九岁了，可从没有遇到过这样的事。她想拒绝郑姐，又怕得罪了老板；想答应她，眼前又浮现出你儿子的形象来。她犹豫了很久，才对郑姐说："我不晓得该怎么办，你让我想想！"

郑姐果然也不催她，叫她回去睡觉了。

可是第二天下午，瘸腿男人却来约小玲吃饭，小玲不去，郑姐却大包大揽地说："去，我陪你去，有饭吃怎么不去？"下了班，不由分说，拉起小玲就走。

瘸腿男人在县城最好的四星级"皇冠酒店"三楼订了一个雅间，那样奢华的地方小玲从没去过，一走进去，只见金碧辉煌，吓得连筷子也拿不稳了。倒是瘸腿男人显得十分殷勤，又是给她夹菜，又是说着甜言蜜语，一副体贴入微的样子。

过了两天，瘸腿男人又过来邀小玲逛商场，小玲仍然说不去，又是郑姐大包大揽地说："我也正要去逛逛商场，我们一起去！"

结果又和那天晚上吃饭一样，一下班她就被郑姐拉着走了。到了商场里，瘸腿男人看见什么好，便要给小玲买，好像他家里是开银行的一样。小玲不要，旁边郑姐便极力撺掇，说这衣服也适合小玲穿，那首饰也适合小玲戴，弄得小玲不要也只好要了。

接下来的日子里，不是郑姐，便是瘸腿男人的姐姐隔三岔五地来邀小玲出去逛路，可总是走出没多远，女人身子一闪便不见了，却从人丛里钻出了瘸腿男人陪着小玲一起走，或在小玲耳边说着些甜蜜和亲热的话，或又去商场买东西，或陪着小玲到小摊上吃夜宵。时间一长，小玲体验到了一种过去从没有过的生活，心里渐渐地忘记了你儿子。

一天，瘸腿男人突然把小玲带到了他那套空着的房屋里。那是一套三室一厅的楼房，大厅铺着地砖，房间里是高光地板，光亮得一尘不染。房间的格局是两南一东，朝南的主卧室里摆着一张一米八的大床，上面被褥铺得整整齐齐，似乎只等着人去睡似的。小玲一看，眼睛就亮了，这陈设、这格调，哪是你们那"二层半"能比的？小玲正看时，瘸腿男人忽然过来一把抱住了她，接着将嘴唇紧紧压在了她的嘴唇上。小玲猝不及防，心里"咚咚"跳着，她想反抗，浑身却软得没一丝力量，像是被抽了筋似的。瘸腿男人便抱着她，一步一步将小玲挪到床边，然后一把将她压倒在了那柔软的床上……

小玲嫁给那个瘸腿男人后，这才知道瘸腿男人并不是县医院的医生，而只是理疗科一个打杂的，还是政府要求落实残疾人就业政策时，通过他姐姐的努力，被照顾安排进去的，但为时已晚了。后来你在城里打工时见过小玲一面。她还是原来的样子，但身材苗条了一些，皮肤也白皙了一些，脸上五官还是透着秀气。你看见她那天，她的脸上施了薄薄的脂粉，眼圈上画了蓝色的眼影，眉毛修得又细又长，嘴唇上也涂了口红。头发烫成了一个爆炸式，耳朵上坠着一个长长的金耳坠，穿着紫红色的吊带衫，黑色的中裤，脚上穿着一双白色的细高跟凉鞋，脚趾甲染着鲜红的蔻丹，从头到脚，都是城里年轻女人的打扮。她看见你，似乎是不好意思，急忙把头转了过去。

可是有一天，小玲的母亲任大珍在菜市场突然喊住了曹银娥，流着眼泪对她说："大姐，早知这样，我小玲才不该嫁给那个瘸子呢……"

曹银娥忙问她为什么？那女人说："他们一家人都嫌孩子是乡下人，看不起她呢！动不动就是'乡下人''农二哥'这些话挂在嘴边，她在她家里没有地位呢！昨天，孩子回来对我哭了半天，说前天晚上她坐着看电视的时候，没注意跷了一个二郎腿，她那婆婆一巴掌就朝孩子打去，说乡下人就是坐没坐相，站没站相，骂了她整整一晚上呢！他们也不让孩子回娘家，怕孩子把东西偷到娘家来了，又怕沾上我们的穷气，孩子只得忍着……"

说完，任大珍又像实在忍不住似的，把小玲在城里打工与瘸腿男人认识的经过详细地给曹银娥讲了一遍，话语中似有无限的悔意。曹银娥听完，这才知道了小玲和你们儿子分手的原因，但她并没有幸灾乐祸，相反心里一酸，差点也流下泪来。想要是这姑娘到了自己家里，不知要怎样被宠着呢！

幸好那时贺松年纪还不大，又刚从学校毕业，心里还充满了对未来的憧憬和希望。虽然小玲的分手也令他难过了很久一段时间，但很快便从失恋的打击中恢复了过来，没像这次和吴娴分手那样痛苦。第二年，儿子又在打工的厂里交了一个女朋友，叫胡娟，但不知为什么，交往了一年也分了手。一连两个女朋友都没成功，以后又低不成高不就，从此你心里便有些着急起来。

第八章　2013 年 4 月（续）

　　听了曹德盛一席话，贺世跃彻底想通了，决定按照儿子说的，回老家把房子卖了，然后在城里为贺松按揭一套房子。这既是为儿子，也是为自己，至于以后自己能不能回贺家湾，到时候再说，现在打算这么早做什么？俗话说，计划莫得变化快，世上的事，哪有一定的呢？想通了以后，贺世跃便有了一种紧迫感。儿子的年龄已经那么大了，他的婚事迫在眉睫，再拖下去不仅会成为一个老男人，而且说不定还会发生王兴友那些事情。迟卖不如早卖，因此过了两天，他就请假回贺家湾了。

　　贺世跃是在工地上吃了晚饭才往家里走的，因为是夏天，天气长，再加上这又是一个月圆之夜，因此他不忙。走回贺家湾的时候，也才晚上十点多钟，在城里并不算晚，但贺家湾此时却显得一派寂静，这寂静中透着一种凄凉。月光罩着一幢幢或高或低、或漂亮或破败的房屋，却听不见屋子里的任何声音，也看不见有一丝半缕灯光从窗户透出来，甚至连狗叫的声音都没有，贺家湾像是垂头丧气一样呆立在月光温柔的大网里，毫无一点生气，给人一种既模糊又空幻的神秘感觉。他知道哪些房子里有人，但有人的房子是少数，更多房子的主人全家都外出打工去了，现在那些房子都和自己的房子一样空着，白天装空气，晚上是虫蝎鼠蚁的乐园。他忽然想起工友们闲下时说的一句话，说现在一些城市修了很多房子却没人去住，成了"鬼城"。他想，城市有"鬼城"，那么眼下自己的家乡不正像一座"鬼村"么？想到"鬼"字，他忽然打了一个哆嗦，仿佛从背后正有一股鬼气袭来。贺世跃想起小时候走夜路，为了给自己壮胆，常常一边走一边大声唱歌，此时，他也想大喊两声。正欲开口的时候，忽然脚边草丛中"扑哧哧"一阵响，有什么东西从他身边飞蹿过去了。他吓了一跳，觉得身上的毛发都倒立起来了。他朝着声音响的方向看了一阵，什么也没发现，他想大概是一只田鼠、一条草蛇或一只黄鼠狼吧。他在月光下站了一会儿，等心不再跳得那么厉害的时候，这才继续往前走。

回到家里，打开屋门，又是一阵刺鼻的老鼠屎尿的味道传来。他打开灯，果然又看见了遍地黑黑的老鼠屎。他想马上将屋子打扫一遍，可一想到夜这么深了，又走了这么远的路，浑身乏力，不想动弹了，还是等明天再说吧。这么一想，便去整理了自己的床铺，从衣柜里抱出被子，在满屋子老鼠屎尿的刺鼻气味和从被子上发出的霉味中睡过去了。

第二天一早醒来，贺世跃不是首先去扫除屋里的老鼠粪便，而是到楼上去打开儿子的房间，查看了屋子里的沙发、电视机、洗衣机、电冰箱等东西。原来，贺世跃在过完春节去上班时，害怕这些东西放到下面屋子里，会像贺贵全家里那些家具和电器一样，被老鼠糟蹋或受了潮，便找人来和自己一起，把它们全搬到楼上儿子的屋子里，该遮的遮，该盖的盖，然后将房间的所有门窗关严。现在一看，这房间里果然不像楼下房间那样一地的老鼠粪便，沙发也是完好无损。他又把所有电器都插上电源检查了一遍，也都没有什么损坏，就放了心。

奇怪的是，一走进儿子的房间，吴娴的影子像是早就藏在这屋子里一样，忽然出现在他眼前。这姑娘还是像几个月前一样，忽闪着一对大眼睛，满面含笑地看着他，然后脆生生地叫道："爸爸……"贺世跃猛地一惊，从幻觉中回过神来，急忙下楼扫起屋子里的老鼠粪便来。扫完，他正要将老鼠粪便端出去倒时，耳边忽地又响起了吴娴嘱咐过他的几句话："爸爸，这是垃圾桶，这是垃圾袋，从今以后，垃圾都要放到袋里，装满了，再提出去倒了或埋掉！"他吃了一惊，好像吴娴又站在了他面前似的，兀地站住了。他朝墙角看了一下，发现那只垃圾筒还在那儿，于是便走过去，将老鼠粪便倒在了垃圾桶的塑料袋里，然后将塑料袋提出来，放到屋外墙下，等一会儿出去的时候提出去倒在外面地里。做完这些以后，他才到屋子后面的井里提回一桶水，找出自己那套炊具，舀水洗刷了一遍，抱进柴火做起饭来。做饭的时候，他忽然又想起吴娴那套电炊具，想起吴娴说过的话，想起她第一次吃自己用柴火做出的饭的样子，吴娴便又活生生地浮现在他的眼前，挥都挥不去，似乎到处都是她的影子。他感到非常奇怪，这姑娘与儿子分手几个月了，怎么自己还老想着她？他不知道，正是他时刻渴望着儿媳妇才这样的呢！

正胡思乱想着，忽听得外面一个声音喊道："他叔，你又回来了呀？"

贺世跃一听是毕玉玲的声音，急忙迎了出去，一看，果然是，便道："是他二母，你吃过饭了？"

老妇人一步跨进了屋子，说："吃啥饭？我看见你房顶上往外冒烟，心想你也没有在屋里，怎么房顶上冒起烟来了？就过来看看！"

贺世跃忙感激地说："多谢他二母操心了！"

毕玉玲却没有接他的话，只管看着贺世跃问："你啥时回来的？"

贺世跃说："昨天晚上！"

话刚说完，毕玉玲像是不相信，马上又追问道："昨天晚上，我们怎么不晓得？"

贺世跃说："我回来的时候你们都睡了，全湾一派冷清，连狗都没有叫一声。"

毕玉玲听了贺世跃这话，立即感叹地说："没人了，你把全湾数遍，也数不出几家人来，还有什么声音呢？"说完却又突然对贺世跃问："不是年不是节的，你又回来做啥？是不是大侄子要办喜事了，你先回来料理料理？"

毕玉玲话一完，贺世跃突然愣住了。他自然不能把儿子已经和吴娴分手的事告诉她，这不是什么好事，告诉了只会让人看不起。想了半天，才说："他二母，不是……"

那老太太又追问道："那是为啥？"

贺世跃害怕她继续缠着这个事问，想了想，便突然把话题岔开了，对毕玉玲问："他二母，你长期在屋里，知不知道湾里哪些人要买房子？"

毕玉玲一听贺世跃这话，也愣了一会儿才说："谁要买房子，这我可没有听说过！"说完又看着贺世跃问："他叔你问这话做什么？"

贺世跃道："不瞒他二母说，我想把这房子卖掉！"他朝自己屋子指了指。

毕玉玲一听，惊得说不出话的样子，半晌才说："你卖房子做啥？卖了你住哪儿呢？"

贺世跃说:"卖了我们想到城里去买……"

话音没落,毕玉玲又惊得叫了起来:"哟,他叔发财了,要当城里人了?"

贺世跃觉得一时和她说不清,便道:"当城里人不一定非得是发财人,反正他二母给我访一访,看湾里哪个人要买房子,访着了就告诉我一声,做兄弟的今后一定重谢你!"

毕玉玲一听这话,才说:"那好那好,我就耳朵长长一点,帮兄弟问问!"说完才转身往回走,一边走一边又摇着头说:"不得了,不得了,湾里看着看着人就走光了!"

贺世跃吃过早饭,看见太阳这么好,便打算把儿子那些床上用品拿出来晒一晒。刚把衣柜门打开,果然闻到了一股霉气,于是他便把那些床单、毯子、褥子什么的,都抱到楼下,晾在院子里的竹竿上,又把自己床上的被子也抱出来,正准备往竹竿上晾时,忽见贺世龙佝偻着腰忙忙地走来了。他显然已经从毕玉玲那里听说了贺世跃卖房子的消息,还没走进院子,便冲贺世跃叫了起来:"听说你要卖房子?"

贺世跃一听他这话,以为他知道有人要买房子,便急忙把嘴巴凑到他耳边大声道:"是,大哥,你知道哪个要买?"

贺世龙却马上十分着急地说了起来:"卖不得呀,卖不得了呀!只能修,不能卖,卖了你回来住哪儿?过去还有个岩洞住,现在岩洞都莫得了,你总不能住人家屋檐底下嘛?卖地卖房,这可是败家的表现呢!过去贺银庭那么大的家业,也没见他卖一间房子半垧地,你怎么要把房子卖了呢?城里有什么好?吃口水都要花钱买,你生来就是当农民的命,怎么想起当城里人来了?你把乡下的房子卖了,人家都要骂你先人……"

贺世跃听了贺世龙一番话,知道他也是一片好心,自己又何尝不是这么想的呢?眼下他却是哭笑不得。他想向这老哥子解释,可他耳朵又不好,他自己说的别人听得见,别人说话他只看见人家嘴巴动。不对他解释吧,还不知他要唠叨到什么时候呢?想了一想,忽然又把嘴巴凑到他耳边,像打雷一样大声地对他说:"好了,大哥,我不卖了,我是说着玩的!"

贺世龙听了这话,像是赢了一锭金元宝似的,忽然绽开满脸干枯的皱纹笑着说:"这就对了,不卖了好,不卖了好,置起的家业不能败呀!"一边说,一边佝偻着腰走了。

贺世跃见他走远了，才晾好被子，锁上门，朝贺端阳家里走去了。

还在城里的时候，贺世跃就知道乡下的房子不好卖，原因是乡下不比城里，不论哪儿的人都可以在城里买房子，可乡下就不同了，除了本湾的人，其他地方的人绝不会到你那儿来买房子，因为买了房子没用。乡下人都是聚族而居，一个湾住的人大多都是一个祖宗发的芽，身上流着共同的血液。虽然在生活中难免发生磕磕碰碰，可到了关键时刻大家的胳膊肘都会朝内拐。要是你一人住到别的地方去了，那就不同了，你就会有一种没有亲人的感觉，遇到事情也没有人帮你，甚至还会有人欺负你。何况现实的土地和户口制度也是一个很大的制约，谁愿意在张家湾买一幢房屋，然后又回李家湾种自己的包产地呢？所以乡下有很多房子空着，有的甚至被日月风雨剥蚀垮塌了，也卖不出去。但贺世跃对卖自己的房子，还是充满了信心。贺家湾是一个大家族，老院子、新院子、上头院子、下头院子外加郑家塝，足足两百多户人家。其中许多人虽然在改革开放后就整家整家地出去打工了，可他们的户口还在村里，终究有一天他们还会回来，回来了就要住房子，房子要么自己修，要么买现成的，他相信一定会有人图省事而把目光投到现成的房子上来。更重要的是，贺家湾还有二十多户人家有两个儿子，但眼目下却只有一幢房子，尽管现在他们孩子还小，但迟早得为他们一人准备一套房子。还有一个更重要的原因，现在国家对耕地控制很严，除了自己的老宅基地以外，想批新的宅基地是难上加难，这难道不是为他卖房子提供了一个十分难得的契机吗？他已经把这二十多户人家一一在心里过了一遍，从中又选出了最有可能买房子的十来户，因此他对卖出自己的房子一直保持着十分乐观的态度。

贺世跃一边想，一边顶着早晨的日头来到了贺端阳家里。贺端阳一家正在吃饭，一看见他，贺端阳便问："老叔，你啥时候回来的？"

贺世跃说："昨晚上。"

贺端阳的母亲李正秀嚅动着嘴唇问："他叔，你吃没有？"

贺世跃忙说："吃过了，老嫂子！"

贺端阳的女人王娇说："你要大声点跟她说话，声音小了她听不见。"

贺世跃感叹地说："人老了都是这样，不是耳聋就是眼睛看不见！"

贺端阳听了这话，忙把话题岔开，道："老叔，你给贺贵全电话打通没有？"

贺世跃急忙说："打通了，打通了，多谢大侄子给我电话号码！"

贺端阳想了想又问："你找他有啥事？"

贺世跃自然不好把贺松的事告诉他，便说："我问问他那儿有活儿没有？"

贺端阳说："你在世海老辈子那儿打工不如意？"

贺世跃忙撒了一个谎说："不是不如意，我是说，他现在这个'爱丽舍宫国际花园小区二期'年底就要交房，我们最多做到十一月底，他下个工程是城南的'通海商贸城'，但现在政府还没把那儿的房屋拆下来，我估计这中间可能要等一段时间，所以给贺贵全打电话，如果他那儿有活儿，我也可以去他那儿做一段时间。"

贺端阳听了，便说："原来是这样！城南'通海商贸城'那儿的拆迁，县电视台都报道过，听说还差点和政府的人打架呢！"

贺世跃说："可不是这样！"

闲话间，贺端阳一家人吃完了饭，王娇和李正秀收了桌上的碗筷进灶屋去了，这儿只剩下了贺端阳和贺世跃两人，贺端阳便看着贺世跃问："老叔回来有啥事？是不是要请我们喝贺松老弟的喜酒了？"

贺世跃知道贺端阳一定会这样问，便急忙回答说："那还早着呢！"说完不想和他绕什么弯子，便开门见山地说："大侄子，老叔来找你，想问一问这一两年时间里，有没有人来找过村里批宅基地？"

贺端阳以为贺世跃还要批宅基地，便急忙说："宅基地现在可不好批呢！"

贺世跃说："我知道不好批，可再不好批，那些急着建房的人总得来批吧？"

贺端阳将贺世跃看了半天，忽然狐疑地问："老叔又不批宅基地了，问这个干啥？"

贺世跃只得说："大侄子你是晓得的，现在的年轻人都不想回农村了，再说，他们即使想回，可回来连农活都做不来了，回来干啥？所以我想把湾里的房子卖了，到城里去按揭一套小户型的房子，今后给你大兄弟他们住……"

话没说完，贺端阳便叫了起来，说："哦，老叔想到城里买房，这好哇，国家正在提倡城镇化呢！不过你把老家的房子卖了，你今后回来住啥？"

贺世跃说："今后的事今后再说吧！我是贺家湾的人，难道我今后回来，大侄子还会不让我住？眼下最要紧的是解决卖房的问题！我想，要是有人来大侄子这儿批宅基地，你就给我说说，我去找他们，一来免去了批宅基地的困难；二来又为大侄子减轻了负担；三来又免除了他们修房造屋的麻烦，岂不是大家都有好处？"

贺端阳一听这话明白了，便说："是倒是一件大好事，可前几年来村里批宅基地的人多，这一两年，还真没人来村上批过宅基地了……"

贺世跃忙问："为啥？"

贺端阳说："一则大家可能都听说了眼下宅基地不好批；二则现在湾里除了几个老弱病残，年轻人都走得差不多了，还有哪个建房子？"

贺世跃说："再走得差不多了，可总得回来呀？再说，还有一二十户人家有两个儿子，难道他们不为儿子准备一套房子？"

贺端阳说："这我就不知道他们是怎么想的了，反正这两年都没人到村里来批宅基地！"

贺世跃一听这话，有些泄气了，便又问道："那大侄子平时听见过有人买房子没有？"

贺端阳说："湾里人都没有了，我到哪儿去听说别人买不买房子？再说，湾里空房子这么多，还有谁买房子？"

贺世跃听贺端阳这么说，便不打算再说什么了，于是说："那好，大侄子，老叔就拜托你，如果村里有人批宅基地或买房子，你就给他们说我那房子便宜卖给他！要是成了，老叔一样地给你介绍费！"

贺端阳说："这是好事，我不过是给你搭几句话，一堆一块的，要啥介绍费？老叔放心，如果有人来村里批宅基地或听说了要买房子，我一定给你玉成这事！"

贺世跃听了，便站了起来，说："那我就先谢谢大侄子了！"说罢便往外走，可没走几步却又回头问："哎，大侄子，你那儿有贺长军、贺健和贺兴民的电话没有？"

贺端阳说："有呀，怎么了？"

贺世跃说："你告诉我，我打电话问问他们要买房子不？"

贺端阳便打开手机翻了一阵，把贺长军、贺健和贺兴民几个人的电话号码写给了贺世跃，贺世跃这才走了。

离开了贺端阳，贺世跃又朝贺劲松家里走去。贺劲松做过多年村里的会计和文书，那年贺端阳为把村里机耕路修做水泥路，多次冒犯乡上马书记，马书记便停了贺端阳支部书记的职，让贺劲松代理。可贺劲松在代理期间，却和乡上马书记一起悄悄将村里的林场卖给了木材商人郎山，后来贺端阳发现了，到县里告了状，县上批评了马书记，马书记却把全部责任推到了贺劲松身上，不仅村支书不让他代理了，而且将村会计和文书的职务一并捋了。贺劲松只有一个儿子，却有两个正在上初中的孙子。贺劲松的儿子贺强两口子都在外面打工，贺劲松和老伴则在家里一边种点包产地一边带孙子。贺劲松因为当过村干部，不仅在村里有威信，在家里也一样，尽管孙子都那么大了，但儿子媳妇都得听他的。贺世跃走到贺劲松的院子里，一只黄狗窜了出来。贺劲松听见狗叫，伸出头一看是贺世跃，便急忙出来唤住狗，对他说："贺世海的工程完了？"

贺世跃说："没完，要年底才交房呢！"

贺劲松听了便问："那你回来干什么？"

贺世跃心里着急，于是便直接对他问："老哥家里买房子不？"

贺劲松丈二和尚摸不着头脑，便问："我买房子做什么？"

贺世跃道："你家大虎、二虎都那么大了，不为他们一人置备一套房子么？"

贺劲松一下明白了，便"嗬嗬"地笑了起来，说："才那个年龄，黄瓜还没有给他们拌的，置办什么房子？"

贺世跃听了这话，忙说："不早了，不早了，看起小，一晃就是大人了！俗话说，长添灯草满添油——早做准备总是好的！"

贺劲松一听这话，便看着他说："怎么，你老弟要卖房子？"

贺世跃说："不瞒老哥说，我贺松要我把家里的房子卖了，添点钱在城里按揭一套小户型的房子，现在的年轻人，都不会回到农村来住了，所以我确实想把家里的房子卖了！"

说完，他以为贺劲松也会问他把老家房子卖了，以后回来住到哪儿？可贺劲松却没这样问，而是看着他说："你打算卖多少钱？"

贺世跃听他的口气像是十分感兴趣的样子，于是便急忙说："我那房子老哥也是看见的，上下三层，楼顶还有半层，加起来五百多平方米，门口还有那样大一个院子。要是放到城里，两百万元也不止，可我们是乡下，只当卖白菜那么想，就一二十万吧……"

贺世跃话还没完，贺劲松又大笑起来，说："老弟，别说一二十万，就是一两万块钱，我看也莫得人要！"

贺世跃有些不高兴了，便说："你老哥这样说，那房子不是成臭狗屎了？"

贺劲松说："说是臭狗屎也不为过！老弟我给你补个聪明，你刚才说现在的年轻人都不想回农村住了，现在的年轻人都是这样，等到我大虎、二虎长大时，哪个晓得又是个什么形势？现在花些钱给他们把房子买起，到时他们不回来住，烂到那里不是臭狗屎是什么？你看现在农村烂了多少房子？"说完又正正经经地说："老弟如果有钱，在城里给年轻人买一套房倒是可以的，但我劝老弟不要把农村的房子卖了！老弟，你想想，我们农村人进了城，既没固定的工作，又没养老保险，城里开支又大，要是遇到个风吹草动、天灾人祸怎么办？我们农村人只有这样一个好处，就是城里过不下去了，还有农村可以退！但如果你把农村的房子卖了，你一辈子就没有退路了！"

贺世跃本是来问贺劲松买不买房子的，却没想到反被他洗了一通脑，细细想来，人家的话又是对的，于是便说："谢谢老哥的指教，如果老哥知道哪些人要买房子，就告诉我一声，或者帮老弟宣传宣传，事情成了，我一定感谢你！"说完，便又告别贺劲松走了。

走到路口，贺世跃站住了，他的脑海里闪着几个人的名字：贺善怀、贺中华、贺荣、贺林……拿不准又该到哪一家去。突然，眼前闪出一个人来：郑家塝的郑全兴！贺家湾村一共六个村民小组，五个村民小组都姓贺，只有郑家塝是个杂姓村组，虽然不姓贺，却和贺世跃这个村民组田地相连。重要的是，郑家塝条件比较差，被称为贺家湾村的"夹皮沟"。郑全兴原来是郑家塝村民组的组长，后来见大家都出去打工了，自己便也辞了组长职务出去了。他有两个儿子，大儿子马上高中毕业，小儿子明年初中毕业，可他们家还只有一座"二层半"，眼下摆着的是急需房子呢！这么一想，他便转身朝郑家塝走去了。

到了郑全兴家，正碰上郑全兴女人背了一只背篼往外面走，便立即喊住了她说："郑嫂子，这么大的太阳你还要往哪儿去呀？"

那女人见是他，便说："是他世跃老叔呀，啥子风把你吹来了？"

贺世跃说："我是来给你家道喜的！"

女人以为贺世跃是来给他儿子提亲的，便立即眉开眼笑地回答说："我们家有啥喜？他叔莫不是来给我们家郑毅做红娘？"

贺世跃说："那也和做红娘差不多！我说郑嫂子，儿子要成亲，首先得要一套房子是不是？"

女人听了一愣，说："可不是这样？"

贺世跃急忙说："你家郑毅都是那样大的人了，可还没有给他准备房子，郑嫂子你们家打不打算买房子？"

女人说："你要卖房子？"

贺世跃说："正是！我们打算把家里房子卖了，然后到城里买个小户型的房子。我那房子上下三层，顶上还有半层，五百多平方米，修好还没怎么住人，如果你们要买，我可以便宜一些卖给你们，价钱我们好商量！"说完不等女人插话，便又接着说，"你也晓得的，我那儿不管是地势还是自然条件，都比你们郑家塝好，你把我房子买到绝对不会吃亏！"

女人似乎动了心，说："你那房子我们是晓得的，这里又近，倒是好事，不过我不能做主，得问我屋里当家的。"

贺世跃忙说："那你打电话问问！"

女人说："我打通了你跟他说吧！"

说着，果然就掏出手机给丈夫打起电话来。电话一接通，女人便把手机递给了贺世跃。

贺世跃接过电话，便听见里面直说："喂，喂，你怎么电话打通了不说话？"

贺世跃急忙说："喂，郑老表，是我，贺世跃……"

话没说完，对方便十分惊讶地问："怎么是你？"

贺世跃忙说："老表放心，我现在在你家里，可没做什么坏事，你不要想到一边去了！"说着，便急忙把卖房子的事给对方说了一遍。

郑全兴一听，便说："我到你贺家湾来买一幢房子干什么？"

贺世跃说："一个村，隔得又不远，有什么不行的？"说完又急忙说，"老表你也是晓得的，现在国家对土地管得很严，你今后想建房子，根本批不到宅基地！即使批到了，老表呀，你知道修房造屋有多麻烦……"

贺世跃还要说，可郑全兴打断了他的话，说："老表，你不要说了，再便宜我也不会到你们贺家湾来买一座房子的！我儿子高中毕了业，考得上大学就让他读大学，考不上大学就让他出来打工！他自己有出息，挣到钱了，想到哪儿买房子是他自己的事，我管那么多做什么？"说完便"啪"的一声挂了电话。

贺世跃还想说什么，见对方已经挂了电话，便只得将手机交给郑全兴的女人，悻悻地离开了。

从郑全兴家里出来，贺世跃又走了两家，都是郑家塝的人，一个叫郑中平，一个叫余小明，这两家人也都各有两个儿子。到郑中平家里时，他六十七岁的老父亲说自己做不了主，同样拿出电话让贺世跃给郑中平打。贺世跃把电话打通了，对方的回答和郑全兴一模一样，说："我到贺家湾来买啥房子，隔这样长一条沟，我种点地还要来回跑，豆腐都搬成了肉价钱，不买，不买，再便宜也不买！"到余小明家时，门上挂着一把锈迹斑斑的铁锁，从门框到屋檐的楦板下斜挂着一只硕大的蜘蛛网，一只又肥又大的黑蜘蛛正悠闲自得地稳坐在蛛网中央。贺世跃还准备再走两家，但一看太阳已经一动不动地挂在了当顶，知道时间已经不早了，这个时间去，碰上人家吃午饭有些不方便，于是便打消了这个念头，径直回家了。在往家里走的时候，贺世跃觉得有些燥热和烦闷，像是天气已到了六月里的样子，出一口气都有种火辣辣的味道。其实这才四月底，天上虽然没有云彩，但太阳光照到人身上并不灼人，空气也并没有凝滞不动，身边还和风习习。路过沟底的小河时，清澈的河水冲刷着河底的石头，不但塞窣有声，而且还有细沫样的浪花，比起夜晚来，白天的贺家湾要美好得多。但过了一会儿，他又觉得好多了。上午自己费了那么多口舌，话说了几大箩筐，虽然没有收获，但也没有最后失望，因为后面还有几家，其中任何一家要买房子，问题便解决了。这么一想，他心里又鼓起了希望。

吃过午饭，贺世跃便往贺福来家里去。贺福来是贺凤山的儿子。贺凤山在"横扫一切牛鬼蛇神"的年代，无师自通地学会了阴阳八卦、算命测字、占凶问吉等一套学问，后来竟成了贺家湾和周边地区连接人间与地府甚至天庭的"神仙"，一时远近有名。不过贺凤山现在老了，眼睛看不清字，一只手因患过肩周炎后现在连毛笔都握不住，便在十多年前把那套连通天地人神的手艺传给了福来。福来上过高中，接过父亲的衣钵后，最初也只在贺家湾和周边村子做些小打小闹的算命测字、打卦问卜兼看点阴宅阳宅风水的活计，但不久便青出于蓝胜于蓝。一次，贺世海的一个工程开工，请他去做了一场法事，后来，贺世海这个工程不仅顺顺利利地竣工，而且赚了大钱。从此贺世海对福来的神通笃信不疑，经常请他去问一些鬼神和吉凶的事。贺世海身边聚集的，不是有钱的便是有权的，他们越是有钱有权，越是相信鬼神的事儿，经过贺世海一宣传，福来很快便成为他们的座上宾。现在福来主要是为这些人服务，听说有一次去给一个老板开光，福来一张口便要八千八百八十八元八角八分，那老板连眉头也没皱一下便按福来的要求给了。福来也有两个儿子，老大和郑全兴的小子郑毅是同学，再过两个月高中就毕业了，小儿子去年上的高中，比郑全兴的老么高一个年级。福来有钱，儿子又都那么大了，现在贺世跃就把全部希望押在福来这儿了。

走进福来家的院子，只见一个方方正正水泥院子打扫得很干净，大门旁边的墙上，挂着一块两尺见方的拱形广告牌，像是城里单位的招牌一样，上面喷着红色的广告："预测运程、起名改名、开光放置、测字择好、和婚宜忌、观测风水、问吉避凶"。大门两边门楣上，贴着一副对联，上联是"平日深涵养"，下联是"临时见功夫"。贺世跃不懂这对联的意思，私下揣摸，大约是福来说自己道行很深的意思吧，横批为"普度众生"，分明是把自己比作观世音菩萨了。

走进大门，客厅正墙正中央是一张坐在莲花宝座上的释迦牟尼像，那像极其庄严，两边各有一个护法的菩萨，三个人头上都有金色的光圈。菩萨像两边，也挂着一副对联，写的是："道通天地有外形；思遍飞潜异类中"。贺世跃更弄不懂对联的意思了。菩萨像下面靠墙摆着一个长柜子，上面并排摆放着三尊塑像，他们是黑红脸的祖师爷、圆脸团笑的财神爷、红脸长须的关公。三尊塑像前面是一个香炉，里面燃着几炷香，散发出淡淡香气。香炉脚下散放着一些一元、五元、十元、二十元、五十元、一百元的人民币。这是前来烧香的香客送给菩萨的。柜子左边，放着一个筛子大的罗盘，这罗盘看来只是做装饰用的，因为从没见过福来背着那样大的罗盘出去做功课。罗盘旁边，还摆着几本毛了边的线装本经书。贺世跃瞥了一眼，发现最上面一本经书的名字叫《金刚般若波罗蜜经》。柜子正前方的地面上，摆放着一个黄色的蒲团。贺世跃记得贺凤山没把衣钵交给福来的时候，这屋子正中墙上有一个神龛，神龛里立着一尊菩萨，有两尺来高，用红布盖了头顶，只露出一张脸。至于是何方菩萨，贺世跃也说不清楚。神龛两边，也没有对联，只分别贴了一道用黄表纸画的符，符的上下左右四角，都粘有鸡血和鸡毛。神龛下面也没有长柜子，只用两根大板凳拼在一起，做成一张简易供桌，中间是一只香炉，两旁是供果。现在贺世跃心里便道："果然是一代比一代强，只看这屋子里的摆设，福来便是掉了毛的牙刷——有板眼！"

福来正躺在客厅一把竹凉椅上打瞌睡，他穿着一条宽大的花短裤，双脚跷在一只小凳子上，露出一双多毛的腿，一边张开大嘴，从嘴角不断滴下一股黏稠的哈喇子，一边发出又粗又重的呼噜声，也不怕冲撞了神。听见脚步声，他猛地睁开眼，看见贺世跃，先像是没有明白过来的样子，过了一会儿才把脚从凳子上拿下来，坐直了对贺世跃问："哦，是世跃老叔，你哪时回来的?"

贺世跃说："昨天晚上回来的。"

贺福来以为贺世跃是来找他打卦问卜的，便说："老叔要问什么事，先去洗了手，给菩萨上了香再说!"

贺世跃说："我不问菩萨什么事，我来只问大侄子买房子不?"

贺世跃话音才落，福来就奇怪地看着他问："我买房子干什么?"

贺世跃说："买房住呀! 像大侄子你这样高山顶上敲大锣——远近闻名（鸣）的人，难道不给贺丹、贺东两个侄孙儿一人置买一套房子?"

一听这话，贺福来忽地生气了，说："哎呀呀，老叔快别在我面前提这两个混账东西了! 一提他们我就来气，恨不得一刀就宰了这两个狗日的……"

贺世跃一听贺福来这话，有些不明白了，忙问："怎么了?"

贺福来说："这两个狗日的，老子辛辛苦苦养了他们一场，又送他们上学，我对他们说，你们要是考不上大学，就回来跟老子学看相算八字，这也是一门手艺，学好了养活自己没问题! 谁知我话还没有说完，这两个狗日的像是早就商量好了一样，对我说，'我们才不得跟你学这些东西! 你那是封建迷信，专门骗人钱财的，我们宁肯出去打工，凭气力挣钱，也不得跟你去害人!'你听听这是啥子话? 老子苦挣苦磨，挣钱养他们，倒成了害人的了!"说着又指了指长柜子上几本毛了边的线装书，继续对贺世跃愤愤不平地说："我这些东西还不是有书的，怎么成了骗人的?"

贺世跃听了忙说："小孩子家不懂事，大侄子你跟他们一般见识做什么?"

贺福来听了，又说："这还不说，我说要在湾里给他们一人修一套房子，你猜他们怎么说？两个狗日的说，'你修嘛，你就是修好了，我们今后也不会回来住！'我问他们：'你们不回来住，到哪儿去住？'他们说，'城里那么大，我们还会找不到住的地方？我们哪怕歇大桥底下，住别人的屋角角，也肯定不得回你这个贺家湾了！'老叔你听听，他们把贺家湾说成是我们的贺家湾，好像他们压根就不是贺家湾的人一样！我一听这话，真怕修起了他们也不要，哪还有心思给他们修房子？要不然，我早就给他们把房子修起了！"

贺世跃明白了，忙说："他们小娃儿晓得个啥？大侄子你是老练子，该拿主意还得拿主意！你是知道的，现在宅基地很不好批，以后恐怕是越来越难，修房子不如买现成的房子，既买了房子，也买了宅基地……"

贺福来听到这里，忙说："是倒是这样，湾里哪个要卖房子？"

贺世跃一听高兴了，忙说："不瞒大侄子说，就是我那房子要卖！"说着，把自己卖房子的事说了一遍。

贺福来听了，沉吟了半晌才说："要说来你那房子不管是位置还是质量，我都看得上眼，还真想把它买下来，只是我那两个狗日的已经说了那话，我买起来做什么？"

贺世跃道："小孩子的话有啥定准，你下决心买了，他们有什么不要的？"

贺福来说："你不晓得我这两个杂种，个性拐得很！"说完想了想又说，"算了，我现在不买，等我以后想买的时候再给你说吧！"

贺世跃听了这话，心立即凉了大半，却说："现在真的不打算买？"

贺福来提高了声音说："真的不打算买！"

贺世跃说："只怕过了这个村，就没这个店了！"

贺福来说："没这个店就算了，村里这么多空房子，我真要想买房，还怕买不到房子？"

贺世跃见贺福来把话说到了这个份上，便只好说："那好吧！要是大侄子知道哪个想买房，你告诉我一声！"

贺福来忙说："行行行，我听说哪个要买房了，就立即告诉你！"

说完，贺世跃站起来要走，却突然又站下来对贺福来说："来都来了，大侄子你给我贺松掐算掐算，看看他的婚姻如何？"

贺福来说："贺松兄弟对象都找着了，还算啥子婚姻？"

贺世跃不好告诉他们已经分手的消息，于是便说："找是找着了，但不知会不会成功，还得麻烦大侄子给预测预测！"

贺福来听了这话，才说："这倒也行！"

于是贺世跃到旁边桶里净了手，过来点起一炷香插进了香炉里，然后又双手合十，朝菩萨像以及祖师爷、财神爷和关云长的塑像作了一个揖，才过来在贺福来面前坐下。贺福来一手铺纸，一手拿笔，贺世跃便在旁边报了贺松的生辰。贺世跃报完，贺福来忽然停下笔问："那女娃儿生在何年何月何时何辰？"

贺世跃忙说："哎呀，这我倒没问！"

贺福来便将笔放下，说："那我算什么？"

贺世跃说："你就只给我贺松算一算嘛，看他命里今年带不带桃花运？"

贺福来想了一想，便说："那也行！"于是便在纸上铺排开贺松的八字，又掐着指头认真算了一算，嘴里念念有词，算完，忽然看着贺世跃认真地说："不瞒老叔说，从贺松老弟的命相来看，他在今年以前都不带桃花运，谈得多，但成功的没有一个，这一个呀，也恐怕难成……"

一听这话，贺世跃吃了一惊，忙问："大侄子，那他啥时桃花运才能到来？"

贺福来说："这我就说不准了！但这老弟今后最好找个属蛇的女娃儿！大兄弟属龙，是大龙，蛇是小龙，大龙配小龙，一生乐融融！千万不能找个属虎的，虎和龙相克，容易龙虎斗，即使结了婚，也过不长久！"

贺世跃听贺福来这么说，忙站起来相谢，然后又掏出十块钱来要给贺福来，贺福来朝香炉脚下努了努嘴，说："搁那里吧，这不是我的功劳，是神仙的功劳！"贺世跃便把钱往钱币堆里一放，告辞贺福来出去了。

走出贺福来的院子，贺世跃心里对卖房便不抱什么希望了。因为剩下的几户人家，要么儿子还小，要么就是日子不富裕，压根就没有钱来买他的房子。但他还是怀着微弱的希望去问了一问，结果和他想象的一样，全是无功而返。晚上，贺世跃又打电话问贺长军、贺健和贺兴民，但得到的答复也是一样。于是贺世跃满心的希望全部化为了泡影，顿时又沉进深深的绝望当中。

第九章　2013 年 5 月

　　房子卖不出去，贺世跃待在家里没什么意思，于是第二天他起了个大早，把家里的东西仍像上次一样收好放好，关好窗户，锁上大门，趁着月光便往县城赶去。赶到城里，工友们正好才起床，曹德盛见他这么早就回来了，便问："房子卖了？"

　　贺世跃说："卖啥？我把该问的人都问了，可没有一个人要买房子。"说完，便把经过对曹德盛说了一遍。

　　曹德盛听后，说："他们说得也对！除了像我们这样的老几几还会回农村外，有几个年轻人今后会回农村的？他们在农村买房，还不是把钱白往水里扔！"

　　贺世跃听了这话，突然有些愤愤地说："狗日的，硬是没有哪个人能把这形势看透，前几年大家还比赛似的在农村盖房，一座比一座漂亮，可现在房子白送人都没人要了！"

　　曹德盛说："人都不回农村了，他要房子有什么用？"说完见贺世跃愁眉苦脸的样子，便又说，"慢慢来吧，着啥子急？卖得脱就卖，实在卖不出去以后就回去住，当修的个养老院在农村嘛！"

　　贺世跃说："可眼下用啥子在城里给年轻人按揭房子呢？"

　　曹德盛说："有钱就按揭，实在没钱还不是就算了，谁叫他们投胎到我们这样的人家里呢？"

　　说着，两个人便拿着碗吃饭去了。

　　吃过饭，贺世跃像往常一样，戴起安全帽就要去上工，曹德盛却说："今天不必去拌水泥了……"

曹德盛还没说完，贺世跃忙问："我们改活儿了？"

曹德盛说："活儿倒没变，不过今天不用去做了！"

贺世跃不明白，又忙问："为啥？"

曹德盛说："后天不是'五一'吗？"

贺世跃想了想，笑了一下，说："可不是，我倒忘了，电视里又要说'劳动光荣'了！"说完却仍是不明白地问，"这关我们什么事？"

曹德盛也嘲笑地说："怎么不关我们的事？我们自己的节日呢！"说完才正经地说，"明天县上那些当官的要到我们工地来慰问，说是给大家'送温暖'，祝贺节日快乐。昨天下工的时候，贺兴仁来说了，今天暂时停一天活儿，要大家把小区内的卫生打扫一下，主要是把那些建筑垃圾和杂物该运走的运走，不能运走的就归到一起遮挡起来，路面打扫干净。领导既是来慰问，也是来视察，要给领导一种清清爽爽的印象，不能因为小区还没完工，绿化也没搞，而显得杂乱无章！其次是要在小区临环城路一面的墙壁上挂上条幅标语，从楼顶一直垂到地面。前后大门、主干道上面和每幢楼房的正面也要挂上横幅标语，前后大门就挂在大门的门楣上，主干道挂在两边的路灯杆上，每幢楼房的标语就直接挂在五楼的阳台外……"

听到这里，贺世跃不禁吃惊得叫了起来："那要多少标语，全城的红布都怕要被他们买光了！"

曹德盛说："贺兴仁说这叫'造势'！我们就是要借领导来慰问和视察的机会，把公司的名气进一步打出去！同时，把整个工地布置得气氛热烈、场面庄重，也才像过节的样子，领导看了也会高兴，领导一高兴了，还有什么事不好办的？一点标语钱算啥子？"

贺世跃想了想才说："那倒也是，钱在我们这些人手里是钱，在他们手里只是纸！"说完才对曹德盛问，"说没说我们今天具体干啥子？"

曹德盛说："那倒没说，我们先下去看看吧！"

说着，两个人戴好安全帽，这才往楼下来。

到了楼下，看见杜德友、贺长云、李勇几个人一人拖了一把铁锨，正朝他们走来，贺世跃见了他们忙问："你们往哪儿去？"

贺长云说:"C幢那边,挖掘机和运垃圾的卡车开到那边去了!"

贺世跃和曹德盛也到工棚里各拖了一把铁锹,跟着他们一起去了。一边走,一边说着话,杜德友说:"你们说领导明天会不会给我们送东西?"

贺长云说:"你等着吧,给你送个婆娘来!"

杜德友说:"不送东西叫啥子慰问?"

李勇说:"不送东西就不叫慰问?那叫精神上的关怀!"说完又回头对贺世跃和曹德盛问,"两位老哥子说是不是这样?"

曹德盛说:"我们知道啥?我们只管做活路,叫我们干什么我们就干什么!"

杜德友突然想起了什么似的,马上做出几分神秘的样子对贺长云、李勇和贺世跃、曹德盛问:"你们知道县上领导为什么选中我们工地来慰问?"

长云说:"那还用说,我们世海老辈子面子大嘛……"

还没说完,杜德友便打断了他的话,说:"错!"然后压低了声音说,"我听说售房部的小孙说,现在房子很不好卖了,贺总还剩下两百多套房子无人问津,领导这次来就是给贺总做广告的!"

众人一听这话,便说:"原来是这样!"

李勇说:"我说领导怎么平白无故就来给我们'送温暖'呢?"

说着就到了C幢,两台挖掘机正在往一辆大型卡车的车厢里装垃圾,旁边又停着两辆重型卡车,贺兴仁今天也换上了一件蓝色的工作服,正站在卡车旁边督战,一见他们,便大声喊道:"你们几个,去把那些零星的垃圾归到一起,等会儿铲车来铲!"说完又说,"县委、县政府领导能在百忙之中来我们公司慰问,是对我们公司最大的支持和鼓励,大家一定要好好干,拿出我们'三鑫'人的精气神来!"大家听了,便各自拖着铁锹散开了。

贺世跃仍和曹德盛搭伙,干着干着,曹德盛忽然说:"我眼睛跳!"

贺世跃忙问:"左眼还是右眼?"

曹德盛说:"右眼。"

贺世跃说:"右眼跳财……"

曹德盛说:"我有啥子财跳?"

贺世跃说:"那不一定,一百万元是财,一百块钱也是财,反正你要小心一些!"

曹德盛说："别的我不担心，昨天你侄儿给我打一个电话，说他女朋友的父亲给他下了最后通牒，年底以前如果还不能在成都按揭一套房子，那么他们两个就各走各！现在看来，那女朋友也有那个意思了……"

贺世跃听了这话，忙说："早知道，我该在贺福来那儿也给侄娃儿算个命……"

曹德盛说："算命有啥用？"

贺世跃说："你还别说，这家伙还真算得准呢！"说着便把给贺松算命的事说了一遍，然后又说，"他说贺松在今年以前都不带桃花运，谈得多，成功的却没有一个，这一个也恐怕难成……你看他们不是就分手了吗？"

曹德盛听了这话，半天才说："真的？"说完再不说什么，只低头干活。

贺世跃见曹德盛不答话，自己也不说什么了，两把铁锹擦刮着水泥地面的"嚓嚓"声便显得十分刺耳。

干到中午时分，小区内大部分建筑垃圾都运走了。中午，每张桌子上又多了一大盆红烧肉和一钵海带猪蹄汤，大家一看，都围着做饭的赵姐叫了起来："赵姐，领导还没开始'送温暖'，你就给我们'送温暖'了呀？"然后又说，"赵姐的'温暖'才是真温暖！"

赵姐是个离了婚的女人，在贺世海的公司里煮了多年的饭了，什么阵仗都见过，听了这话，便说："你们不怕裤裆里那个东西给废了，就来老娘这儿给你们'温暖（卵）'吧！"说完见没人答应，才正经地说："老娘倒想给你们'送温暖'，可是没那个能力！这是贺总给你们送的'温暖'……"

正说着，贺兴仁笑吟吟地进来了，大家一见，便又围着他说："感谢贺总提前给我们过节日！"

贺兴仁听了这话，便说："这有什么值得谢的？原准备后天给大家加餐，但想到大家今天辛苦，便改在今天了！"说完又大声说，"上午大家干得不错，下午继续努力，争取早点把小区的垃圾运出去！标语可能要晚点才会送过来，因为我们要的标语多，广告公司正在加班加点地制，但再晚，我们也要在今天晚上把它们挂出去……"

听到这儿，忽然有人问："贺总，小区里路灯还没安装，晚上怎么挂？"

贺兴仁说："放心，我们会准备照明设备的！"说完又大声宣布说，"还告诉大家一个好消息，董事长表了态，说今天大家辛苦了，明天领导慰问后，后天放一天假，让大家快快乐乐过个节……"

话还没完，忽然有人问："贺总，放假有没有工资？"

贺兴仁立即大声说："大家放心，我们董事长是什么人？全县关爱农民工的典型嘛，要不领导怎么会选中我们工地来慰问？假照放，钱照发，你们想怎么耍就怎么耍……"

工友们一听这话，情绪顿时高涨起来，便纷纷叫道："这才像'劳动光荣'的样子嘛！"说完又对贺兴仁说，"贺总，能不能请县上领导也给我们发一天工资？"

贺兴仁说："这我就管不着了！不过，即使县上领导不能给大家发工资，可领导的关怀却比发工资更重要，大家说是不是？"说完也不等工人回答，便又说，"总之，大家要高度重视领导这次慰问工作，搞好了，公司也绝不会亏待大家！"说完便出去了。

许是受了放假的鼓舞，吃过午饭，工人们连休也没休息，就接着干了起来。到半下午时分，终于将堆积在小区里的建筑垃圾给清理完了，工人们又拉来自来水管，将小区内所有道路和硬化了的地面都给冲洗了一遍。冲洗完毕，那所有硬化了的地面都一尘不染。虽然小区没有竣工，绿化、灯光都还没来得及进行，但看起来确实给人一种干净、整洁和清爽的感觉，甚至连楼与楼之间的距离，也好像增加了许多。贺兴仁看了很满意，又打电话向贺世海做了汇报，然后就和工人一道等待起标语来。可左等没来，右等还是没来，一些工人便靠着墙壁打起瞌睡来。

工人们等到天黑，也没把标语等来。原因是贺世海需要的横幅和条幅太多，他这一次的需要量就超过了广告制作公司三个月的业务量。加上条幅长达三十多米，他要求幅宽必须要有三米，这样做出的字才会方正。但广告制作公司最多只能制作幅宽一米八、幅长二十米的条幅，这已是超大、超长的条幅了。广告制作公司和贺世海几经讨论，最后达成协议：幅长不变，按"爱丽舍宫国际花园小区"建筑的实际高度制作，但幅宽改成了进布两米、实印一米八。广告制作公司制作出样品给贺世海看后，贺世海觉得那字虽然不如自己想象的那样饱满、刚健，但也勉强能行，只是略嫌扁平了一些，便同意了。广告制作公司这才加班加点制作，工人们从早晨干到晚上不但没有休息，还找了两家小广告公司来帮忙，才在第二日凌晨三点钟左右把全部标语制作完成，等装车拉到"爱丽舍宫国际花园小区"时，已是凌晨四点。

那天晚上，贺世跃和曹德盛一个因为老家的房子卖不出去，一个因为儿子没钱在成都买房，两个人各揣心事，上半夜在床上翻来覆去睡不着，到下半夜时，方才迷迷糊糊睡去。正睡得香时，忽听得外面喊"挂标语"，两个人都一骨碌从床上爬起来，曹德盛一边在床上摸衣服穿，一边嘴里咕哝着说："这个时候才挂标语，像是哪儿鬼打起来了一样！"

贺世跃一听这话，忙说："清晨八早的，可不准说'鬼'呀'魔'的！"

曹德盛一听贺世跃这么说，果然不吭声了。贺世跃见曹德盛没说话，自己便说："我刚才做了一个梦，梦见自己满脸是血，像是被人打了的样子，可又不痛，不知是凶是吉，该不会有血光之灾吧？"

曹德盛说："有啥血光之灾？见红有喜，说不定还是什么喜事呢！"

贺世跃说："我们这些人，不要喜事，只求平安就好！"说完又对曹德盛问，"你眼睛还跳不跳了？"

曹德盛说："怎么不跳？一突一突的像有东西藏在眼皮下蹬腿呢！"

贺世跃说："你扯点纸，打湿口水贴到眼角上，看还跳不跳了？"

曹德盛没有回答，两人穿好衣服便下楼来了。

来到 B 幢喷池前面的小广场上，果见水泥地上横七竖八地堆放着一座小山似的标语，这些标语都被卷成一轴一轴的，粗的有水桶般粗，细的也有碗口般大，宽的有两米的，也有两尺的，轴的两端都拴了尼龙绳子。一些早来的工人已经抱着那些条幅、横幅开始挂了。贺世跃看见除了贺世海以外，公司里那班职员和文员也都来了，正在听贺兴仁指派活儿。贺兴仁一见他们，便指着地上那些足有水桶般粗的条幅卷轴对他们说："你们两个，把这些条幅扛到楼顶上，我马上安排人来挂！"

贺世跃便去把条幅往肩上搬，没想到那条幅还挺沉，便说了一句："这东西还不轻呢！"

贺兴仁一听这话，便说："三十多米长，两米宽，还是牛津布的，你说有轻的吗？"说完这话，忽地想起什么似的，便又对贺世跃和曹德盛说，"算了，这活儿还是让年轻一些的干！那边还有两架竹梯子，你们把这几幅横幅拿去挂在大门两边路灯杆上，挂高一点！"

说完，便朝贺世跃和曹德盛指了指脚下几卷横幅卷轴。贺世跃和曹德盛便急忙丢了手里的条幅卷轴，从地上捡起那些横幅卷轴往胳膊底下一夹，过去一人扛起一架竹梯子，便往大门外走去了。

大门外是一条连接东城到北城高速公路的主干道，双向六车道。凌晨的城市还没睡醒，此时一片寂静，正处于一种美妙苍茫又神秘的时刻。深邃发白的夜空上有几颗星星在向城市眨眼，仿佛点头致意似的。路灯柔和的光辉从头顶倾泻而下，水银似的漫到被浓重的夜露淋湿的水泥路面上，路面看起来就像刚刚洗过。不时从路面掠过一阵微风，摇着两旁睡意蒙眬的行道树，一粒粒晶莹的露珠便从树叶上滴落下来，落到路面上窸窣有声，像是夜的悄悄絮语一样。

贺世跃和曹德盛走到外面，被清新和湿润的空气一吹，倒显得精神了许多。两个人把肩上的梯子往墙上一靠，这才将胳膊下的标语横幅拉开，铺在地下看了起来。只见一幅上写着："劳动光荣，劳动伟大，劳动创造一切，热烈祝贺'五一'国际劳动节！"一幅上写着："热烈欢迎县委、县政府领导来我公司视察、指导工作！"一幅上写着："不要问国家为你做了什么，而要问你为国家做了什么！"这两句话是县委陈书记在县党代会上对全县党员和干部提出的要求，后来发展成凡有标语的地方，就必定有这两句口号。再后来，民间便演变出了许多这类"什么……什么"格式的版本，比如在老板和员工之间，便有："不要问老板为你做了什么，而要问你为老板做了什么？"在领导和群众之间，便有："不要问领导为你做了什么，而要问你为领导奉献了什么？"就是在家庭之间，也有："不要问老公为你做了什么，而要问你为老公做了什么"或反过来，"不要问老婆为你做了什么，而要问你为老婆做了什么？"如此等等，十分普及。一幅上写着："大众创业，只有起点，没有终点；万众创新，只有逗号，没有句号！"一幅上写着："安全第一，预防为主；团结拼搏，务实求新"，但"拼搏"的"搏"字却写了"博"。一幅上写着："与时俱进，树建筑工人光辉形象；开拓创新，铸三鑫公司精品工程！"一幅上写着："警钟长鸣，安全生产要抓好！"一幅上又写着："作业时要戴安全帽，流汗总比流血好！"

贺世跃把这些标语看完，才对曹德盛说："我们先来比一比，看绳子绑在哪个位置合适？"

　　曹德盛听了这话，便拉起横幅的一端走到对面的路灯杆下，两人把横幅拉紧，大致看了一下横幅两端留下的长度，把绳子系在了路灯杆上，然后两人都走到道路中间，看了看标语是否挂正，看看大致差不多，便各自去自己绳子上做了记号。做完这一切，两人又解了绳子，曹德盛去搬了自己的梯子来，对贺世跃说："你在下面把标语兜着，我上去挂好了以后，你再上去挂！"

　　贺世跃说："怎么都行，反正只能一边一边地挂！"

　　说完果然把标语拢在怀里。曹德盛就去将梯子靠在路灯杆上。路灯杆上已经悬挂了"爱丽舍宫国际花园"的镜式广告牌，上面写的是："爱丽舍宫国际花园——您理想的皇宫生活！"为了不影响广告牌，横幅只能拉在路灯杆托住枝型灯泡的三角支架上，幸好竹梯子有足够的高度。曹德盛一手拉着横幅的一端，一手把着竹梯，一步一步地往上爬去。每爬一步，竹梯就仿佛不堪重负似的悠悠闪着，看起来很危险。

　　贺世跃在下面看了，便叮嘱道："慢点！"

　　曹德盛回答道："怕啥？"

　　说着爬到了顶端，将绳子一端套在了路灯杆的三角支架上，一端套在路灯杆上。套好后，曹德盛还用力拉了拉，确信已经套牢了以后才从梯子上爬下来。接着，贺世跃又用同样的办法，爬到梯子上，将自己一端的绳子也像曹德盛一样在路灯杆上套好了。两人又退到道路中间，仰头看了看自己的劳动成果，只见那"劳动光荣，劳动伟大，劳动创造一切，热烈祝贺'五一'国际劳动节！"的标语，已在风中猎猎作响，像是非常高兴似的。两人看了，也很满意，于是便又扛起梯子往第二根路灯杆走去。

　　可是令人没有想到的是，曹德盛刚刚爬上竹梯，正要往上套横幅上的绳子时，竹梯突然往后一滑，曹德盛便从两丈多高的空中一下摔在硬硬的水泥地面上。落地时只听得他"哎哟"了一声，便趴在地上不能起来了。那时贺世跃正仰头看曹德盛往路灯杆上拴绳子，忽然见竹梯"哗"地一下往后退去，还来不及反应，曹德盛已经摔了下来。贺世跃立即丢了手里的标语跑过去抱住曹德盛，口里喊道："怎么了，怎么了，摔到了哪里？"

曹德盛脸上已经痛得流出了汗水，双手只抱着右腿大声叫唤。贺世跃估计一定是曹德盛的腿摔断了，便急忙朝小区里跑去，一边跑一边喊："不好了，不好了，曹德盛从电杆上掉下来把腿摔断了……"

贺兴仁已经把活儿分派完毕，地上那些横七竖八的条幅、横幅也拿得差不多了，工人们正分散在四处做各自的活儿，贺兴仁正和公司里那位叫"邓妹"的漂亮女秘书说着什么。邓妹二十五六岁的年纪，一张瓜子脸，皮肤白皙，大腿修长，此时上身穿了一件白色T恤，下身穿了一条浅蓝色牛仔裤，脚一双棕色高跟皮鞋，头发拢在脑后扎成一条马尾，浑身散发着一股香气，随意中透着一种娇媚和泼辣的样子。一听见贺世跃的喊声，两人都吃了一惊，立即回过头看着贺世跃。贺兴仁问："怎么摔下来的？"

贺世跃说："往电线杆上绑标语时，梯子一滑，便摔下来了！"

贺兴仁说："晚上下了露，路面被打湿了，你们都没人扶梯子？"

贺世跃说："我们只有两个人，我要把标语兜到起，免得掉到地上弄脏了，他到上面挂，哪有人扶梯子？"

贺兴仁听到这里，也许想起是自己失职，便黑着脸不再说话，只和邓秘书一起往外面跑去。

到了曹德盛摔倒的地方，只见曹德盛像只被打断脊梁骨的狗一般，身子团成一堆，双手抱了右边大腿正喊爹叫娘地叫唤，声音在清晨寂静的空气中听起来十分瘆人。贺兴仁一见，便急忙对邓秘书说："快叫120！"

邓秘书便掏出手机呼叫。这儿贺世跃蹲下身子，用手背擦了一把曹德盛脸上的汗水，然后又抓住他的手说："你忍一忍，贺总已经叫了120，医生一会儿就到！"

曹德盛没回答，只是在地上直哼哼。没过多久，一辆120急救车开过来了，从车上跳下一名医生和两名护士，医生见了曹德盛这个样子，过去用手按了按曹德盛受伤的那条腿，曹德盛便像杀猪般大叫起来。医生便说："看起来是非常严重的骨折！"

说着两名护士过来，把曹德盛轻轻翻到了担架上，然后抬上了车。

贺世跃看着贺兴仁说："要不，我去照顾他一下？"

贺兴仁想了想，却说："你不要去了！"说完对邓秘书说，"你先到医院安排一下，天亮了再给办公室打电话，叫他们另外安排一个人来顶替你，你还得回这儿来！"

女孩听了这话，只得答应了一声，跟随急救车去了。

等救护车走远以后，贺兴仁才对贺世跃说："曹德盛摔伤的事，你先不要对别人说，以免影响了明天领导来慰问！"

贺世跃见贺兴仁满面严肃，便说："大侄子放心，我保证不对别人说，可我刚才喊，也许有人听见了，别人说不说我就不知道了！"

贺兴仁听了这话，便说："别人说是别人的事，你就不用管了！"

贺世跃便指着地下的标语问："这标语……"

贺兴仁没等贺世跃说完，便说："我另外找人来挂，老叔你可以回去休息！"

贺世跃听了这话，便不说什么，回房里去了。

贺世跃回到房里，想睡却没了睡意，不睡又没事做，便靠着墙壁坐下，看着从窗口透进来的朦朦胧胧的天光发呆。想起曹德盛的事，觉得这事早有预兆，要不，曹德盛的眼皮怎么会从昨天一直跳到今天？自己又怎么无缘无故地做了一个满脸是血的噩梦？想起噩梦便害怕起来，心里想："幸好是曹德盛先爬上去挂，要是我先爬上去，摔的不就是我吗？"接着又想，"也不知曹德盛摔得怎么样？要是治不好，留下残疾，他今后怎么办？儿子房子没买上，这儿人又摔伤了，真是人倒霉、鬼推磨，越穷的人遇到的麻烦事越多！"又转念一想，"莫说别人，自己也是一样，怎么别人的路顺顺当当，自己的路却这么多坡坡坎坎呢？"这样东想想、西想想，晨光便开始来临了。那晨光最初只是一团淡紫色的烟雾，很轻很柔，从窗口悄悄滚进来，将屋子里灰蒙蒙的夜色慢慢驱逐了出去。然后，淡紫色的烟雾变成了玫瑰色，城市便笼罩在了一种奇妙的霞光之中。贺世跃从窗口伸出头去一看，见"爱丽舍宫国际花园小区"到处都悬挂着标语和彩旗，尤其是那几幢面临环城路的建筑，此时墙面全被巨幅标语所覆盖，整个城市都像是被这些标语所映红了似的，十分壮观，果然像是过节的样子。

正看着，忽听得下面喊："大家都到喷池前面的小广场集合！"贺世跃心里纳闷："清晨八早的，集合干什么？"但还是下去了。

到了那儿一看，一些工人已经等在广场上了，显然他们干完了活就没有回屋。贺世跃见送曹德盛到医院的邓秘书果然回来了，此时像只快乐的鸟儿一样跑前跑后，指挥大家站队，高跟鞋磕打地面的声音和从她嘴里发出的叫喊一样清脆。贺世跃很想过去问问曹德盛的情况，可一想起贺兴仁对他的叮咛，又见她忙碌的样子，便把这想法压了下去。

没过多久，工人全都来齐了，大家迎着初升的太阳站好了队，贺兴仁便过来对大家说："今天上午，领导是集体看望大家，还要给大家赠送节日礼物，电视台要摄像，所以先把大家叫来排排队……"

一听说有节日礼物，人群中早有人按捺不住了，便问："什么礼物？"

贺兴仁说："管什么礼物，反正领导不会空着手来！"说完接着说，"领导讲话时，大家要面带微笑，亲切地看着领导，不准交头接耳，不准说小话，这是第一。第二，领导讲完了，大家要热烈鼓掌，不要像三天没吃饭一样有气无力的！第三，领导慰问品没送到你面前的时候，大家都要站在原地不动，不准把手伸得老长来接！领导没有送到的，过后我们会发给大家，反正沿山打猎，见者有份，你们放心！"

众人一听，都露出了欣慰的笑容。贺兴仁又接着说："吃过早饭，你们该干什么就干什么，领导来了，不要像没见过世面似的，伸起老长的脖子来看！叫大家集合的时候，大家就来集合，现在你站在哪儿，集合的时候也就站哪儿，不要往前头挤！另外……"说到这儿突然打住不说，目光却犀利地扫了众人一眼，停了停才说，"这是最重要的，回去以后，大家一定要换上最干净的工作服，戴上安全帽，拿出我们'三鑫'人的精气神来，谁要是像平时那样松松垮垮的，谁就卷被子走人！"说完厉声对大家问了一声，"听清楚没有？"

众人齐声回答了一句："听清楚了！"

贺兴仁这才对工人挥了挥手，众人就都散了。

吃过早饭，工人们果然按照贺兴仁的要求，全换上干净整洁的浅蓝色工作服，戴着安全帽，说说笑笑的，那模样不像干活，而像走亲戚一般。没过多久，两辆小轿车驶进小区大门，工人们一看，都轻声说："来了！来了！"车停下，从一辆车里钻出来的却是贺世海、公司办公室方主任、邓秘书和另一个叫白曦的女秘书，另一辆车里出来的是公司另一个姓尹的管销售的副总，带了一群售房部的售楼小姐，袅袅娜娜，如同仙女下了凡一般。邓秘书从车的后备厢里拿出两只麦克风支架和两只无线话筒，白秘书则从里面提出一只移动音箱，往喷池前边的小广场去了。方主任、尹总则带着一群售楼小姐，陪着贺世海在小区察看起来。贺兴仁急忙过去，一边指指点点，一边对他幺爸介绍起来。贺世海比贺世跃只小一岁，可看上去却只像四十来岁的样子，背不驼、腰不弯，肚子也不向外凸起，满面红光，头发刚刚染过，此时漆黑得发亮。他大约是对侄儿的布置十分满意，一边听，一边笑佛爷似的不断点头。路过贺世跃干活的地方时，贺世跃怯怯地喊了一声："兄弟……"

到底是老哥们儿，贺世海一听，急忙站了下来，笑眯眯地对贺世跃问："听说你前天回老家去了？"

贺世跃说："是，兄弟！"

贺世海又问："我大哥和二嫂身体可好？"

贺世跃说："好着呢，还是那么健旺！"

贺世海还想说什么，却像是没了词儿了，过了一会儿才对贺世跃说："干活小心一些！"说完没等贺世跃答应，便往前走了。

贺世跃见他已经走了，也没回答，却在心里想："曹德盛摔伤的事，他肯定知道了，要不怎么叫我干活小心一些？"心里这样想，却禁不住仍有些感动：到底是从小长大的哥们儿，心里还想着的！

可一想到从小一起长大的哥们儿，人家现在是亿万老板，自己却是一个打工汉，连在城里给儿子买一套房子也买不起，不禁又黯然神伤起来。

贺世海把工地看了一遍后，又带着贺兴仁、尹总等一行人往小区大门走去。工人们知道，他们是要在那儿迎接领导。果然没一会儿，一队小车逶迤而至。最先到达大门口的，是一辆白色面包车，车门打开，从里面跳出一男一女两位电视台的记者，男的肩扛着摄像机，女的手持一只长长的话筒。接着在大门口停车位上依次停下了一长溜各种不同型号和档次的小轿车，像开轿车展览会一般。从第一辆车里走出来的是四十来岁、个子高挑的县委陈书记，从第二辆车里走出来的是个子不高却又粗又胖的涂县长，他走路的姿势有些像鸭子摇摆，从第三辆、第四辆……分别走出来的是县上其他领导。贺世海等急忙迎了过去。电视台的记者和跟随陈书记、涂县长一起来的摄影记者，早选好了角度，长枪短炮们便对着陈书记、涂县长和贺世海一通"狂轰滥炸"。摄完了后，贺世海便带着领导们在小区里参观起来。领导们走后，一辆四轮小货车才开过来，车上装着西瓜、矿泉水和几只纸箱，径直驶到小区喷水池前面的小广场边，方主任早在那儿等着了，等车一到，便叫来几个人将车上的东西下到一边，然后车子开走了。工人们一见，便知道那些东西就是领导慰问大家的礼物了。

正在工人们猜测纸箱里是些什么礼物的时候，有人来喊集合了。工人们一听，立即丢下手里的工具便朝堆西瓜的地方跑去。跑到那儿一看，却见公司办公室、财务科、后勤科、业务科等一批年轻漂亮的文员小姐，早穿了崭新的工作服，戴着安全帽，站在了队列前面，只有那些售楼小姐，还穿着紧身的制服，笑容可掬地站在一边，像是今天的礼宾小姐。工人们没管她们，只得去站到那批文员小姐的后面，她们的细皮嫩肉和工人们粗糙黧黑的皮肤形成了鲜明对照。工人们站好以后，便斜眼去看纸箱，只见上面写着"藿香正气水""风油精"等字样。正看间，贺世海已经带着领导来到了小广场上，工人们记住了贺兴仁早上的话，立即屏声静息，把胸膛一挺，站得笔直起来。前面穿工作服、戴安全帽的邓秘书却偏过头，抬起细嫩雪白的双手，示意大家鼓掌。于是大家便又鼓起掌来。在一片热烈的掌声中，领导们走到了他们面前，也自觉地站成了一排，陈书记在最中间，两边分别是涂县长和县人大常委会黄主任。见工人们鼓掌，他们也轻轻拍起手掌来，但只见他们拍掌的动作，没听见手掌发出的声音。

工人们鼓了一会儿掌，停了下来，涂县长便对着面前的麦克风说："同志们，今天是'五一'国际劳动节，这是一个光荣的节日、伟大的节日，是我们劳动人民自己的节日！今天县委陈书记亲自带领县人大、县政府、县政协四大家领导来到'三鑫'看望大家，和大家共庆'五一'劳动节，现在，让我们以热烈的掌声欢迎陈书记给大家讲话！"

话音一落，果然又响起了热烈的掌声。陈书记微笑着朝工人们挥了一下手，等工人们的掌声停下来后，才咳了一声像背书似的说了起来："同志们：踏着明媚的春光，和着舞动的旋律，我们迎来了全世界劳动者的盛大节日——'五一'国际劳动节。在此，我首先代表县委、县人大、县政府、县政协向辛勤工作在全县各条战线的劳动者致以节日的问候！向节日期间坚守在工作岗位上的同志们表示亲切的慰问！祝愿大家身体健康、生活幸福、工作顺利、节日愉快……"

说到这儿，前面邓秘书回了一下头，把双手举了起来，工人们会意，又跟着她鼓起掌来。鼓了一阵，陈书记继续用富有磁性的、带着诗意般的声音说道："劳动创造了世界，创造了人类，创造了我们今天的幸福生活！是劳动，建成了我们今天的高楼大厦；是劳动，筑就了现代化的信息高速公路；是劳动，让偌大的地球村变成了一个小小的村落；是劳动，使浩瀚的荒原变成了万顷良田！劳动是神奇的、伟大的、光荣的，因此劳动人民是世界上最值得尊敬的人群，也是最幸福的人群！"

对这一段话，贺世跃有些明白，又有些不明白，但接下来的话，他就非常明白了。讲到这里，陈书记话锋一转，接着说："这些年来，我们'三鑫'公司在以贺总为核心的领导班子带领下，紧紧围绕县委、县政府的中心工作和目标任务，积极投身于经济建设主战场，建造了一批批质量过硬、社会信誉度高的优质工程，为全县的经济发展和社会进步做出了不小的贡献，这是我们'三鑫'的光荣，同时也是全县人民的光荣，县委、县政府非常感谢大家，希望大家继续发扬'三鑫'人爱岗敬业，乐于奉献，勇于开拓，艰苦创业的大无畏精神，在县委、县政府的坚强领导下，进一步坚定信心，同心同德，真抓实干，积极投身于全县的大开发、大建设热潮，为我县的改革、开放、发展、稳定做出更大的贡献！"讲到这里，陈书记向面前的工人深深鞠了一躬，工人们热烈的掌声便又响起来。

陈书记讲完，涂县长又对着麦克风说："在今天这个伟大和光荣的日子里，县委、人大、政府和政协的领导来看望大家，不仅给同志们带来了精神上的鼓励，而且还给大家送来了西瓜、矿泉水、藿香正气水、风油精等清凉解暑的礼物，下面请前来的领导给大家分发礼物！"

话音刚落，工人们似乎早就等着这一刻似的，立即不等人招呼，便兴奋地鼓起掌来。只见旁边站着的售楼小姐款款地走到放东西的地方，分别抱了几只西瓜、几瓶矿泉水、几盒藿香正气水和几盒风油精，又扭着腰肢款款地走到领导面前，把手里的东西交给了领导，领导接过来，转过身，站在前排的那些公司文员小姐们早往前走了一步迎接，领导们便一边微笑，一边把手里的礼物交到了这些身穿工作服、头戴安全帽的文员小姐们手里。文员小姐们接了礼物，便用一只手抱住，另一只手向领导伸了过来，领导们便也伸过手握住了她们白皙柔嫩的小手。旁边电视台和领导身边摄影记者的"长枪短炮"又一闪一闪，早把这一画面摄进了镜头中。

文员小姐受礼过后，又退回到了队列中，这时涂县长又宣布："剩下的礼品由公司分配给大家，现在我宣布慰问结束！"

一听这话，工人中立即起了一点骚动，贺兴仁立即严厉地瞪了大家一眼，众人便又安静下来，站在那儿不动了。这儿贺世海、尹总等人又簇拥着陈书记一干人往大门口走去，然后又看着他们汽车屁股扬起一股烟远去了。

送走领导以后，贺兴仁才回来对大家说："西瓜每人一个，矿泉水每人两瓶，大家自己去拿，任何人不准多拿！藿香正气水每人一盒，风油精每人三瓶，由邓秘书和白秘书给大家发，可不准拥挤，啊！"

工人们一听这话，却哪里等得及，便"呼啦"一声，如决堤的水纷纷先朝堆西瓜的地方跑了过去。到了那儿，目光变得比什么都精，只匆匆朝那些瓜上一瞥，抱起最大的一个便跑。贺世跃却一下抱起了两个，旁人便大叫："贺世跃抱了两个！"

贺兴仁见了，也沉下脸问："你怎么抱两个？"

贺兴仁说："我只抱了一个，这一个是给曹德盛抱的！"

贺兴仁听了这话便不吭声了。贺世跃跑到放矿泉水的地方，也同样多拿了两瓶，接下来的藿香正气水和风油精，他也给曹德盛领了一份。厨房里的赵姐正在锅里炒菜，听说外面发西瓜了，急忙丢了锅铲就跑了来。可到了那儿一看，只剩下几个比拳头大不了多少的歪瓜小瓜了，便气得大骂起来："狗日的些都是饿痨鬼投的胎，大的都抱完了，就给老娘剩些歪瓜裂枣，老娘又不是收破烂的！"

旁边李吉瑞便说："哪个叫你不跑快些呢？"

赵姐一听这话，更有些气不打一处来，说："要老娘跑快些哟？老娘跑快了，叫你们这些饿痨鬼吃了都拉肚子，拉死你们……"

话还没完，那厢贺永生突然举起手里的藿香正气水说："我们不怕，我们有领导送的藿香正气水！"

一番话说得大家哄地大笑起来，然后便手里捧了瓜，胳肢窝下夹了矿泉水，口袋里揣了藿香正气水和风油精，嘻嘻哈哈地散了。

晚上，贺世跃一个人躺在床铺上，他看了看王兴友原来睡的地方，又看了看曹德盛那空空荡荡的床铺，忽然觉得这屋子有些阴森森的可怕起来。他想起整个

"爱丽舍宫国际花园"小区，都是一个乱坟岗子，开挖地基的时候，挖出了许多白森森的死人骨头，还有许多没挖出的死人骨头就埋在房屋下面。于是他心里说想："是不是屋子不吉利，或者闹鬼了，要不住在屋子的三个人，怎么一个年纪轻轻的成了凶死鬼，一个摔成了重伤？"这么一想，贺世跃不禁毛发耸立，全身起了一层鸡皮疙瘩。加上他睡觉前，喜欢和曹德盛天南海北地摆一会儿龙门阵，现在曹德盛住院了，他一个人又觉得十分冷清，有些不习惯。他想了一会儿，突然爬起来将被子抱到一边，卷起地上的草垫和席子往对面屋子里去了。

对面屋子里住着杜德友、贺长云、余正轩、吴忠、贺兴良五个人，一见贺世跃抱着草垫和席子进来了，便好奇地看着他问："你怎么来了？"

贺世跃说："我一个在那边屋子里，怪冷清，所以过来和你们一起睡！"

说着，看见靠左边墙壁只有两张床铺，一张床铺上躺着吴忠，一张床铺上坐着正在听收音机的杜德友，收音机里播的正是今天县委县政府领导来"爱丽舍宫国际花园"小区慰问工人的事。贺世跃便把自己的草垫和席子铺在杜德友的床铺旁边，又转身过那边屋子抱被盖去了。可等他抱着被子过来时，发现自己铺在地上的草垫和席子被掀到了一边，贺世跃便不由得有些生气地问："是谁把我的草垫和席子掀了？"

话音刚落，杜德友便看着贺世跃，也有些气呼呼地回答说："我！"

贺世跃问："为啥给我掀了？"杜德友说："你身上有死人气息，不吉利，我不要你挨到我睡！"

贺世跃听了这话，更生气了，便又大声问："我身上哪来的死人气息？"

杜德友说："你去给王兴友'美容'、收尸，怎么没沾死人气息？"说完又补了一句，"曹德盛要不是沾了你身上的死人气息，怎么会从梯子上摔下来？"曹德盛摔伤的消息，下午已经在工地上传开了。

贺世跃一听杜德友这话，有些回答不出来了，愣了半天后才说："我就是要挨到你睡，你又怎么样？"说着放下被子，又去铺草垫和席子。这时杜德友一下跳了起来，抢过贺世跃手里的草垫和席子便往楼梯口扔去。贺世跃两只眼睛一下红了起来，他扑过去也想去抓杜德友床铺上的席子，却一眼发现了床铺上正"吱吱"作响的收音机，便一把抓在手里，正想从窗子往外扔时，一下又犹豫了。一是因为贺世跃不是惹是生非、逞强斗狠的人；二是工地上不通光纤，工人即使有电视机也不能看，所以许多工人都有小型收音机或小播放器，平时听听新闻或放放音乐，既丰富了大家的精神文化生活，又打发了时间。

大家见贺世跃要扔了杜德友的收音机，便急忙说："要不得，要不得，摔坏了大家都听不成了！"

贺世跃也没打算真心扔，便说："他敲大锣敲得，我敲瓦片也敲得，他不给我把草垫和席子捡回来，我就扔出去！"说着又做出了要扔的样子。

这时贺长云过来说："老叔，你不要跟他一般见识！他不要你挨到他睡，我们调个位置，你去睡我的位置，我来睡这个位置！"

众人听了这话都说："要得，要得，大家都打点让手！"又对杜德友说，"你也是，即使他身上沾了王兴友的晦气，我们不信就传染给你了？该死的鸡鸡朝天，阎王爷不叫你死，你想死还死不成呢！"

杜德友害怕贺世跃真摔了他的收音机，此时也便不吭声了。贺长云便过去抱了自己的被盖和席子，铺在杜德友旁边，又去将楼梯口贺世跃的草垫和席子抱来，铺到了自己刚才的位置上。贺世跃这才瞪了杜德友一眼，说："要不是看到众人面子上，我真把你这劳什子给扔了！"说完，把手里的收音机往杜德友床铺上一放，便抱起被子往自己床铺上去了。

第二天，工地上果然放了假，但大家干活惯了，不干活反倒不知该怎么办了。吃过早饭一回到屋子里，吴忠便对大家问："今天怎么耍呢？"

贺兴良说："过节嘛，你想怎么耍就怎么耍！"

吴忠说："都一把年纪了，有个什么耍的？"

贺长云说："怎么没耍的？外面那么多小姐，你去找个小姐打一'炮'，自己过了节，小姐也过了节，岂不是两全其美？"

余正轩说："去找嘛，王兴友正愁找不到替死鬼呢！你好和他一起去交流交流'打炮'的经验！"

贺长云说："那就打麻将吧！"

杜德友说："不打不打，上次我输了一百多块钱，发誓再也不打麻将了！"

贺长云说："这也不行，那也不行，总不能就在屋里睡瞌睡吧？"

贺兴良想了一会儿，忽然说："前天把餐也加了，今天肯定是七月十四烧笋壳——没指（纸）望了，不如大家出点钱打平伙……"

149

话音未落，除了贺世跃外，大家都一致叫起好来，说："要得要得，自己的节日嘛，没人请我们，我们自己庆祝庆祝嘛！"

贺兴良见贺世跃没表态，便看着他问："老叔，你说行不行？"

贺世跃见贺兴良喊到他名字了，犹豫了一会儿才说："出多少钱？"

贺兴良看了大家一眼，又想了一会儿才说："钱少了不过瘾，要嗨就好好嗨一顿，依我看，我们六个人，每人就出五十块钱，怎么样？"说完又看着大家。

贺世跃一听要出五十块钱，心里就像被什么东西扎了一下似的，不等大家表态，便说："五十块钱，那么多呀？"

众人听了这话，便纷纷说："五十块钱多啥？六个人加在一起才三百块钱，三百块能吃啥，人家一瓶酒还不止三百块钱呢！"

贺世跃听了众人的话，知道自己一个人拗不过大家，可心里又舍不得出这五十块钱，便说："五十块钱是不多，可我们首先得想想吃什么？根据吃什么再来定钱也不迟……"

众人一听这话，也觉得有道理，贺长云马上说："好不容易打一次平伙，又是过节，怎么说也得买只卤鸡来下酒是不是……"

话还没完，杜德友说："热天吃卤鸡不好，又喝酒又吃鸡，容易生火，不如换成烤鸭好！"

贺兴良说："这么多人，一只烤鸭怎么够？两只吧！"

余正轩说："菜品香的凉拌兔不错，也要一个吧！"

吴忠说："鸭呀兔呀，都还是抵不过猪头肉，既是下酒菜，又有油水，加一斤卤猪头肉吧！"

贺长云又说："还有酒，今天我们也不喝老白干了，至少也得买两瓶小角楼过过瘾……"

余正轩接了贺长云的话，说："小角楼有啥好的，喝点诗仙太白……"

贺世跃一听，不管是菜，还是酒，价钱都不低，便说："这有什么好的？我最讨厌吃啥卤鸭子卤鸡卤猪头和喝瓶装酒什么的……"

众人没等他说完，便问："为什么？"

贺世跃说："你们不晓得，凡是卤货，不管是卤鸡卤鸭子卤猪头，大多是死鸡死鸭死猪儿弄的！有的甚至是死了好几天，都发臭了，拿来用药水一泡，用五香八角一煮，加点香料，看起来颜色黄黄的，其实是死东西弄的，所以我在家里都不吃那些卤东西……"

众人没等他说完，便又问："那你说吃什么好？"

贺世跃说："要依我说，还不如买两斤花生米，买点凉拌豆芽、卤豆腐条什么的，又经拈，又实惠，有什么不好？"

众人又问："那喝的呢？"

贺世跃又说："你们刚才说买瓶装酒，以为那瓶装酒就好呀？我告诉你们，那些酒大多数是用酒精勾兑的，还不如像平时一样，去打两斤老白干来喝好！"

余正轩一听，便知贺世跃是不想出钱，便说："好不容易打次平伙，谁稀罕那点花生米、豆芽菜？谁又不是没有喝过老白干？你愿意参加就参加，不愿意参加就算了！"

贺世跃一听这话，正合自己的意思，便马上说："真还让你说着了，我今上午得去看看曹德盛，真还不能和你们一起打平伙！"说罢，站起来便往外走。

众人看着他走出了门外，杜德友才说："我最看不来他吝啬的样子！这号人一辈子吃没吃过，穿没穿过，玩没玩过，嫖也没嫖过，死了都划不来！"

贺世跃在门外听了杜德友的话，想回去也说他几句，但想一想又忍住了，心里说："你说我没吃过没穿过没玩过没嫖过，怎么也活了几十年？像王兴友那样手头一有点钱就吃了穿了玩了嫖了，反把小命儿丢了，我有什么划不来的？"这么一想，心里倒觉得坦然了。

贺世跃来到原先住的屋子，从一只纸箱子里取出昨天帮曹德盛领的西瓜、矿泉水、藿香正气水和风油精，用一只塑料袋装好，提着便往县医院住院部去了。才到五月，阳光还不怎么毒，看起来千万条金线密密麻麻，照在人身上却没有灼热的感觉，反而觉得十分舒畅。阳光落到街道两边的建筑物上，给建筑物镀上了一层美丽和奇幻的玫瑰般的色彩，让城市也似乎变得年轻了不少。街道上车水马龙，人群熙攘，除了偶尔一两条标语，看不出有什么节日的气氛。

来到医院门口，看见大门口好几个水果摊，贺世跃才想起自己也应该给曹德盛买点儿水果，便朝离自己最近的一个水果摊走去。摊主是个四十岁左右的女人，看见贺世跃走近了，便急忙笑吟吟地问："大爷，看病人呀？"

贺世跃说:"你怎么知道我是看病人的?"

女人说:"到这里来买水果,不是看病人是什么?"

贺世跃说:"还真让你说着了!你看我买点什么水果好?"

女人说:"我这里有配好了的水果,你买一篮便是!"接着便从货架下面的地上提过一篮水果来。

贺世跃看那篮子不大,圆圆的,里面有几个苹果,几只梨子,一个拳头大的西瓜,一只火龙果,几个红橘,几根香蕉,几串葡萄,摆放得很好,上面用一张透明的塑料纸覆盖着,塑料纸上还拴着两根红纸条,上面印着:"祝你早日康复!"贺世跃一看,倒是适合看望病人,便问:"多少钱一篮?"

女人说:"八十!"贺世跃一惊,又问了一遍,女人以为贺世跃没有听清楚,便又重复了一遍。贺世跃听完,伸了伸舌头,说:"怎么这样贵?你还不如抢钱呢!"

女人一听贺世跃的话,马上沉下了脸,说:"大爷,清晨八早,我生意还没有开张,你要买就买,不买就走,我怎么是抢钱了?"

贺世跃知道自己的话有些不妥,便也不和女人争论,只悻悻地离开了。

接着,贺世跃又来到另一个水果摊上,这次他吸取了刚才的教训,不再问那用篮子装好的水果的价格,而是直接指了摊位上的苹果问:"苹果多少钱一斤?"

摊主是个男人,也大约四十岁左右的样子,听了贺世跃的话,便说:"左边那种,每斤十元,右边那种,每斤八元!"

贺世跃又惊得吐了一下舌头,说:"怎么这样贵?"

摊主说:"你晓不晓得现在水果是啥子价钱了?"

贺世跃一听这话便有些傻眼了:这么多年,他既没有逛过超市也没买过水果,自然不知道水果是什么价钱了。过了一会儿他才对摊主问:"有没有便宜的?"

摊主说:"我这筐子里还有几斤,十块钱两斤,你要不要?"说过朝贺世跃端过一只竹筐来。

贺世跃一看,苹果倒是有几斤的样子,却已经开始烂了,便说:"如果我自己吃,我倒把它们买了,可我是去看病人,买你这烂苹果干啥?"

摊主说:"那就没有了,你到别处去买吧!"

贺世跃听了摊主这话，不好说他什么，只好又走了。走过来想："到处都一样，我到哪儿去买？妈呀，吃一斤苹果相当于吃一斤猪肉了，你这苹果是人参燕窝做的，还是王母娘娘的蟠桃树上长的？"这么一想，便在心里打定了主意："算了，不买苹果了，等曹德盛出院后，我请他馆子里吃一碗粉蒸肉，说不定他还高兴一些！"这样一想，便不再为买不买水果而犯愁，几步便走过大门。可是走到里面，看见很多朝里走的人手里都提着水果或其他看望病人的东西，不禁又有些踌躇地站住了。想自己空着手来算什么看病人？可又一想，我不是提的有一只西瓜吗？尽管西瓜不是自己买的，可是我帮他领的，又是我提来的，就不能算是空着手。这西瓜、矿泉水也当是自己买的礼物。这么一想，贺世跃便不再犹豫，径直朝里面去了。

可是没走多远，贺世跃又犯愁了，里面有好几幢房子，他压根不知道曹德盛住在哪个病房？正在这时，过来一位护士，他急忙喊住那人问："医生，我来看个病人，可我不晓得他住在哪里？"

护士嘴上戴了个大口罩，看了他一眼，便问："在哪个科？"

贺世跃说："我也不知道在哪个科？是昨天早上送来的，是大腿的骨头摔伤了……"

他还没说完，护士便说："那肯定是在外科，你到外科大楼那儿去看看吧！"说着为贺世跃指了一幢房子，还没等贺世跃回话，便急匆匆转身走了。

贺世跃在原地站了一会儿，这才往护士告诉他的外科大楼走去。走进外科大楼，他又不知道曹德盛在哪一层楼？别人都直接乘电梯上楼了，他却只好一层楼一层楼地找起来。

幸好曹德盛住得不太高，找到五楼，贺世跃便把曹德盛找到了。才隔一天时间，曹德盛就变了模样，他的脸十分憔悴，没有血色，像是在没有阳光的角落里长成的一棵植物，满脸的胡茬乱糟糟的，身上盖着雪白的被单，两眼无神地望着天花板，手腕上打着点滴。一看见贺世跃，身子动了一下，似乎想坐起来，可刚一动弹，嘴角一歪，便"哎哟哟"地叫喊起来。叫了一阵，只好又像刚才那样平躺了下去，嘴角苦笑了一下说："你来了……"

贺世跃一见曹德盛那个样子，不觉得心酸起来，便坐在床边问："做了检查没有？"

曹德盛像是很吃力的样子，半天才说："昨天早晨来了就检查了。"

贺世跃马上问："摔得怎么样？"

曹德盛又轻轻地说："说是股骨和小腿都是粉碎性骨折……"

贺世跃一听这话，便说："我看看腿现在怎么样了？"说着也不等曹德盛答话，便揭开了曹德盛身上的被单，刚揭开，便看见曹德盛那只伤腿的裤子已被医生从大腿根处剪开，此时一条腿从上到下都像被发泡粉发泡的馒头一样，又粗又肿地呈现在贺世跃面前。贺世跃不由得说了一句："怎么肿得这么大？"说着又将被单给曹德盛盖上了。

曹德盛说："医生说要动手术，不过要等肿消了以后才能做。"

贺世跃听了这话，不知该说什么好，过了一会才问："贺兴仁叫邓秘书通知办公室来个人照顾你，来没有？"

曹德盛说："来了，办公室一个姓林的，刚才出去了，不过他说自己只是临时的……"

贺世跃没等他说完，便说："管他临时不临时，他们总要安排人来！"

说着，贺世跃便从地下提起塑料口袋，把它放到曹德盛病床旁边的柜子上。曹德盛看见里面的西瓜，以为是贺世跃买来的，便道："你来看看就行了，买啥东西？"

贺世跃有些不好意思起来，立即说："不是我买的，是发的……"

话还没完，曹德盛马上问："谁发的？"

贺世跃说："昨天来慰问的人发的。"说完，便把昨天领导送西瓜、矿泉水、藿香正气水和风油精的事，对曹德盛详细说了一遍。

曹德盛听了便说："你领了就放到你那儿，愿意吃就把它吃了吧，给我拿来做什么？我这样子，哪里还能吃西瓜？"

贺世跃说："现在不能吃，以后还不能吃？你放到那儿吧，反正一天两天又不坏！"说完又说，"刚才在住院部门口，我想给你买点苹果的，可一问价钱，真是贵得咬人，又想到你才住院，可能吃不下，所以便打起空手来看你了。"

曹德盛知道贺世跃平时一分钱都巴不得掰成两半花，听了他的话，便说："你能来看我都是好的了，要你买啥东西？"说完便不说什么了。

两个人又沉默了一会儿，贺世跃才又问："你给家里打电话没有？"

曹德盛说："打啥电话？让他们在家里白替我担心呀！"

贺世跃说："连曹昊也没对他说？"

曹德盛说："更不能对他说了！他现在遇到的事情就够他操心了，再说，如果他老丈人知道我摔伤了，说不定更要逼他女儿和曹昊分手！"

贺世跃想想也确实是这样，但还是忍不住说："出了这样大的事，还是该对家里说说。要不然，要是留下什么后遗症，家里人还不责怪你？"

曹德盛说："责怪就责怪吧，反正我也想通了！都这样一把年纪了，自己凭命去闯，何必好脚连到痛脚，让他们在家里为我牵心挂肠？"

说完这话，两个人便又不吭声了。过了许久，曹德盛忽然叹了一口气，说："曹昊的婚事，看来是不成了！"

贺世跃忙问："怎么了？"

曹德盛说："事情明摆着，我如果没摔伤，还可以帮他挣点钱，三亲六戚再借点，三年五年后，说不定还能在成都给他按揭一套房子，可现在我都是泥菩萨过河——自身难保，哪还能帮他？"

贺世跃听了这话，心里也似乎像被什么堵住了似的，许久才叹出一口气，眼睛看着窗外没有说话。

曹德盛见了又才说："我知道你心里也不好受，就当我没说！"

贺世跃过了半天才回答说："算了，我们都不去想那些事了，伤筋动骨一百天，你安心养病就是！"说罢又说了几句安慰的话，便告别曹德盛回去了。看得出，他听了曹德盛的话，同病相怜，确实触动了心事。

第十章　2010 年春节

　　一晃几年，贺松已长成了一个有着扇面形宽肩和胸肌突出、颜色像枣木案板一样的强壮而魁梧的青年，满脸又黑又硬的胡茬中争先恐后地涌现出一颗颗红亮红亮的青春痘，喉结又硬又大，说话时不断上下涌动，发出低沉有力富有磁性的声音。总之从里到外，都散发着那种不可遏制的、旺盛的雄性生命力。现在，他再也不是那个年纪还不大，心里还充满了对未来的憧憬和希望、见人就脸红的小白脸高中毕业生了。一连和几个女孩子交往都失败的经历，使他对自己的婚姻充满焦躁与烦恼。有时候回到家里或打电话回来，说着说着，他会突然莫名其妙地冲你或他母亲生气，好像你们欠他什么一样。你和妻子心里都明白，这是儿子想女人的缘故了。可是你们又有什么办法呢？

　　这年冬天还没到，一天，你突然对曹银娥说："你去把周家沟的周媒婆请到我们家里来！"

　　曹银娥听你这么说，知道你是想请周媒婆给儿子说媒，便说："哎呀，我听说这老妖婆现在尾巴都翘到天上去了，说一个媒，先给五百块现金，如果成了，还要给两三千元谢媒呢！这且不说，我还听说这老妖婆现在只对女娃儿感兴趣，一般男方找到她，她都不理睬。"

　　你说："你就对她说我们家里有两个亲戚女娃儿，想委托她给介绍对象，叫她过来看看姑娘，她一听准会来了！"

　　曹银娥听了这话，才高兴了，说："那我去试试看嘛！"说着便换了衣服，急匆匆去了。

约莫过了一个多小时，那老妇人果然穿了一件大红羽绒服，一条淡蓝色的裤子，像年轻人那样梳了一个爱司头，头发用发胶水抹得油光水滑，两边鬓发拖过耳垂。一张脸圆圆的，像刚刚发泡的大馒头，满面春风地来了。人还没有进屋，便在院子里喊叫起来："贺老表，姑娘在哪里？快叫她们出来我看看，我保证给她们找到如意郎君！"

你急忙迎出去道："表嫂儿，才隔一个湾，可你这脚硬是金贵，不请你你也不来坐坐！"

妇人道："我倒是想过来坐坐，可哪有那个闲工夫？"说完又忙说，"你叫你那两个亲戚女娃儿出来我看看！"

你听了这话才说："表嫂儿，实在对不起，她两个等了你一阵，怕你不来，便走了……"

话还没说完，老女人忽然变了脸色，对你气呼呼地说道："你们把老娘当什么样的人，啊？老娘这么大的岁数气吁吁地起来，才说走了，成心捉弄老娘啊？"说罢转身便要走。

你急忙过去牵住她，赔笑说："实不相瞒，表嫂儿，请你来是想叫你给我家那小子说一个姑娘！"一边对她赔笑，一边急忙又吩咐曹银娥说，"表嫂儿走累了，还不快去做饭！"

曹银娥明白你的意思，果然忙不迭地去了。

这儿你又把那老妇人拉进堂屋里，那老妇人见了，也不好说得什么，但仍气鼓鼓地嘟着嘴，一脸不高兴的样子。你一见，又急忙给她戴高帽子说："哎呀呀，表嫂儿，你也不要生气，谁不晓得你是方圆几十里有名月老儿！这方圆几十里的地儿里，你说合成的姻缘，不说有上千对，至少也有几百对！听说你手里现在掌握的男孩女孩，比派出所的还要准确呢！你真不愧是当今最大的做好事的人呢！"

老妇人听见你这么说，脸上终于露出了笑容，说："你说得不假，光是你们贺家湾，我掰起指拇算了一下，前前后后就有六七十对！"可说到这里，口气忽然低沉下来，说，"可现在不成了……"

话没说完，你立即明知故问："为啥？"

老妇人说："男多女少，不瞒你说，托我给他们找对象的男孩，我手里现在就有两百多个，可我手里的姑娘，数来数去都不到一百。有的男孩都托我好几年了，甚至把媒钱都给我了，可我还没有给他们找到。巧媳妇难为无米之炊呀，你说没有女孩，我拿啥给他们配？总不能两个男孩配一个女孩吧！所以现在再有男孩来求我，我一概不接手了。你家那小子，我也是见过的，高高大大，壮壮实实，一表人才，模样儿莫得说的，放到过去，那是好多女孩子都要来争来抢的，可放到今天就不行了！跟你明说吧，像你家小子这样条件的人，我手里还有一大把，有的甚至比你家条件还好，也都没法找到对象。过去常说只有瞎眼跛脚才不好找对象，现在像你家小子这样的人也不好找对象了！所以对不起，你放我走，我也不能答应你，不然耽误了你家小子的终身大事，我可负不起责！"说完站起来又要往外走。

你急忙又拉住她说："表嫂儿，事情好商量，你不就是做这个职业的吗？俗话说，'天上无云不下雨，世上无媒不成亲'呢！"

老妇人还是说："不成，不成，女孩太少了，就是天上的神仙爷下凡来，他也不成。除非你把跑到城里去的女孩都赶回农村来，不然，你就是把我留到明年，我也给你家小子变不出女孩来！"

你见她真的执意要走的样子，便又说："表嫂儿，买卖不成仁义在，即使你不答应给我家小子做媒，可跑了一趟，多少也得喝口水是不是？"

曹银娥也出来拉着她说："老姐姐，都是我不好，害得你跑了一趟，你要不生我的气，再怎么着也还得坐一坐！"

老妇人见你两口子这样热情，不好再推辞，只好又在椅子上坐下了。

你见老妇人又坐下了，便不再提为儿子说媒的事，只转弯抹角地和老妇人拉起闲话来。你说："表嫂儿，那些年男女找对象，好像没这样难，你说是不是？"

老妇人手往大腿上一拍，嘴里便吹嘘了起来："那可不是！那时候不像这样男多女少，男孩女孩基本上是一半对一半，那做起媒来还不容易？不哄到你贺老表说，那时候我一天能安排三四对年轻人相亲，而且基本上是相一个成一个，很少有放空炮的。为啥？我情况掌握得准呀！就说你们贺家湾那个贺庆，他的女人王娟，那不就是我说成的！说起做这个媒，你想都想不到，那天我去赶场，半路上看到个女娃儿，模样儿乖乖的，身材儿小小巧巧的，腰儿细细的，屁股圆圆的，皮肤白白的，脸如桃花、眉似柳叶，我看是个美人儿，于是便上前问她：'姑娘，你姓啥？'她回答说姓王。我又问她是哪里人，她说是王家尖山的人。我又问她多大了，她说十九岁。我又问她有对象没有，她一听红了脸，摇了摇头。我就说：'姑娘，我给你介绍一个对象，包你满意，你要是不满意，只管骂我就是！'她听了红着脸没回答说不，我一看便知道她同意了。回来我和你们湾贺庆一说，第二个场日安排他们到街上见面，结果怎么样？一见面两个就对上了！结果王娟一嫁到你们湾里来，听说你们还给她取了一个外号叫'西施'，说她是你们贺家湾第一号美人儿，有没有这事？"

你忙说："怎么没这事？所以你不论走到哪儿，比县委书记还要受欢迎！大家还说表嫂儿是天上的月老下凡，只要是你牵的线，没有不成功的！"

老妇人一听这话，急忙摇了摇手，道："唉，别提了，那都是过去的事了，好汉不提当年勇！现在我要做成一个媒，可难了。大前天我给我们湾周二林介绍了一个女的，那女的已经嫁过一次，和丈夫离了婚，还带着一个孩子，那人呢，也长得只是一般般。可我们湾的周二林，还是个童子娃儿，人高高大大，家里也是两层楼房。他不嫌弃女娃儿那边是二婚，挺愿意这门亲事，可那女的过来看了一下，却没看上。没看上就没看上，找个理由说是'离得远'拒绝了。离得多远，还不到八里地。再说，结了婚，你还不是得到我们周家沟住？贺老表，你可以想一想，现在的女娃儿有多翘？过去实在是那些结不到婚的残脚断手，才会答应'二婚嫂'，哪有健健全全的童子娃儿会和'二婚嫂'结婚？"

你听了老妇人这番话，忙说："那是，那是！"

老妇人又叹息了一声，说："女娃儿越来越少，我现在忙活大半年，也难得促成几对了！"

你听老妇人这么说，又忙问："你手里不是还有那么多女娃儿吗，怎么会难得促成几对？"

老妇人说："贺老表你不晓得，女娃儿是有那么多，可过去一般是男娃儿挑女娃儿，现在反过来了，都是女方挑男方。你可别小看这'女挑男'，就像你去买东西一样，人家是专拣最好的挑，越挑便越俏。你知道现在女方对彩礼的要求是什么？"

你马上说："钱呗，除了钱还能有什么？"

老妇人说："当然是钱，可贺老表你知道怎么称呼这钱？"

你说："钱就是钱，还能称什么？要不就是票儿、子弹、壳儿、数数儿这些乱七八糟的，是不是?"

老妇人笑了一笑，说："人家叫'万紫千红一点绿'……"

你忙问："怎么叫'万紫千红一点绿'?"

老妇人见你一副呆相，急忙从口袋里掏出了一把票子，从中选出一张五元的、一张百元的、一张五十元的，把剩下的又塞回口袋里，这才举着那张五元的票子对你问："贺老表你看这票子是什么颜色?"

你说："这就是紫色的嘛!"

老妇人说："这样紫色的要一万张，所以叫作'万紫'!"说完又举起那张百元大钞对你问，"这是什么颜色的"?

你又回答："红色的嘛!"

老妇人又说："这样红色的要一千张，所以叫作'千红'!"说完又放下手里的百元大钞，拿起五十元的票子，又像考官似的对你问，"这是什么颜色的? 绿色的是不是?"

你说："当然是!"

老妇人说："这就对了! 这就叫'一点绿'，加起来就是'万紫千红一点绿'……"

话还没完，你惊得叫了起来："五元的一万张，就是五万; 一百元的一千张，就是十万元，五十元的还要一点，这么算起来，不十五六万了呀?"

老妇人说："这还是小的! 还有一句叫作'一动不动'……"

你又忙问："什么又叫'一动不动'?"

老妇人说："'动'就是车子，四个滚滚（轮胎）不断地往前动。'不动'就是房子，房子不是又叫作'不动产'嘛! 这几年一些女娃儿眼界更高了，要求要在城里有房，最起码也得在镇上有房，你想想要在城里或镇上买一套房子，要花多少钱?"

你一听老妇人的话，头立即大了起来。这几年在外打工，虽然也听说过老家娶亲的彩礼在涨，但没想到涨这么大，于是便说："照你这么说，一般的人家真是没法把媳妇娶进屋了! 单是你说的这几件事，有几家人能办到?"

老妇人又瘪了瘪了嘴，然后不以为然地说："这还不是让男方最作难的事! 我跟你老表说，就算你家里有房、有车、有'万紫千红一点绿'，也不能保证一

160

定就有女娃儿嫁到你家里来！为啥？前面我不是说了嘛，因为女娃儿少，男娃儿多，僧多粥少，哪能够让每个和尚都能吃到？"

你听了这话，立即又为贺松的婚事担起心来，便又皱着眉头说："要是男娃儿讨不到老婆，那又怎么办？"

老妇人说："那能怎么办？只有打光棍呀！吊嘴河有个欧家坪，总共才有几十户人家，就有二十七八个小伙子打光棍，你说急人不急人？没吃没穿了，政府可以给你送粮送衣来，可讨不上婆娘，政府总不能一人给你送一个女人来吧？可没女人，这社会又不像个社会了，全乱套了！这个欧家坪上有个欧得江，前年在外头打工娶了个媳妇儿回来，人跟葱儿似的，长得特水灵，这欧得江也打了多年光棍，现在有了这个媳妇儿，以为这辈子可以好好过日子了。可他没想到，他虽然有了媳妇儿，可他的左邻右舍全是光棍儿，那些光棍儿的目光白天晚上都像牛蚊子一样盯在他媳妇儿的身上，你说他哪还有安生的日子？果然没过多久，那些光棍儿趁欧得江没在家，从墙头爬进去，把他媳妇儿轮流着给那个了。等欧得江回来，那媳妇儿把这事给他说了。那欧得江又是个火炮性子，当即提了一把斧子，跑到左邻右舍，砍倒了好几个。欧得江现在还在监狱里，听说要吃枪子呢！这都是没媳妇儿惹的祸！"

听到这里，你觉得毛骨悚然，有些害怕了。正想再把贺松的事给老妇人说说，可这时曹银娥喊吃饭了，你只得把话咽在肚子里。吃过饭，老妇人又要走，你这时又一把抓住了她，说："周家表嫂儿，你饭也吃了，话也说了，我家贺松的事，还得拜托表嫂儿那里给他找一个媳妇儿……"

话还没说完，老妇人又急忙叫了起来，说："不成，不成，没有姑娘，我到哪儿去给他找？"

你说："你手里不是还有几十个姑娘吗，怎么就说没有姑娘了？我们的要求也不高，只要能过得去就行！"一边说，一边从口袋里掏出五百块钱来，塞到老妇人手里，又说："这是点脚步钱，我都先给你，表嫂儿无论如何得答应我！"

老妇人大概是吃了你的嘴软，现在见你又塞了她五百块钱，心便有些动了，于是便说："那我话说到前头，我找是给他找，可不敢打包票成功！现在的女娃儿眼界可高了，有时我一天安排了十几对相面，竟然没一对成功的，人家不答应我也没办法……"

你听了这话，马上说："只要表嫂儿给他找，我们就感激不尽了，至于成功不成功，是他们的缘分，我们绝不怪表嫂儿！"

老妇人一听你这话，便露出了一种释然的表情，说："既然这样，那我就给他找找看嘛！"说完又拿出你塞给她的五百元钱要还你，说，"我找是给他找，可这钱我不能先要，人都没找着，我怎么能要你们的媒钱呢？"

你急忙又把钱给挡了回去，说："这不是媒钱，表嫂儿去给他找，得跑路，得坐车，得打电话是不是？这是我付表嫂儿的交通费和通信费。找不着，这钱我也不向表嫂儿要，找着了，媒钱我照样付给表嫂儿，一分不少！"

老妇人这才眉开眼笑地说："照这么说，我还真得打起灯笼火把去给你们找了！"说完，便从怀里掏出一个皱皱巴巴的本子，记了贺松的姓名、年龄、文化什么的，记了你们家里的情况，又记了贺松和你的电话号码，然后才对你们说："大侄儿一回来，就赶快告诉我，我好安排女娃儿和他见面！只有过年这几天，那些女娃儿、男娃儿才会回来呢！"

你听了这话，心里一块石头才像落到地上，又忙不迭地说了一通感谢的话，那老妇人这才去了。

老媒婆说话真还算话，腊月二十五你打电话告诉她贺松已经回到家里的消息，她便叫贺松第二天到她家里去和一个姑娘见面。你一听这话，既高兴又有些担心。高兴的是觉得这老媒婆还算守信用，儿子一回来便有姑娘和他见面，说明儿子还是很有些缘分的。担心的是儿子坐了两天车，满脸胡楂，形容憔悴，两只黑眼圈，像是瞌睡没睡醒的样子，也来不及置上一身像样的衣服，只得还穿着那件皱巴巴的羽绒服去和那姑娘见面。这样一副形象，要是那姑娘看不上怎么办？于是你便对那老媒婆说："表嫂儿，真要谢谢你呀！不过能不能改个日子见面，比如说后天行不行？"

老媒婆急忙说："不行不行，贺老表，上次我就给你说了，只有这春节的时候男男女女才会回来，就像在菜市场买菜一样，大家都要赶到在这十几天里把看得起的'菜'买下来，然后赶快结婚。要是今年没找着，又得等到明年，我明告诉你，早一天有早一天的好处，要不人家姑娘被别人看上或她看上别人了，那就没你们的戏了！"

一听这话，你真怕失去了机会，便马上对老妇人说："那好，表嫂儿，我们明天上午准来，啊！"

第二天天一亮，曹银娥便起来做了早饭，你们一家人草草吃了，便往老妇人家去了。按说来在儿子相亲的场合，你是不应该出面的，可是一想起这是儿子第一次相亲，没有经验，怕他母子俩搞砸了，所以还是跟着去了。到了那老媒婆家里，女方还没来，老媒婆把贺松上下打量一遍，便说："怎么也不换身新衣服？"

你没等贺松答话，便说："他昨天下午天快黑的时候才到家，来不及去城里买，所以我想叫你把日子推迟一两天呢！"

老媒婆一听这话，又将贺松看了一遍，才说："小伙子还算漂亮，将就也过得去！"说完又突然对贺松问，"听你父亲说，你是一家电器城的推销员？"

贺松显得很拘谨地说了一声："是的。"

老妇人忙说："等会儿姑娘如果问你，你可不要说是推销员了……"

你忙问："为啥？"

老媒婆说："人家姑娘可是一家日资企业的文员，专做海外采购和跟日本人联络的工作呢，要是知道你只是一个卖电器的，人家会看不上你呢……"

贺松一听这话，忙问："那我该说是干什么的？"

老妇人说："最起码你也得说自己也在一家外资企业打工吧？"

贺松忙说："可我并没有在外资企业打工呀？"

她说："这就是你的事了……"

曹银娥见老媒婆露出了几分不高兴的表情，便也对贺松说："儿子，你就随便编一个瞎话吧！"

贺松听了没吭声，大约真在心里编什么瞎话了。

老媒婆见了，又对贺松说："小伙子，等会儿姑娘如果问你打工的环境好不好，你要说好，知道了吗？如果她又问你老板喜不喜欢你，你要说喜欢！如果问你住的地方离上班的地方远不远，你要说不远；问你怎么去上班，你要说单位有专车接送，可千万不要说每天要转好几趟公交车……"

话还没完，你被弄糊涂了，便问："表嫂儿，这是为啥？"

老媒婆说："为啥，现在的姑娘精得很，她不直接问你收入多少，条件怎样，只问你这些，便知道你在外面混得好不好，有没有发展前途，从而决定值不值得和你交往！"

你明白了，说："表嫂儿，怪不得你该吃说媒这碗饭，你把年轻人心里怎么想的都摸透了！"

老媒婆一听，脸上露出几分自得的表情，说："这点都不知道，还怎么把年轻人撮合得拢……"

正说着，门外忽然想起一个妇人声音："她周家表婶，在家吗？"

闻得声音，那老媒婆忙说："来了，来了！"说着便往外迎去。

你们一家三口心情顿时紧张起来，也忙站起来往门口去迎接。说话间，只见一个年轻姑娘和一个老妇人已经走进了屋子里来。你们一看那姑娘个子不高，长相不算太漂亮。穿了一件粉红色的桃形领口紧身毛衣，从领口露出贴身的水绿色高领T恤，外面罩着一件加绒加厚深灰色风衣，一张圆乎乎的苹果脸上文了淡淡的眉毛和眼线，没有化妆，辫子用发夹夹在脑后，在一种朴素大方中又透出精明强干。一走进屋子，目光迅速在你们一家三口脸上掠过一遍，便落落大方地在椅子上坐了下来。相比之下，你们三人特别是贺松都显得有些局促紧张的样子。

老媒婆从桌上的暖水瓶里倒出几杯白开水，递到了你们面前，然后指了那姑娘和那妇人对你们说："这是小郑，这是她的母亲！"然后又把你们介绍给了那姑娘和妇人。姑娘含笑对你们点了点头，而贺松则只是红着脸站在一边。

老媒婆介绍完，便说："今天大家见面的目的都清楚了，成与不成，这得看你们的缘分了。你们两个年轻人先在一起唠唠吧！"

说完，老媒婆就要带头往外面走，姑娘却突然站了起来，对她挥了一下手，说："不必了！"说着突然走到贺松身边，向他伸出手来说："来，认识一下，我叫郑娟！"

贺松没想到姑娘会这样大方，一时手足无措，像是自己做了贼似的，一张脸红得像关公，半天才伸出手，颤抖着说："我叫贺松！"

那郑娟真不愧是在外资企业打工的女孩，她轻轻地碰了一下贺松的手，然后又退了回去，才对贺松说："先自我介绍一下，我在苏州一家台资企业上班，我们公司有八千人左右，我以前的工资只有两千多元，加上奖金有三千五百多元。上个月我升了组长，加上加班费，可以拿到五千元左右了。当组长压力挺大，我准备积累些管理经验，以后从事管理类工作，找个课长或者经理那样的高职位。"

说完不等贺松答话，便又急急地说，"我们主管和另一个小组长都在苏州买了房子，一个买了一套两室一厅的小户型，九十平方米，房贷二十年，首付二十万。一个四十多平方米，首付十四万元，我的奋斗目标也是在苏州买房，哪怕也只有四五十平方米的都行！"说完便看着贺松，说，"说说你的情况吧？"

贺松一听这话，窘得满面通红，他大概还没把谎言编好，窘了半天才吞吞吐吐地说："我、我高中毕业就出去打工，没你条件好。我先在建筑工地干过，后来当服务员，现在在一家大型家电城做推销。我、我的工资没、没个准，业绩好的时候，有四五千元，业绩不好的时候，只有两三千元。我也没、没啥太高要求，只想找一个人踏踏实实过、过日子……"

话还没完，姑娘忽然掏出手机看了看，对大家说："对不起，我还有事，得先走了！"说完，便朝门外走去，她母亲一见，也跟着追了出去。

贺松愣了一会儿，明白了过来，急忙追到门边叫道："能不能留一个电话……"

女孩听了这话，急忙回头说："不必了！"可想了想，又觉得这样有些不好，便又说，"这样吧，你把你的电话给我，我有事联系你吧！"

贺松果真把自己的电话号码告诉了她。女孩记了电话，仿佛害怕有人会追过来似的，迈着大步急急地走了。

女孩走了半天，曹银娥才像没睡醒一般地说："就这样了？"

老媒婆说："人家没看起你家小子呢！"

曹银娥说："没看起就直接说没看起，怎么吭也没吭一声就走了？"

老媒婆说："你没听她说，人家要在苏州买房子，你家里能办到吗？"说完看了看旁边神情沮丧的贺松，像是有些不忍似的，想了想便又拍了拍胸脯说，"小伙子，没看上算了，我再想想别的姑娘！你放心，等我的电话就是！"

你们一听这话，也只好再对老妇人说了一通千恩万谢的话，然后回去了。

回到家里，贺松一直闷闷不乐，很显然，他是看上了那女孩。你和曹银娥见他不高兴的样子，便对他说："算了，儿子，人家没看上你，你还想她做什么？"

贺松却说："她要了我的电话，说有事再联系我……"

你明白了，说："人家那是哄你玩的，你怎么当了真？"

曹银娥也说："你等着吧，看人家会不会给你打电话？"

但贺松不相信，还是不时掏出手机来看，一副单相思的样子。

过了两天，已是腊月二十九，老媒婆忽然又打来一个电话，叫你们马上过去，有个姑娘提出要在她自己的家里和你们见面。你一听这话，便觉得奇怪，姑娘相亲，要么是在街上，要么是在媒人家里，哪有第一次见面就约到自己家里的？但你们还是答应了。老媒婆又说："路有点远，在吴家场詹家坝，你们最好骑摩托来，快去快回！"

你听了老媒婆这话，又说了一声："行！"

放下电话，你便去贺端阳家里借他摩托使使。贺端阳一听说是贺松相亲，二话不说便答应了。你把摩托推回家，贺松娘儿俩已经做好了准备。贺松吸取了前两天相亲的教训，昨天专门进城买了一套笔挺的深灰色西装，又在城里理了头发，此时贴身穿了一件雪白的硬领衬衫，外套一件桃形领橄榄色羊绒衫，脖子上系一条真丝斜纹领带，脚上一双锃亮的皮鞋，好一个相貌堂堂的英俊小伙子。你们不敢怠慢，贺松驾驶摩托，你和曹银娥坐在后面，"突突"地朝老媒婆家驶去了。

到了老媒婆家里，老妇人早在门口等着了。一见你们，便说："这样不行，到了街上，我们把摩托寄存了，得打辆车去。还得买点瓜子、糖什么的。"

你一听便问："为啥还要打车去？"

老媒婆说："人家姑娘家里呀，屋子像宫殿，吃不愁，穿不愁，啥都不用干，坐到家里都来钱呢，日子可比你们家里好哪儿去了！"

你一听便问："怎么啥都不用干，坐到家里都来钱，难道钱从天上掉下来？"

老媒婆说："贺老表，你有所不知，那吴家场詹家坝国家搞开发，把土地都征了，赔了他们好大一笔钱，所以家家户户都修了宫殿似的房子，这还不说，国家每月还给他们分红，这不是坐到家里都来钱？"说完又看着贺松说，"你小子要是成了这门亲事，可不是落到福窝里了？"

贺松一听这话，眉毛往眉心皱了一皱，露出了怀疑的样子，突然对老媒婆问："她家那么好的条件，怎么看得上我们？"

老媒婆张了张嘴，有点欲言又止的样子，可想了想，还是说了："那我可把话说明白了，这姑娘家里好倒是好，就是姑娘本人长得有点那个，怎么说呢，就是有点不太好看，当然也不是十分难看，看惯了就没什么了……"

贺松听到这里，像是有点不耐烦了，突然打断了老妇人的话问道："究竟长得什么样子，你倒说具体一点！"

　　老媒婆仰起头来，目光看着门外一棵掉光了叶子的核桃树，想了一会儿才说："就是脸长一点儿，颧骨高了一点儿，身子也富态了一点儿，嘴里有几颗龅牙……"

　　贺松一听这话，马上说："那就不去看了……"

　　话音没落，你们全都像是惊住了，老妇人半天才说："真不去了？不去了今后可别吃后悔药！"

　　你听见老妇人话音不对，便马上对儿子说："怎么不去？不亲眼看看，你怎么知道别人长得耐看不耐看？"

　　曹银娥也说："来都来了，看看也不损失你什么，只要人不是长得特别丑，过得去就行，我们这个家庭还能挑什么？"

　　老媒婆听了，也又直撺掇说："就是，过日子要长得那么好看做什么？再俊再丑的脸蛋儿熄了灯也都是给你生儿育女！"

　　贺松见大家都坚持要去，便不好再说什么了。老媒婆急忙叫了他孙子来给她开摩托，于是你们一行便前去了。

　　到了你们乡场上，老妇人叫贺松去请王超用他的私家车送你们去，贺松却是脖子一扭，气呼呼地说："不去！"

　　老妇人又叫你们去买点瓜子糖果什么的，贺松同样头不是头、脸不是脸地回答老妇人说："不买！"

　　老妇人没法，只得嘟嘟哝哝地随你们去了。摩托车在弯弯曲曲的山村公路上"突突"地行了约一个多小时后，终于来到了目的地。你们举头一看，果然好大一座别墅似的建筑，上下三层，外墙全镶了淡紫色釉面墙砖，楼顶上琉璃装饰瓦，阳光下金碧辉煌，宫殿一般。两扇大门用又厚又重的不锈钢铝合金烧焊而成，门板中央又分别焊着一个斗大的"福"字。外面一座半亩大的水泥院子，周围砌了高高的围墙。你们在院子里停下摩托车，刚要去叫门，忽听得那厚重的不锈钢门"吱呀"一声，一个妇人从屋子里探出了身子。妇人约有四十六七岁年纪，一张容长脸上宽下窄，仿佛是大猩猩脱胎变的。两边颧骨高耸，如两座山峰一般，两颗门牙往外爆起，像是要从嘴里夺路而逃的样子。都大中午了，却还穿着一件松松垮垮的睡衣，蓬松着头，一副邋遢的模样。你们一看，都露出了惊讶的神情。走进客厅，发现那房间不仅大，而且地面全铺着大理石地砖，显得富丽堂皇。靠墙一溜皮革沙发，上面坐着两个人，一个是姑娘，一个是姑娘的父亲。那父亲五十岁上下，比你年轻得多，中等个子，皮肤黧黑，看样子倒是一个厚道人。姑娘却看不出有多大年纪，脸比开门女人那张猩猩脸还要长，颧骨和下颚骨也还要高，还有她的大龅牙也比她母亲多，她想努力用嘴唇把这些大龅牙都包住，因而把那嘴皮给顶得老高，更显得难看。除了这些以外，她还很胖，加上个子又不高，因而全身上下仿佛是一个浑圆的水桶，看不出一点女孩的曲线。这些都还不说，看见你们去了，也没站起来喊你们一声"叔叔""阿姨"，仍大大咧咧地坐在沙发上往嘴里送着瓜子儿，倒是她的父亲，瞥了贺松一眼以后，立即站起来给你们倒茶递水、拿烟点火，显出万分热情的样子。你们在沙发上坐下来，眼睛落到姑娘身上，见姑娘只是旁若无人地嗑着瓜子，想说点什么却不知该怎么开口。

坐了一会儿，贺松端起她父亲送来的茶喝了一口，突然站起来对你们说："我们走吧！"

话音一落，那姑娘的父亲露出了吃惊的样子，说："怎么，这就要走？"

贺松说："我们还有事，叔叔，谢谢你的茶！"说着不等他说什么，便朝门外去了。

你们一见，知道儿子心里不愿意，也不好说什么，只好也随他走出去。

那父亲送出来，显得有些失望的样子，看见你们骑上摩托远去以后，这才返身进屋关闭了大门。

摩托车开了一阵以后，贺松才停下来。老媒婆过了一会儿才赶上来，对贺松说："那女孩的爸爸倒是看上了你小子，他让我给你捎话说，如果你不嫌弃他家姑娘，结婚时，他就送你这样一幢大房子！"说完生怕贺松不答应，又马上说，"其实这女孩就是长得差了一点，长得胖也是有福气的表现是不是？何况人家家庭条件这样好，我看你不如就和她谈谈，怎么样？"

贺松紧闭着嘴唇没吭声，曹银娥一见，便对贺松说："儿子，你表婶娘在问你，你怎么说嘛？"

你见贺松仍不说话，便劝着说："这姑娘确实一般，要不就谈一段时间试试吧?"

老媒婆也说:"就是,就是,我觉得挺好的,你们就先谈一谈吧,我去给他们回个信儿!"说着转身便要走。

这时贺松才说话了:"不用去了,阿姨,别说他送我一幢房子,就是送我一座金山银山,我也不会娶他女儿的!"

老媒婆一听,忽然沉下了脸说:"好事不过三,我可给你们把话说明白了,我已经给你介绍了两个,至多再给你介绍一个,如果还不成,就别怪我了!"

贺松一听这话,便说:"谢谢你,阿姨,你不用再给我介绍了。即使我打一辈子光棍,也不会责怪你!"

妇人突然冷笑一声说:"那好,这可是你自己说的!你以为我还喜欢给你跑路呀?你等着好姑娘去吧!"说完,也不和你们说声告别的话,对自己孙子说了一声,"我们走……"那孙子听了这话,一轰油门,摩托车屁股后面便冒出一股白烟,"突突"地往前去了。

回到家里,你埋怨儿子说:"你把话说那么死干啥?叫你谈一段时间试一试,又不掉你几斤肉!"

贺松说:"看见她那个样子我就恶心死了,还要和她谈一段时间……"

你说:"不就是长得丑一点嘛,怎么就恶心死了?"

贺松说:"长得丑一点倒也罢了,你们看她那副旁若无人、爱理不理的样子,长得像丑八怪,还把自己当公主,以后哪个侍候得了她?"

曹银娥说:"要是结了婚以后,她不像这个样子了呢?"

贺松说:"养女像娘,只要看一看她娘那副模样,便知道她有多大能干出息!"说完这话又说,"我要是和她结了婚,同学朋友看见了,还不笑话我八辈子没讨过婆娘,那么丑的女人也要,让我脸往哪里放?我这辈子宁肯打光棍,也不会要那样的女人!"

你们听了儿子这话,知道不能让他回心转意了,便也罢了。

吃过午饭,你推着摩托车去还,贺端阳一见便问:"怎么样,贺松老弟看上没有?"

你本不想把这件事告诉人的,可想了想还是忍不住地说:"看上啥?又是白跑路!"

贺端阳便问:"是女方没把我老弟看上?"

你忙说:"那倒不是,是贺松没看上人家?"说着便把那女孩的情况对贺端阳说了一遍。

贺端阳听完,马上说:"我贺松老弟一表人才,怎么能和那么丑的姑娘结婚?娶回贺家湾来,把我们贺家湾的形象都说差了,没看上也就算了!"说完这话,突然想起什么似的,马上冲厨房喊了起来,"哎,王娇,上次你说你娘家有个什么姑娘,也在外面打工,找上人家没有?"

一听这话,王娇从灶房走了出来,一边在围裙上擦着手,一边说:"你说的可是王艳呀?"

贺端阳说:"我不管你艳不艳,就是那天晚上摆龙门阵你提到过娘屋里有个什么姑娘……"

王娇说:"那就是王艳了,除了她,我娘屋里也没什么姑娘了!"说完,也像猛地想起似的回头对你说,"哎呀我,真是的,老叔,他不提我倒忘了,这姑娘配我们贺松老弟,倒是天生的一对!"

你一听这话,眼睛顿时亮了,便道:"真的?"

王娇说:"那还有假?模样儿我不必细说了,保证我贺松老弟一看,那眼睛都会收不回来!不过这女娃儿就是有点挑,去年春节回来,起码相了二十多个小伙子,一个也没看上,就不知道今年怎么样了?"

贺端阳说:"管她怎么样,你给问一问,如果还没找上人家,你就给我们贺松老弟牵个线,让他们先见个面,成了,是他们的缘分,不成,我们也没办法!"

王娇说:"那好,等我初二回娘屋拜年,我就问问这事……"

话还没完,贺端阳便说:"哪还等你初二去问?先下手为强,这事得抓紧,你今天就打电话问……"

王娇说:"明天就过年了,即使我今天问了,哪有大年三十相亲的?"

贺端阳说:"大年三十不相,老大初一不相,初二总可以相亲吧?"

王娇想了一下,便对你说:"那行,老叔,我等会儿就打电话问,有消息了我马上过来告诉你!"

你一听这话,喜不自胜,又急忙对贺端阳两口子说了一车轱辘感谢的话,便急急忙忙回去，把这消息告诉了曹银娥和贺松，一家人又燃起了希望不提。

果然天黑的时候，王娇喜滋滋地过来说："老叔，婶，成了，成了，我娘家那个姑娘答应和我贺松老弟见见面……"

你一听这话便马上问："什么时候？"

王娇说："初二，就在街上贺世元的饭店里，到时候你们到我们家里来，我们一起去就是！"说完又对贺松说，"老弟可要好好准备准备，啊！"

贺松讪讪地说："有啥准备的？"

王娇说："那女孩可是见过世面的，到时你可别像个大姑娘似的扭扭捏捏、羞羞答答的就是了！"

贺松一听这话，脸便又红了起来。王娇又说笑了几句，这才回去了。

到了初二，你们一家人果然很早便起了床，曹银娥做了早饭，你们草草吃了，一家人便收拾整齐，往贺端阳家去了。贺端阳一家人也刚吃过早饭，一见贺松，王娇便叫了起来："老弟穿上这身服装，真是鸭子下水——呱呱叫，放心，没问题！"

贺端阳也说："就凭老弟这一表人才，哪有找不到婆娘的？"

可贺松前天听王娇说了那姑娘的情况，又想起不久前和郑娟相亲的事，心里对这次相亲已经没了底。听了王娇和贺端阳的话，便说："反正是各人的命，成不成我也不抱多大希望！"

贺端阳一听这话，便说："老弟这话是什么意思，怎么还没去就有些怯场了？行不行，先给我打起精神来！"

王娇也说："你不要怕，那女孩和我虽然不是很亲，但总是一个地方的人，她还得管我叫姑，好歹得给我一点面子。"

曹银娥却说："你们不晓得，他口迟言钝，上次那个郑娟，一见面人家就像中央电视台的主持人，呱呱地说个没完，可他却像没见过世面一样，半天都说不出一句囫囵话来！"

贺端阳说："那有什么？我教你一个方法，她说长，你就说短，她说宽，你就说窄，她说这花生好大，你就说这豌豆好圆！你也在外面跑了这样几年，吹牛难道都不会？"

贺松说："我就是不好意思吹牛。"

贺端阳想了想，说："成不成，我们得先有个气场！反正大过年的没事，我陪老弟走一趟！"

一听这话，你忙迭声说："那就太麻烦大侄儿了！"

贺端阳说："一家人不说两家话，不瞒老叔说，我是巴不得湾里的光棍都讨上婆娘！这湾里光棍多了，不但我这个当支书的脸上无光，就是领导起他们来也难，所以能促成一对算一对！"

你听贺端阳这么说，又猛地想起那天老媒婆的一番话，便急忙说："可不是这样，那就多谢大侄子了！"说完这话，一行人便出发了。

到了街上贺世元的店里坐下不久，对方便来了，一行四人都是女人，其中一个年纪在五十岁上下，另外三个都是年轻姑娘，你们不知道哪一个才是王艳。好在有王娇在场，一见那老女人的面，便拉着她的手"嫂子""嫂子"地叫了半天，然后便把王艳对你们介绍了。你们这时才清楚，原来那老女人正是王艳的母亲，另外两个年轻姑娘，一个姓李，一个姓白，也是王艳请来帮她扎场子、撑场面的。王艳果然是一个好姑娘，给你们第一眼的感觉便是漂亮。适中的身材，白皙的皮肤，一双大眼睛。上穿一件粉红色的中长风衣，领口处点缀着一圈银色的小珍珠。下穿一条蓝色牛仔裤，紧裹着修长的大腿。脚着一双银色高跟皮鞋，耳垂上戴着银色耳钉，头发烫成大波浪，用一个漂亮的发夹束在脑后，不但显得时髦，还给人一种十分成熟的感觉。王娇又把你们对她们介绍了，你看见那老妇人和那两个陪来的姑娘，几对目光都不断往贺松身上看，露出了满意的样子。介绍完毕后，场面却一时有些冷落下来，贺端阳便叫贺世元上茶上瓜子。贺世元因有贺端阳在场，不敢怠慢，果然又是端茶，又是捧瓜子来，于是一屋人便都嗑起瓜子来。

嗑了一会儿，王艳忽然对王娇说："姑，这屋子里有点闷，我想出去走一走！"

王娇一听这话，便说："行啊，你们出去走一走，我们在屋子摆一会儿龙门阵！"

贺端阳一听，急忙对贺松眨眼，贺松会意了，也立即站了起来，说："我也想出去走一走！"说着也不等那女孩答话，便跟着出去了。

屋子里的人似乎早预料到会有这一步，也不说什么，只一边不紧不慢地嗑着瓜子，一边说些不咸不淡的闲话。

过了大约半小时，女孩和贺松便回来了。你们朝他们脸上看去，只见两个人的脸色都是平平的，看不出和先前有什么变化。你们正准备叫那女孩坐时，女孩忽然对王娇说："姑，实在对不起，我还有点事，得先走了！"

王娇道："什么事这样忙，姑还准备了午饭呢！"

王艳说："真的有事，姑！"说着便对她母亲和那两个姑娘说，"我们走吧！"说着回头对你和曹银娥分别喊了一声"叔叔"和"阿姨"，便往门外走去了。

贺端阳急忙对贺松道："贺松送一送！"

贺松正要送，王艳又急回头说："不用了，你们慢慢喝茶！"可说完却又对贺松说，"你记一下我的微信吧，你有没有微信？我也记一记你的微信，有什么在微信上聊吧！"

一听这话，你们所有人眼睛都一亮，怔怔地看着他们。贺松果然掏出手机，两人互相留了微信，王艳一行便一扭一扭地走了。

等她们走远以后，贺端阳才对贺松问："你们出去说了些什么？"

贺松说："也没说什么，只不过她问了我们家的房子，还问我在外面都干了什么活儿，现在一个月能挣多少钱等。她也说了自己打工的情况。正说着，她的手机忽然响了，她掏出手机看了一看，便对我说：'我有事，得走了！'于是便回来了……"

贺端阳听到这里，便拍了一下大腿说："没戏了，一准又是到另一个地方相亲去了！"

王娇也像是回过了神来，说："完全有可能，去年她也是一天都要相几场亲呢！"说完便回过头来对贺松说，"唉，老弟，现在的女娃儿太翘了，嫂子这个媒看来是做不成了，回吧！"说着，你们都站了起来。

可是正在这时，贺松的手机却突然响了。他急忙掏出来一看，却正是王艳发来的一条微信："确实有事，不必多想，再联系！"

贺松把信息一读，贺端阳便又叫了起来："还留了一点尾巴，老弟，这说明还有点戏，就看你的运气了！"说着，一行人便回了贺家湾。

回到家里，贺松还显得有点心神不宁，不时掏出手机看。果然吃过午饭后，贺松打开微信，看到王艳发来一条信息。贺松瞥了手机屏幕一眼，眼睛顿时瞪得又圆又大，熠熠地放着光彩，明亮如星，拿电话的手微微颤动起来，像是遇到了高兴的事，脸上也泛起了红晕的颜色。接着，像是害怕别人发现了他天大的喜事似的，"咚咚"地跑到楼上自己的房间里去了。过了十多分钟后，他才从楼上下来，脸上仍然带着那种精神焕发的光彩。你一见，便对他问："看你那副合不拢嘴的样子，遇到什么高兴的事？"

贺松说："王艳给我发短信了？"

你一听这话，也像没有想到的样子，问："真的，她给你说了什么？"

贺松说："她问我到家没有？"

你说："就这么一句话，有啥值得高兴的？"

贺松说："她又问我吃饭没有？我说吃了！她又问我在干啥？我说没干啥，才吃过饭……"

贺松还要说，你打断了他的话问："你没问她上午有什么事，那么匆匆忙忙就走了？"

贺松说："我问了，她说要去给她外婆拜年，还问我去给外婆拜年没有？"

你一听，便立即说："假话！即使是去给外婆拜年，也不值得那么匆匆忙忙就走了嘛？肯定是去哪儿相亲去了，大约没相上，回头便又给你联系了……"

贺松没等你说完，便显得有些不高兴地说："这事不要你管，人家能主动给我联系，就是好的！"说完又说，"人家还给我发了一张照片过来，不信你看！"说着递过手机来。

你一看，果然屏幕上显示着王艳的照片，竟比上午本人还要漂亮，正笑吟吟地看着你。你一看，也乐了，便说："那好，你们继续聊吧，说不定人家真有那个意思了呢！"

贺松听了你这话，益显得骄傲起来，说："她说今下午她要洗衣服，晚上再接着聊呢！"

你把这话告诉了曹银娥，曹银娥也十分高兴。

晚上，王艳果然在手机上又主动和贺松聊上了。王艳问："在干什么？"

贺松说："准备睡觉了。"

王艳发了一个惊讶的表情过来："这么早就睡觉了？"然后又说，"能发一张照片过来吗？我爸爸还没见过你，他想看看你！"

贺松一见这话，有些紧张了，想用手机自拍一张发过去，又怕拍不好，便在手机里翻了半天，找出了一张过去保存的照片，给她发了过去。王艳很快回过信息来，说："我觉得还可以，就不知爸爸的印象如何？等他看了再说！"又问，"明天做什么？"

贺松答："没事，耍呗！"

王艳又问："你喜欢睡懒觉不？"

贺松说："没养成睡懒觉的习惯。"

王艳说："我喜欢睡懒觉，明天早上你喊我起床哈！"

贺松一看这话，有些小女孩撒娇的味道了，心里益发涌起一股温暖的激流，于是回答："好，我七点钟叫醒你！"

王艳："早了，八点吧！"

贺松："好！"

王艳："睡觉吧，晚安！"说完便在手机上消失了。

第二天早上一醒来，贺松的眼睛便盯着手机屏幕，巴不得那八点钟马上就到来。时针刚刚指到八点，贺松果然便去叫醒王艳了："八点到，起床了！"

过了一会儿，王艳才回过信息来："嗯，看来你很守时，不过我还没有睡醒，还想继续睡。"

贺松："可别做癞皮狗儿哟！"

王艳："你才是癞皮狗儿！"说完又说，"你这人还是挺有趣的！"

贺松见王艳表扬他，信心大振，正想接着聊，王艳突然说："睡觉了，中午再聊。"

贺松见了，只得也挂了手机，然后把两次聊天的事都告诉了你和曹银娥。

你和曹银娥听了，也觉得事情大有转机，你想了想便对儿子说："中午再聊时，你干脆挑明了问她对你有什么看法，可不可以交往下去？"

贺松说："怎么好么直接问她？"

曹银娥说："有什么不好问的？傻儿子，你不问明白，要是她耍你，把你时间耽搁了怎么办？"

贺松想了想，终于下定了决心似的说："行，中午我问问她，看她怎么说？"

中午，贺松没等王艳先找他，便主动把信息发了过去："上午干吗？"

王艳："到朋友家玩去了。"

贺松："又是相亲去了吧?"

王艳："无聊!"

贺松："你对我的看法怎样?"

王艳："还行!"

贺松："那我们的事儿,能做朋友交往下去吗?"

王艳："我不知道。"

贺松："怎么会不知道?"

王艳："我得听我爸妈的。"

贺松："那你爸妈是什么意见?"

王艳："爸妈还没表态,一有消息我会告诉你!"

贺松："什么时候会有消息?"

王艳："说不准,也许晚上,也许明天吧!"说完手机便断了线。

吃过晚饭,你们一家人便又等待起王艳的信息来,可等了半天,却没有任何动静。这仿佛是一个决定命运的时刻,你看出了儿子心里已经烦躁不安,他不断地觑着手机,又不断地在屋子里进进出出,像是有什么东西在咬着他的心一样。你知道儿子的心情,便对他说:"她不给你发信息来,你先给她发过去嘛!"

儿子听了这话,像是和你有仇一样,马上就气鼓鼓地说:"人家没在线上,我怎么给她发过去?"

你不懂什么线上线下,说:"信息发不通,难道电话也打不通?干脆打电话问她得了!"

儿子犹豫了半天,果然去拨电话,电话响了半天,也没人接。正在这时,门外忽然响起贺端阳的声音:"老叔,你们睡没有?"

你一听这话,急忙过去开了门,说:"没睡呢!"

贺端阳几步跨进屋子里,看着你们说:"王娇给贺松老弟介绍的这门亲事,不成了……"

一听这话,你便问:"从昨天回来到今天上午,那女娃儿都在给贺松发短信,怎么就不行了?"

贺端阳说:"嗨,你们不晓得,那女娃儿的爹今天上午悄悄到湾里来查人户,

176

发现你们家房子太陈旧了，说人家早就修三层楼房的别墅了，你们家还是矮趴趴的'二层半'，而且还这样破旧，别人知道自己的女儿走了这样的人家，也会笑话，所以便不同意他女儿和贺松老弟交往了……"

话还没说完，贺松突然站起来，黑着脸，像是遭遇霜打似的耷拉着脑袋，什么也不说，便"咚咚"地跑上楼去了。你知道他心里难受，但又不好说什么，只对贺端阳说："怪不得，今晚上那女娃儿就不给贺松发短信了，贺松电话打过去也不接！"

贺端阳说："不答应就不答应吧，有啥大不了的？这回不成，下回再来吧，你侄儿媳妇说，她不相信像贺松老弟这样的人才会找不到婆娘！"可说完这话，却又对你和曹银娥说，"老叔，婶，不过话说回来，你们家这'两层半'修起也确实有些年头了，确实也太旧了一点，想办法改造改造吧！现在女娃儿眼界都高，你不改造，人家就瞧不上呢！"

说完这话，贺端阳便回去了。

你和曹银娥听了贺端阳这话，却半天没吭声，只屋子里呆呆坐着，偶尔互相望上一眼。过了一会儿，你们忽然听见从楼上传来儿子压抑的抽泣声。你们急忙上楼去，看见儿子伏在床上，握着手机，眼睛怔怔地看着屏幕上王艳的照片，肩膀一耸一耸，发出了压抑的哭声。你见了，心里也很难受，过了半天，你才走过去，把手按在儿子肩膀上，像是发誓地说："儿子放心，老子就是砸锅卖铁，最迟不超过明年，也要把房子改造好！我就不相信没有女孩看上你！"

儿子流了一会儿眼泪，又听了你的话，似乎好受了一些，这才慢慢地止住哭声，一家人睡觉去了。

第十一章　2013 年 8 月

　　老家的房子仍是没人买，在这期间，贺世跃回去了几次，拜托贺端阳、贺劲松帮他打听有谁买房子，可每次回去，他们都对他说没人买，还说："上面正提倡城镇化，乡下人还要往城里去，谁寻背时运还来乡下买房子？留着自己住吧，反正又不给它饭吃！"贺世跃又不好把自己心中的苦衷告诉他们，只得又失望而归。老家的房子卖不掉，就谈不上为儿子在城里按揭房子，儿子在城里没房子，就可能没女朋友跟他，这事像磨盘一样压在他的心上，却又没有办法，只得在心里憋着。

　　一天，贺贵全忽然给他打来一个电话。贺贵全已经有好久没给他打过电话了，一听他的声音，贺世跃身子不由得哆嗦了一下，以为贺松又出了什么事。谁知贺贵全却喜滋滋地说："老叔，恭喜你了！"

　　贺世跃问："恭喜我啥？"

　　贺贵全说："贺松老弟又谈女朋友了！"

　　贺世跃忽然又惊又喜，便道："真的？你娃儿莫拿老叔来寻开心……"

　　话还没说完，贺贵全在电话里"嗨"了一声，说："我拿老叔来寻啥开心？贺松老弟这回口风很严，给任何人也没说自己耍女朋友的事，要不是我昨天去亲自碰见，我还不是和你一样蒙在鼓里呢！"

　　贺世跃听贺贵全这么说，这才有些相信了，急忙问："那女娃儿姓啥？"

　　贺贵全说："姓王，老叔，叫王霞！"

　　贺世跃想了想才又对贺贵全问："贵全，你看那女孩儿长得啥样？"

一听这话，贺贵全便马上说："老叔，那模样儿是老母鸡生蛋——呱呱叫，莫得说的，比吴娴还要俏几分呢，保管让你一看就高兴！"说完便又和贺世跃开起玩笑来，说，"老叔，贺松老弟这回呀，可是跑了虾公抓到鲤鱼，你就好好当你的'爬灰佬儿'吧！"

　　贺世跃没心思和他开玩笑，又马上问："大侄子，他们是怎么耍起的？"

　　贺贵全说："老叔，你是想当侦探呀？"

　　贺世跃说："我不是想当侦探，就是心里有些不踏实。"

　　贺贵全说："老叔，你是一朝被蛇咬，十年怕井绳！跟你说吧，老叔，王霞是一家饭馆的服务员，一天贺松老弟从外面回来，单位食堂没饭了，出去找饭吃，便来到了王霞打工的饭馆里。我那老弟一见王霞，两只眼睛就成了丁丁猫的眼睛——绿了，落到别人身上挪不开。另一个服务员把面端到他面前，他都没发觉，像是魂魄都没有了一样。为了接近王霞，后来我老弟便天天去那饭馆吃饭，把那饭馆当成了食堂，一来二去，终于和王霞熟识了。两人一谈，都没有对象，便都有了心。老弟便开始约王霞一起逛街、看电影、压马路。贺松老弟还对我说，有时候王霞在店里忙着，他便坐在一张桌子后面等，有时怕老板说，便要一个菜慢慢地吃，等王霞下班，然后两个人一起出去……"

　　贺世跃听贺贵全说贺松把王霞打工的饭馆当食堂，又听说他约王霞一起逛街、看电影等，心里便说："狗日的，这要花多少钱？"可是一想起儿子这是在谈朋友，便也能够理解。他现在更关心的是另外一些事情，所以听到这里，便打断了贺贵全的话问："大侄子，你看他们两个的关系走到哪一步了？会不会又是竹篮打水一场空……"

　　一听这话，贺贵全马上说："老叔，你真是咸吃萝卜淡操心了！不哄你说，我看他两个的关系呀，一个是干柴，一个是烈火，恐怕在一起觉都睡过了！你猜我昨天去，碰到他两个在做什么？"说完像是故意吊贺世跃胃口一样，突然不说了。

　　贺世跃等了一会儿，见贺贵全没往下说，便忍不住问："做什么？"

　　贺贵全说："我贺松老弟把王霞的脚抱在怀里，正在给她剪脚趾甲，一看见我，两人才松开，羞得一张脸绯红……"

　　一听是这事，贺世跃便笑着说："我道是啥事？原来只是剪个脚趾甲，你这个大伯子哥儿可真管得宽！"

贺贵全也笑着说:"老叔,这可不是小事,这说明我兄弟结婚以后,一定是个怕老婆的'炊耳朵'!"

说笑了一会儿,贺世跃才突然想起似的问:"哎,大侄子,你问没问过贺松王霞是属什么的?"

贺贵全说:"这我可没问!"说完又对贺世跃问,"怎么了,老叔?"

贺世跃说:"我找贺福来给贺松算了个命,贺福来说贺松属龙,得找一个属蛇的,他们的婚姻才会成功。如果不找一个属蛇的,即使结了婚,也不长久。"

贺贵全听罢,忙说:"老叔,你怎么信这些?什么龙呀蛇的,他那是胡说!"

贺世跃说:"这些事信也信,不信也不信,还是有些道理……"

贺贵全说:"有啥道理,一点道理也没有!不瞒老叔,当初我和你侄媳妇结婚时,去找凤山老辈子合八字,凤山老辈子把我和毛素芳的八字一排,便说我们属相不配,即使结了婚也会分手,结果怎么样?我们不是过得挺好吗?"

贺世跃一听这话,心里便有些将信将疑起来。过了一会儿,才将话题岔开,突然对贺贵全问:"大侄子,你……没听王霞说过……房子的事吗?"话语中显出一种紧张的成分。

贺贵全没听出来,便说:"啥房子的事?没听说过!"说完又说,"要说这事,老叔你还是问问贺松老弟吧,我就只能对你说这么多了!"说完又道了一声"恭贺",便挂了电话。

结束了和贺贵全的通话,贺世跃一时是欣喜,一时是不安,一时又是生气。欣喜的是儿子终于从失恋的打击中挣脱了出来,又开始谈女朋友了,并且还有女孩子喜欢他,说明他还是很不错的。不安的是现在年轻人在对待婚姻爱情上太随意了,好起来时巴不得两个人变成一个人,不好起来时说分手便分手,像小孩子过家家一样。何况自己在城里没有房子,谁知道那女孩心里是怎么想的?要是又像吴娴一样要段时间又分手,那岂不是会要了儿子的命?生气的是这样大的事,儿子竟把他关在栅栏门外,要不是贺贵全今天说,自己还什么都不知道。老子好歹还是当家的嘛,谈朋友也是正大光明的事,怎么就不打电话对老子说一声?草树桩桩都要摇动一下,何况还是你爹?我不相信你就一直瞒着我!好嘛,你不主动告诉老子,老子也装起不晓得,看你怎么办?这么一想,便越发生起贺松的气来。可是又一想,自己一个当爹的,儿子在外面谈朋友,告诉了你又怎么样?不告诉你又怎么样？要是他娘还活着，这小子早就对他娘说了，怎么自己会不晓得？谁叫他娘这么早就走了？这么一想，贺世跃心里又不觉悲伤起来，一伤悲，心里的气又没有了。又一想，自己是当爹的，年轻人没把他的事告诉自己，现在自己既然知道了，又怎么能不主动问问？说到底，这事既是儿子的事，也是自己的事，谁叫自己还没把人生的责任完成呢？这么一想，不但气没有了，心里还产生了一种急切想过问的想法，于是便忘了刚才自己的誓言，掏出手机就给贺松打起电话来。

电话接通后，贺世跃先"唔"了一声，贺松在那头听出了是父亲的声音，便问："爸，什么事？"

贺世跃尽量压抑着自己的情绪，使声音变得和往常一样，说："听说你又要女朋友了？"

贺松问："是贵全哥给你说的吧？"

贺世跃说："你别管是哪个给我说的，这么大的事，怎么都不告诉我一声……"

话还没完，贺松便说："爸，这事还早着呢！我们才开始要，还不知道能不能成功，等要一段时间，我自然会告诉你的，你着什么急？"

贺世跃听了这话，本想把贺贵全那句"恐怕在一起觉都睡过了"的话搬出来问他，可一想这话不是一个当父亲的应该问的，想了一想，便转移了话题问："那女孩是属什么的？"

贺松一听这话，便问："爸，你问这话做什么？"

贺世跃说："我找贺福来给你算了一个八字，他说你属龙，要配一个属蛇的才能成功……"

话音没落，贺松忽然在那头愤愤地骂了起来："胡说八道！吴娴就是属蛇，我和她怎么没有成功？"

贺世跃一听愣住了，半天才问："吴娴真是属蛇的？"

贺松说："可不是！"说完又说："爸，你不要信那些，能不能成功是两个人的缘分，和属啥子一点关系也没有！"

贺世跃听了这话，心里像是宽慰了些，迟疑了一下，却又忐忑地问："她没说……房子的事吧？"说完把话筒紧紧贴在耳边，生怕听不清的样子。

贺松像是压根不知道父亲此时的心情，却在话筒里大声说："怎么没说？连房子都不打听清楚，今后住哪儿？"

贺世跃听到这儿，心一下紧了，生怕儿子又说出在城里买房子的话来。幸好贺松把话说到这个份上，没继续往下说。贺世跃本想把卖老家房子的事给儿子说一说，又怕说出来会增加儿子的烦恼和思想上的压力，想了想，见儿子不问，自己也便暂时把这事埋在心里。可除了这事，贺世跃就想不起还对儿子说点什么好了。过了一会儿，猛地想起贺贵全告诉他的儿子把那女孩打工的饭馆当餐馆和逛街、看电影的事，便想劝儿子花钱要拿紧一些，可话到嘴边却变成了："那好，你们谈吧，该花钱花钱，可别让女孩觉得你小气了……"

话没说完，贺松便显得有点不耐烦了似的，说："爸，我知道，你就别替我操心了，有什么事我会告诉你的。好，就这样了，我挂电话了！"说着果然挂了电话。

贺世跃还把话机紧紧贴在耳边，似乎没把儿子的声音听够。直到话筒里那种"嘟嘟"的忙音响了好一阵，他才收了手机，回到屋子里。

和儿子通完电话后，贺世跃心里还是有些不踏实。本来，他应该为儿子又交上了女朋友而感到高兴，有一阵子，他确实高兴过，看什么都觉得新鲜，手脚也有了力气，想和人说话。可没过多久，这高兴就像一只气球，拿到手里煞是好看，可一松手升不到几尺，便"嘭"的一声爆炸，然后什么都化为乌有了。他知道是什么东西导致他产生这样的想法，那就是房子！儿子城里没有房子，恋爱就没有基础，哪怕就像吴娴一样和儿子睡过了，可说分手就会分手，不会有丝毫的犹豫。贺贵全说得对，他现在是一朝被蛇咬，十年怕井绳，如果想让儿子恋爱成功并让他们今后生活幸福，想让自己安心并不再为儿子的终身大事发愁，除了在城里给他们弄出一套房子外，再没有其他办法。可是老家的房子卖不出去，凭自己几个打工的钱想为儿子在城里买一套房子，就是阎王爷再让自己活上六十岁，也恐怕办不到。刚才自己问贺松那女孩说过房子的事没有？儿子的回答不但有些模棱两可，还有些生气的味道，说："怎么没说？连房子都不说今后住哪儿？"儿子的话说明他们一开始交往就谈到了房子，而且大约有些不愉快，否则儿子不会这样回答他的。显然这房子就是儿子婚姻的一颗定时炸弹，弄不好随时都会爆炸，然后再一次把他给带进痛苦的深渊。可是他这个做父亲的，对此却是束手无策，只能眼睁睁地看着儿子经受一次次失恋的打击。想到这里，他不但高兴不起来，反而觉得内心被一团团乱麻似的烦闷给塞满了。他想找人谈谈，可除了曹德盛以外，似乎又找不到什么人可以说。别看工地上这么多工友，能和他交心的并不多。可曹德盛现在又在医院里，好在他昨天就已经决定今天下午下工以后再去医院看曹德盛，到时候正好把心里的苦恼给他说一说。

曹德盛在医院里已经整整躺了四个月，他腿没接好，现在留下了残疾，走路得靠拐杖，已经不能在工地上干了。几天前，贺世海和他谈判，由"三鑫"公司一次性赔偿他二十万伤残金，条件是不管今后曹德盛生存遇到了什么困难，都不能再来找"三鑫"公司。曹德盛答应了，双方签了协议，还去县公证处公证了，协议规定"三鑫"公司二十万元赔偿金打到曹德盛的账户上三日内，曹德盛必须出院，从此双方便河水不犯井水，互不相干了。前天，贺世海便叫财务把二十万元钱打了曹德盛的银行卡上，而曹德盛也答应在明天出院。贺世跃听说了这事后，想起自己和曹德盛交往了一场，如今他就要走了，这一去，天各一方，又各有各的事，加上他又带了残疾行动不便，恐怕想再见他就只有在梦里了，便决定在今天晚上再去看看他，一是哥俩最后摆摆龙门阵，二是明天自己要上班，没时间送他，今晚上就权当提前送他了。

吃过晚饭，贺世跃便换了衣服，朝医院走去。才立秋不久，"秋老虎"正逞着威，虽然已是黄昏时分，可街上仍然像是蒸笼一样，烤得人汗水直流。没有一丝风，行人也很少，大约都怕热，全窝在屋子里吹空调或电扇。即使偶尔有行人走过，也是宽衣肥裤或一身短打扮，裸着两条光臂或一对雪白的大腿，手里摇着一把扇子匆匆而过。街道上成了车辆撒欢的地方，呼啸而来，呼啸而过，车屁股掀起一股股热浪。在几家超市门口的台阶上，坐满了吃过晚饭出来蹭空调的人，他们大多是一些老太太和老头。因为才吃过晚饭，加上门口空气凉爽，他们看起来精神十分好。贺世跃打从这些地方过时，既感到了从屋子里传出的一股清凉，同时也听到了那些老头老太太们叽叽喳喳的碎语声。

贺世跃一边走，一边在心里想着曹德盛，他不知道曹德盛等会儿见了他，会对他说些什么？有一段时间，当曹德盛知道自己的腿治不好了，以后得靠拐杖过日子，心里十分痛苦，甚至产生过不想活人了的想法。那段日子每次贺世跃去看他，曹德盛都会一边诉说心中的苦闷，一边落下眼泪，问贺世跃自己今后该怎么办？贺世跃十分理解曹德盛的心情，他就曹昊一个儿子，不在自己身边，没摔伤时，他还能打工挣点钱，不但养活自己和老伴儿，还能帮补儿子一点。可现在一残废，明摆着的，不但钱挣不到了，而且行动还要人护理，有老婆子在，倒有老婆子帮助自己，可老伴儿的年纪一天比一天大，身体一天比一天弱，一旦老婆子先走了，他又靠谁？与其拖着一个病残之躯去给儿子添累赘，倒不如早些死了好。唉，这人呀，真像俗话所说，有什么都别有病，没什么都不能没健康，可现在事情都发生了，有什么法呢？所以贺世跃每次看见曹德盛哭，心里总要忍不住悲伤一次，但他又口拙言钝，除了拿几句"想开一些"的话开导曹德盛外，总显得束手无策。老是这样颠来覆去几句宽慰的话，说多了自己也感觉没意思了。可是要他说点别的，他又想不出来。如今曹德盛要出院了，看着自己的断腿，想着以后的日子，又面临着和朋友分别，他会不会像过去一样，说着说着又像小孩子一样鼻涕泪水一起来呢？要是这样，自己又该怎样安慰他？

走过幸福街，前面有一条小街叫石马街，贺世跃刚拐过街口，忽然许多人从他身边朝着巷子跑去，一边跑，一边惊慌失措地喊："不好了，死人了……"

他猛地一惊，急忙站住脚，拉住从他身边跑过的一个中年男子问："什么人死了？"

那男子头也不回，只急慌慌地说："有人跳楼了！"

贺世跃又问："什么人跳楼了？"

那人显得有些不耐烦了，说："什么人你自己没长眼睛？自己去看嘛！"说着挣脱贺世跃的手便跑了。

贺世跃站在那儿，一方面忍受着热浪的袭击，一方面考虑着该不该去看看？可就在这时，一辆救护车和两辆警车都从他身边呼啸而过，朝着前面开去了。警车和救护车后面，又跟了许多人。贺世跃没再迟疑，便也跟着跑去了。

到了一幢居民楼下，街道上里三层外三层地挤满了人，警察已经下了车，正驱赶着围在楼下的人，很快又拉起了一道红线。救护车上的人也进去了，却没看见把伤员抬出来。人们都在打听什么人跳楼了？有人慢慢从里面传出话来，说是一个女人。于是有人便说："哦，总是被男朋友甩了，想不开，寻短路了嘛……"

话音没落，有人"呸"了一声，说："人家都快六十岁了，还男朋友，真是下巴颏长起也不想一想就打胡乱说!"

那人听了也不生气,又忙问:"为什么要跳楼?"

另一个人说:"你问我,我问谁?"

又过了一会儿,忽然又从里面传出了消息,说人已经死了,脑浆都摔出来了,是从八楼上摔下来的。一听说八楼,大家都抬着朝上看,果然看见八楼的一扇窗子大开着。人们便说:"从那么高的楼上摔下来,还有不死的?"又过一会儿,又从里面传出消息,说死者是八楼一号的吴老太,有一儿一女,女儿早嫁出去了,在菜市场卖点小菜。儿子二十多岁,还没结婚,母子两人现在都靠低保过日子……

听到这里,于是有人又叫了起来,说:"原来是这样,过不下去了!"

有人又担忧地问:"她死了,那她儿子怎么办?"

有人说:"还有政府嘛!"

有人大声朝里面问:"有遗书没有?可别是谋杀!"

里面有人大声回一句: "哪晓得,警察到楼上去了,有遗书肯定会公布的……"

正说着,忽然一声撕肝裂胆的哭声从远处传了过来,大家又纷纷将头转过来,只见一个三十五六岁年纪的中年妇女,上身穿一件花短袖上衣,下面穿一条黑色中裤,光脚穿一双凉鞋,一面掩面大哭,一面跌跌撞撞地跑了过来。人们一见,知道是死者的女儿,便自动地让开了一条路。那女人果然披头散发地冲进去,在里面"妈呀""妈呀"地放声大哭了起来。

贺世跃趁着众人给女人让道儿的机会,也跟了过去。走到里面一看,水泥地上果然躺着一具尸体,不知是警察还是护士,已经给她身上盖了一块黑布,因此看不清她的面容,但地上却留着一摊血迹,已经在慢慢变黑。那女人一冲进去,一把就抱住尸体,旁边的警察想拉她也没拉住。贺世跃从小心软,听不得女人那种悲悲切切的哭声,现在见那女人抱住尸体呼天抢地大放悲声,每声哀号都像锤子一样重重砸在他的心上。听了一会儿,他像是实在忍受不住了,便急忙挤出人群,朝县医院住院部去了。走了很远,又忍不住回头看了一下。

到了住院部那些水果摊前,这次贺世跃没有犹豫,狠着心买了三十多块钱的水果,提着往外科大楼曹德盛的病房去了。

贺世跃走进病房，看见曹德盛背靠着床头斜坐在床上，那条残疾了的病腿伸得直直的，另一条好腿膝盖往上拱着，一只不锈钢拐杖靠在床边，正和坐在床前椅子上的女人说着话。曹德盛的女人叫杨世碧，他摔伤后曾说过不告诉女人和儿子，以免他们白白为他担心，但在后来动手术的时候，医院一定要病人家属签字，曹德盛没法，这才打电话把自己受伤的消息告诉了家里，杨世碧便急急地赶过来了，这一来便没有再走。这是一个个子不高、衣着朴素的乡下老妇人，一张宽大松弛的脸满是皱纹和褶子，好像一只干缩了的苹果，头上顶着一头灰白的头发。贺世跃曾经听曹德盛说过女人比他小五岁多，可现在看起来却比曹德盛还要大得多。幸好她身子骨还算结实，到医院里来这段日子，从没听说过她有什么不舒服的地方，做事也麻利，倒让贺世海省了不少心。自从她来了以后，公司便再没派人去照顾过曹德盛了。

　　贺世跃去过医院几次，已经认识了杨世碧，而杨世碧也从曹德盛嘴里知道他们认亲戚的事，所以贺世跃每次一去，杨世碧便显得非常热情。现在一见贺世跃，便马上从椅子上站起来，一边让座，一边爽快地说："他大哥来了，快坐！"

　　贺世跃说："你坐呗，我床上也可以坐的！"说着，便把手里的水果放到床头柜上。

　　曹德盛一见，便说："我明天就要走了，你买水果干啥？"

　　贺世跃说："正因为你要走了，我们兄弟一场，也不知以后还能不能见面？我也没什么送你的，就几个水果，千里送鹅毛——礼轻情义重，你也不要见怪！"

　　曹德盛说："我要你送啥？天气这样热，你能来看我，我就非常感激你了！"

　　贺世跃正要回答，杨世碧递了一杯白水过来，说："他大哥，喝杯水！"

　　贺世跃说了声"谢谢"，接过水杯，往杯里吹了几口气便喝起来——他也确实有些口渴了。一边喝，一面拿眼色去看曹德盛，发现曹德盛今天脸色红红的，像喝了几杯白酒一样，一点没有往日那种沮丧的愁容。不但如此，眼睛里也忽闪忽闪放着光，像是碰到了什么开心事一样。

　　贺世跃把水喝完，放下水杯，这才对曹德盛说："你今天看起来气色很不错！"

　　话刚说完，曹德盛便说："你怎么看出来的？"

　　贺世跃说："你面色红润、眼睛弯得像豌豆角，这些都写在脸上，我再傻也看得出来嘛!"

　　曹德盛听了这话,突然哈哈大笑,贺世跃从没有见曹德盛这样开心地笑过,不但病房里,就是整个医院都好像在回荡着他的笑声。笑完,才对贺世跃说:"真让老哥给看出来了! 不瞒你老哥说,兄弟我今天遇到了开心的事儿……"

　　贺世跃急忙问:"啥开心的事儿?"

　　曹德盛忽然侧过身子,仿佛是宣布重大喜讯一样对贺世跃大声说:"我曹昊在成都世纪城那边买上房子了……"

　　贺世跃听到这儿,也吃了一惊,问:"真的?"

　　曹德盛没直接回答贺世跃,却说:"你猜我是哪儿来的钱?"说完不等贺世跃问,便自顾自地说了下去,"我想你已经猜出来了,正是贺世海赔偿我的二十万元钱! 贺世海前天叫人把二十万元钱打到我的银行卡上,昨天我就和他妈一起去银行,把这二十万元加上我们原来有的一点积蓄,一起给曹昊转过去了。曹昊他们手里也有几万块钱,一共凑了三十万元,哈哈,今天和他女朋友一起,就到世纪城那儿定了一套三居室的房子,把首付也交了! 儿子说远是远了一点,可那儿靠近地铁,很方便,值! 哈哈,这下看他老丈人还有什么说的了! 哈哈……"

　　曹德盛一边说,一边哈哈不断,看得出他心里确实高兴。说完又对贺世跃说:"刚才我和他妈就正在说这事呢!"

　　贺世跃一听明白了,忽然,他心里像是被什么东西重重地碰了一下,不由自主地产生出了一种既是羡慕、又是嫉妒,还掺杂着不屑的复杂情感来。他想了想,突然说:"这事高兴是值得高兴,但你哈哈也不必打得像是二踢脚的大炮竹———一声比一声还高……"

　　话音没落,曹德盛便盯着贺世跃奇怪地问:"为啥?"

　　贺世跃指了指他身上那只断腿说:"事情明摆着,虽然曹昊的房子买起了,可你却断了一条腿,以后得靠拐杖过日子,什么都不方便,你就没有想到这会影响到你今后的生活吗?"

　　话音刚落,曹德盛又是一阵哈哈大笑,笑了才说:"你这想法和我过去的想法一模一样! 那个时候,我想到自己断了一条腿,这日子没法过了,还不如不活这个人好了,成天寻思着怎么了断自己! 可现在我一下想通了……"

　　贺世跃忙问:"怎么就想通了?"

曹德盛说："你刚才的话很对，以后我要靠拐杖过活，肯定要影响到生活质量。可我们这些人，命如蚂蚁，有个什么生活质量？不过活一天算一天是了！人迟早都是要死的，实在活不下去了，寻死还不容易？"

说到这儿，杨世碧忽然狠狠地瞪了曹德盛一眼，说："哪儿那么多废话？当到他大哥在这儿，一口一句死呀死呀的好意思？再说，你只瘸了一条腿，还有一条腿不是好好的吗？世界上有那么多拄拐杖的残疾人，人家怎么活了？"

曹德盛听到这儿，便说："我是说实在活不下去了，才走这条路。要是稍有一点活路，谁愿意死？好死不如赖活着呢！"说完停了停才又对贺世跃说，"我们这些人，凭啥能一下挣到二十万？这把年龄了，卖血没人要，即使有人要，把你身上的血全部抽干，那也卖不到几个钱！抢银行没胆量，只凭打工卖力气，一年满打满算，除了吃了花了的，剩不下两万块钱，这还是遇到贺世海这样有良心的老板，不拖欠农民工的工资，如果遇到个黑心老板，到时候卷起铺盖一跑路，你一年甚至几年的汗水都白流了。即使这样，二十万元也要十多年才攒得起来。现在我一条腿就卖了二十万，算起来，我一根老骨头就值几万块钱了！更重要的是，我一下子就帮儿子付了房屋的首付款，让儿子在城里有了安身立命的地方，老丈人也不会逼他们分手了，接下来，他们就该和和美美地过日子了，你说我有啥不值的？"

说完，曹德盛不等贺世跃答话，突然拍着自己那条病腿说："腿呀腿，你可帮我大忙了！要不是你，我还要为儿子的事愁死呢！"说完又哈哈大笑。

杨世碧一看，便又嗔怪地说："你疯了，看你胡说些什么？你从一个健全人变成了一个残疾人，还觉得捡了便宜，是不是？"

曹德盛忙说："虽说没有捡便宜，可也没有吃亏！你想想我们还活得到几年？在生时能把儿子的事办好，死的时候也才闭得上眼睛，这都是做父母的心愿嘛！"说完又看着贺世跃问，"你说是不是这样？"

贺世跃听了前面曹德盛一番话，头脑里忽然像打开了一扇天窗，把心里全都照亮了。他想曹德盛的话虽然不那么中听，可道理却是那样，他用自己一条腿，换来了儿子一辈子的幸福，这确实值，可是自己以前怎么没想到这一点呢？现在猛听得曹德盛问，便忙回答说："怎么不是这样呢！"说完话语一转，却突然带了一丝忌妒的口吻说，"你现在终于算把曹昊的事安排好了，可我现在还是像耗子掉进米缸里——半是快乐半是愁呢……"

话还没完，曹德盛忙问："怎么了？"

贺世跃说："不瞒他舅说，你外甥在外面又耍上女朋友了！"说着，便把贺贵全电话里告诉他的事，也对曹德盛说了一遍。

曹德盛听完，说："这是大好事啊！"

贺世跃说："好事倒是好事，可不知道能不能成功？"说完又把自己的焦虑、担心和卖老家房子的事对曹德盛也说了一遍，说完才说，"所以我说是半是欢乐半是愁呢！"

曹德盛听了半晌没吭声，过了很久才说："你说得也是，现在的年轻人，尤其是女孩子都想往高处走，今儿个还在一起亲亲热热、搂搂抱抱，明儿个一翻脸就不认了，谁说得准呢？不过，你光愁有什么用？愁来愁去，除了把自己愁老了以外，啥作用也不起！要像我一样，车到山前必有路，船到桥头自然直……"

听到这里，贺世跃本想打断他的话，说："你现在该解决的事情已经解决了，当然是不用愁了哟！"可一想到人家是好心，便把涌到嘴边的话给咽回去了。

曹德盛见贺世跃神情闷闷的，便知道自己这些空洞而轻飘的安慰对他起不到什么作用，想了想便补充了一句："慢慢来，慢慢来，不用着急！"说完便不再说什么了。

贺世跃还想找点什么话对曹德盛说说，一时却又想不起什么，突然想起来时看见有人跳楼的事，便把这事对曹德盛说了一遍。曹德盛听了说："肯定是过不下去了！要过得下去，谁愿意去死？那老太太死前心里不知矛盾了多久？要从八楼上跳下去，可不是一件容易的事！"

唏嘘感叹了一番后，曹德盛又突然对贺世跃说："可惜我明天就要走了，也不能知道那老太婆究竟是为啥跳的楼，你知道了打电话告诉我，啊！"

贺世跃说："行，我听说了一定告诉你！"说着，两人又没了话。

又坐了一阵，贺世跃觉得这样尴尬地坐着没意思，便对曹德盛说："明天我要上工，我就不来送你了，回去安心养病，有啥事我们打电话……"

话没说完，曹德盛便说："这可是你提出来的，啊，我们弟兄交往了一场，你他妈可别忘了！你可别把电话换了，要是换了电话，也得告诉一声！虽然不在一起了，可面还是要见的。我回去安顿好了，就给你打电话，我不能走，可你能走，我接你到我们老家耍，你来不来？”

　　贺世跃知道曹德盛这是说的假话，这么远的路，他根本不可能邀请他到他老家去，即使邀请，也明知自己不会去，可他仍十分爽快地说：“来，只要你请，我就是丢了工程，也一定来看你！”

　　曹德盛听了这话，像是十分高兴，说：“那我们哥俩就说定了！我曹昊结婚，你这个做姑父的虽是我认的，可也一定要来喝侄儿几杯喜酒，你来不来？”

　　贺世跃听到这儿，犹豫了一下问：“要是他们不在老家办婚礼，要在成都办呢？”

　　曹德盛突然大手一挥，十分仗义地说：“那我们哥俩更要去！成都是个啥样子，我还没有见过，他那新房不是三居室吗，我们哥俩住一间，白天让他们用车载着我们到处看看，我们也开开眼界！”说完又大包大揽地说，“说定了，我们一定要去，啊！”

　　贺世跃听出曹德盛的话里有种炫耀的成分，心里不觉又涌起一股酸酸的味道来，尽管他知道这更是不可能的事，可还是装作一副高兴和感激的样子说：“行，我一定去！”说完又笑着对曹德盛补了一句，“我这可是星星跟着月亮走——沾你的光呢！”

　　贺世跃说罢站起来要走，曹德盛要下床送，被贺世跃一把按住了。两人又说了几句道别的话，这才分别了。

　　这时街上的气温不像刚才那样热了，行人也多了起来，但仍是一身宽衣大袖或半裸半露的打扮，尤其是年轻女人们，下半身已经短得不能再短，满大街晃动着一双双美腿，似乎比赛一般。贺世跃走在人丛中，想着曹德盛一走，自己就再没有可以诉说心里话的人了，一时在人群中竟觉得非常孤单。走着走着，他忽然产生了一个非常奇怪的念头——那天从梯子上摔下来的，为什么不是他？当时他还想过，幸好摔下来的是曹德盛而不是自己，可现在看来，要是摔下来的是他，那在城里有房子的就是儿子而不是曹昊了！要是这样，那该多好呀……想到这里，他不禁突然打了一个哆嗦，似乎是被自己这样荒唐的想法吓了一跳。然后他举起右手，用力拍了拍自己的脑袋，仿佛是想把脑袋里这种怪念头赶跑似的。可是收效甚微，这个念头一经从脑海里冒出来，便像要在心里扎根似的，无论他怎么拍打脑袋，这念头都盘桓着不愿离去。直到走到工地大门口，他嘴里还在自言自语念着这个奇怪的念头："为什么不是我呢！为什么不是我呢……"

回到工地宿舍，因为天气太热，杜德友、余正轩、吴忠、贺兴良都还没有睡，几个人脱得赤条条的，坐在自己的床铺上听收音机。屋子里一把破电扇像是害了贫血病一样有气无力地转着。这破电扇还是吴忠从垃圾堆里捡回来的，连外面的护罩也没有了。他捡回来的本意是让贺长云给他把风扇叶子卸下来，因为他家里有把电扇风扇叶坏了，谁知贺长云给鼓捣两下，风扇竟然转了起来，于是这把电风扇便成了大家的福利。屋子里有了电风扇，可大家手里仍然"哗啦哗啦"地摇着蒲扇，以助风威。收音机里已经广播完了一条新闻，下面正广播着另一条新闻，只听得里面说："……今天早晨八点二十五分，在省人民医院上班的李女士开着她的马自达轿车出了小区的大门。李女士小区门口是一条单向仅一车道的马路，周边多是老小区，人来人往，李女士开得很慢，车速不超过二十迈。开出小区不到五分钟，李女士远远看到一位身穿灰色衣服的老大爷站在马路边，想过马路又不想过的样子。'这人好奇怪！'李女士心想着，特地减慢了车速。可就在这时，让她意想不到的事情发生了：那老大爷忽然朝她的车冲了过来，在车身上轻轻碰了一下，然后像电影里的慢动作回放一般，慢慢悠悠地趴在车头上不动了！随后老大爷向李女士索要五千块钱私了。李女士知道自己遇到了'碰瓷'的，随即报了警。民警赶到现场一看，这老大爷竟然是交警队的'老熟人'了，三年间涉嫌作案二十多起，每次作案向车主敲诈金额从五百元到一万元不等，敲诈勒索金额达到十多万元。目前，警察已将这位老大爷带回公安机关做进一步处理。公安机关提醒广大车主……"

听到这里，杜德友忽然愤愤地说："操，碰一下就要五千元，这生意做得，我们倒不如也去'碰瓷'……"

余正轩说："你去嘛，碰准一回就抵打半年工，但可别把小命给碰丢了或把身子碰残了……"

杜德友说："怎么会呢？虾有虾道，蟹有蟹道，世界上万事万物都各有各的门道，专门吃这碗饭的人，怎么会睁起眼睛把自己小命搞掉呢？"

吴忠说："也不一定，这事也要有技巧！我在深圳打工的时候，亲眼看见一个老太太'碰瓷'，大约她也怕把小命搞丢了，偷鸡不成蚀把米，人家车离她还有两三丈远，她就在地上趴下了，等车开到她面前停下时，她才往人家车肚子底下钻。结果大家都看到了这一幕，便纷纷走过去对她说：'你趴到地上干吗呀?''车也没撞到你啊，你讹人也不是这样讹法呀!'你一言我一语说得大妈不好意思了，最后只得爬起来悻悻地走了。她这就是没有掌握到火候呀!"

贺兴良说："说起'碰瓷'，还真有把手故意弄断去讹高额赔偿的！我就亲自碰到一起，要不是亲自经历过，我都不会相信。在重庆打工时，我有个要得好的姓罗，他又有个朋友姓楚，一天，姓楚的朋友给我的朋友打了一个电话，十分火急，说他刚才在中山街与别人的自行车发生剐蹭，把别人撞骨折了，此时正在医院。对方要他拿五千块钱私了，可他身上只有两千块钱，要向我姓罗的朋友借三千块钱。姓罗的朋友心想这是救人的事，二话不说便答应了。为了安全，便拉我一起去送钱。到了医院一看，那人果然是骨折。我朋友的朋友把钱给那人后，我们就一起出来了。结果你猜我们遇到了什么事？我们在街上转了一会儿，走到通远门那儿，忽然看见街上围了一圈人，走过去一看，原来又是一个出租车把一个骑自行车的人胳膊撞骨折了，要那出租车司机赔一万元。我们一看，那被撞断手臂的人正是我们刚才赔钱给他的人。我们过去揭穿了他的把戏，那开出租车的人这才知道自己遇到了'碰瓷'的，立即打110报警。警察来把这人带回去一审讯，竟然审出了一个专门'碰瓷'的犯罪团伙。这个犯罪团伙一共三人，他们都是同乡，'碰瓷'的时候有明确分工，有假装受伤的，有帮腔拉托的，有专门说事的。一般情况下，他们会事先将一名同伙的手臂用钢管打骨折，然后骑自行车有预谋地造成和机动车辆发生交通事故的事实，来诈骗钱财……"

听到这里，吴忠说了一句："天啦，这些家伙难道不怕痛？"

贺兴良说："后来听办案民警说，这伙人已经有了经验，经常是把手臂打到刚刚骨折的程度，并不很严重。而且民警还说，他们都是在确定作案前才将手臂打断，以至于送到医生那儿都很难判断是不是撞伤的？所以讹起人很厉害，叫你拿一万你不敢拿五千，因为人家手确实是断了的嘛!"

听到这儿，余正轩和吴忠都感叹说："真是林子大了什么鸟儿都有，这样的事也做得出来!"

贺世跃听他们说热闹，便好奇地问："啥叫'碰瓷'?"

杜德友说："听半天你还没有听出来？'碰瓷'就是拿自己身子去碰人家车

子，制造交通事故，然后让人家赔钱！"

贺世跃说："人怎么能够碰得过车子？"

贺兴良说："你以为是真碰呀？不过是刚一剐一擦一擦，逼人家拿钱而已！"

吴忠见贺世跃问，便说："怎么，老哥子也想去吃这一碗饭呀？"

贺世跃立即像是被人洞穿了心事似的，急忙红着脸说："胡说，谁愿意去吃这碗饭？"

贺兴良说："老叔，你别说不愿去吃这碗饭，只要你吃得下来，这比打工强多了！就像前面说的那位老大爷，三年时间就挣了十多万元，你做什么能挣到这么多钱？再说，你这么大的年纪了，即使警察把你抓住了，至多关你几天，还得供你吃，供你喝，有什么不可以的？"

贺世跃越听心里越有些蠢蠢欲动，嘴里却说："人活脸，树活皮，再多的钱，怎么能去做这样的事？"说着，便有意把话题岔开了问，"长云呢？"

贺兴良说："找小姐去了！"说完又笑嘻嘻地对贺世跃问，"这热的天，老叔刚才到哪去了？该不会也是去找小姐打炮了吧？"

贺世跃一听这话，便说："大不大，小不小，豌豆混到胡豆炒，你拿老叔开玩笑，也不怕遭雷打？"说完才说，"我去看曹德盛了！"

一听说看曹德盛，杜德友、余正轩、吴忠、贺兴良几个人兴趣又来了。吴忠问："曹德盛明天真的出院？"

贺世跃说："车票都买好了，明天一早就走。"

余正轩说："曹德盛一条腿就卖了二十万元，他是赚了！"

贺兴良忙问："怎么赚了？"

余正轩说："这比'碰瓷'合算多了，难道不是赚了？"

话音刚落，杜德友说："钱虽然赚了，可他今后走一步路都要拄拐杖，更别说干什么活儿了，不干活儿，拿什么生活？钱又买不到命，要是我，五十万也不愿意断只手！"

余正轩说："那有什么？现实而今眼目下，农村老年人反正也干不了个啥，残不残的都一样，不如用这种方式弄笔钱为自己养老！"

吴忠听了这话，也说："就是，有钱能使鬼推磨，手里有了钱，日子有什么不好过的？"

贺世跃听到这里，马上说："曹德盛用这二十万元钱，已经给他儿子在成都按揭了一套房子，儿子和他的女朋友都准备结婚了！"

余正轩听了也马上接口说："那也好呀，肥水没流外人田，儿子媳妇一高兴，往后他的日子起码有人管嘛……"

正说着，贺长云身上汗涔涔的，一头撞进屋子，看见大家还在摆龙门阵，便说："你们还没睡呀？"说完撩开上衣，把一个光生生的脊背就对着那台有气无力的电风扇。

杜德友见他把风挡住了，便不满地说："火气还没让小姐给泄下来呀？"

贺长云一听这话，便说："哪个去找小姐了？"

杜德友说："不是找小姐，这么热的天气出去干啥？"

听了这话，贺世跃便说："不要去找小姐，看像王兴友那样，死了划不来！"

贺长云说："老叔不要听他瞎说，我没有找小姐，我出去转了一转……"说到这里，突然想起似的，说，"石马街摔死了一个老婆婆，是从八楼跳下来自己摔死的……"

听到这里，贺世跃马上说："你也在场？我去看曹德盛时，也看见了……"

贺长云说："我没在场，我是在河边听人说的，现在全城都知道了，人们议论纷纷……"

贺世跃又忙问："哦，那大家上怎么说的？我在现场看见了她的尸首用黑布蒙着，她女儿伏在尸体上大哭，但不知她为什么要寻死？"

贺长云说："我也听得不全面，只是断断续续听人说，这老太婆丈夫死得早，有一儿一女，女儿早嫁出去了，早年还行，两口子都有工作，可现在两口子都下了岗……"

贺世跃听到这儿，打断了长云的话说："现在她女儿在菜市场摆了个摊卖菜。"

贺长云忙说："儿子二十多岁，还没娶亲，今年春天得了一个怪病，本来好好的，突然两只脚站不起来了。到医院一检查，说最低也要二十万元才能治。老太太哪来的二十万？找民政局，民政局也没办法，只能大帮小补一点。老太太东打听、西打听，不知是从哪儿打听到，说只要投了保险公司的人身意外伤害险，如果死了，就可以从保险公司拿到一笔钱。老太太于是东借西借，在一个多月前凑了一笔钱到保险公司买了 30 万的人生意外险，今天晚上便从八楼跳下来摔死了……"

众人听得目瞪口呆，说："真的？"

贺长云说："听说警察到楼上，看见她的保险合同，还有给儿子写的遗书，这还有假？"

余正轩马上问："那她拿得到保险公司的钱不？"

贺长云说："那谁知道？有的说拿得到，有的又说拿不到……"

杜德友说："拿得到个屁，她这是自杀，自杀不算意外伤害，保险公司不认账……"

贺兴良便说："那她不是白死了？"

杜德友说："肯定算是白死了！"

贺兴良又说："那还不如去'碰瓷'，多少还能得一些，又不丢小命。"

吴忠说："不是每个人都有勇气去'碰瓷'的……"

贺兴良说："她连楼都敢跳，还有什么不敢的？"

余正轩叹了一口气，像是为老太婆惋惜的样子，说："这老太婆哟，活着为儿为女不说，连死也想给儿子弄一坨钱，只是自己好心白费了！"

贺世跃听了这话，心底不禁也无限悲伤起来，说："她也是实在没办法，有办法谁愿意走这样的路？"

这一说，屋子里的气氛突然有些悲伤和压抑起来。杜德友便站起来说："不说了不说了，咸吃萝卜淡操心，睡觉了……"说着果然又开双腿和双手，往床铺上一躺，摆成了一个大字，睡下了。众人一见，也都住了声，像杜德友一样各自睡下了。

贺世跃躺在床上，心里像有几匹野马在狂奔着，怎么也睡不着。他脑子里乱糟糟的，一会儿是曹德盛对他说的话，一会儿是杜德友、余正轩、吴忠和贺兴良对他说的那些"碰瓷"的事，一会儿又是贺长云讲的那个老太太的事，便在心里叫道："天啦，世界上竟然还有这许多弄钱的办法，虽然不是很光彩，可如果弄到了钱，也能办成事呀！"又想，"像他们这样一颗汗珠摔八瓣挣来的钱，光彩是光彩，可挣一辈子也不能给儿子在城里买一套房子，如果儿子连媳妇都娶不上，那就十分的不光彩！这世界上那些弄大钱的人哪个光彩？可人家手里有钱，过着花天酒地的日子，就光彩得很，这世界本来就是颠倒着的!"这么一想，他又非常同情起那个为儿子治病而跳楼的老太太来。接着又想道："虽说无所谓光彩不光彩，可要是像这个老太太那样，丢了小命还不一定能给儿子挣回钱，这就太不划算了!"可是又一想，"这有什么不划算的? 你不大胆去试，怎么就知道能不能挣到钱? 再说，即使不能用命给儿子换回钱来，人反正都有一死，像那个老太太一样，往下一跳，几秒钟时间，便挣脱了人生苦海，一了百了，有什么不好的?"

这么一想，贺世跃便觉得这世界上的事，好处和坏处本来就是互相转化的。像曹德盛，残疾了一条腿是坏事，可得到二十万元钱给儿子按揭上了房子，又变成了一件好事，所以曹德盛才会那么高兴呢! 又比如这个跳楼的老太太，丢了性命当然是一件不幸的事，可要是得到了保险公司的赔偿，治好了儿子的病，自己的生命在儿子身上得到了延续，又何尝不是一件好事? 这样想着，贺世跃忽然像是有人往他身上注射了一支兴奋剂一样，全身都亢奋起来，加上天气热，愈加睡不着了。他似乎看见前面一条光明的阳光大道，而且愈发坚定了信心。他忽然又产生了想和人说话的冲动，可夜深人静，他不可能再到曹德盛那儿，把自己心里的想法一一告诉他。尽管天气很热，但杜德友、贺长云等人却已经睡得跟死猪一样，即使他们醒着，他也不可能把心事对他们说。想着想着，他忽然爬起来走到屋外，掏出手机给儿子打起电话来。

贺世跃打了很久，贺松才接电话。贺松显然是被贺世跃从睡梦中吵醒的，所以口气显得很不耐烦的样子，不等贺世跃说话，便在电话里说："爸，啥事呀，半夜三更的吵得人睡不着?"

贺世跃本来怀着满腔的喜悦和希望，想对儿子说一说曹德盛和老太太跳楼的事以及杜德友他们说的"碰瓷"那些故事，可现在一听儿子这种不耐烦的口气，突然觉得像是热屁股碰到了冷面孔一样，有些寒心了。但他毕竟还沉浸在自己的兴奋和想象中，觉得不对儿子说出来，也会憋得难受。想了想便冲着话筒大声宣布道："儿子，你放心，我一定会筹到钱给你在城里买一套房子的!"

说完，贺世跃也不等贺松回答，便挂了电话，心里像完成了一件大事似的轻松了起来，然后回屋睡觉去了。

第十二章　2011 年冬

　　贺松在听说了王艳的父亲因为嫌弃他们家的"两层半"太陈旧，而不同意让女儿和他谈朋友的消息后，尽管嘴上没说什么，但你却看得出来他心里实际上是窝着一股火的。那几天，你和曹银娥说话轻轻地，走路都踮着脚，生怕触燃了他心里那股火。直到他又重新出去打工后，你们才感到松了一口气。但房子的事情仍然压在你们心上，你虽然对儿子发了最迟不超过明年就是砸锅卖铁也要把房子改造好的誓言，可对于拿什么改造房子，你心里一点没有底。可再没有底，自己说过了这话，也一定要想法兑现呀。

　　过了大年十五一上班，你便跑到贺世海的公司里对他说："大兄弟，哥子想换换活儿，不知成不成？"

　　贺世海看着你问："换什么活儿？"

　　你说："我想去挖桩……"

　　贺世海没听你说完，惊得瞪圆了眼睛说："你知道挖桩是干什么的？"

　　你说："我当然知道，就是给房子挖地基的桩嘛……"

　　贺世海仍然没让你说下去，又说："你知道那些桩要挖多深？"

　　你又说："我知道，深的有二三十米深嘛！"

　　贺世海说："既然你知道要挖这么深，知不知道挖桩随时都会出危险？"

　　你说："这我也知道，但不瞒兄弟说，我现在改造家里的房子急需要钱！"说完便把贺端阳给贺松介绍对象的事说了一遍，说完又说，"你看，房子不改造，你侄儿连对象都不好要，我不想法多挣点钱怎么行？"

原来贺世海工地上的工人大致分成三个档次，第一个档次就是那些普通的小工，他们不需要什么技术，只需要力气就行，一天的工资是八十元。你过去就是这样一个小工。第二个档次是那些有特殊技能的人，比如木工、泥水工、漆工、电焊工等，他们的工资要比普工每天高二十到三十元左右。工资最高的便是挖桩工了，这活儿既是苦力活，也是技术活，又是危险活，如果挖得顺利，每天工资可以高达一百五十元到两百元，但因为危险，一般人都不愿去做。现在贺世海的"爱丽舍宫国际花园"小区刚刚开工，你知道他需要挖桩的人，因此便向他提出了这个要求。

　　贺世海没有立即答复你，半晌才说："算了，哥子，一笔难写两个贺字，看在一起长大的分上，我劝你还是不去做这事！你都这把年纪了，挖桩的人都比你年轻，他们不但手脚比你有力，有什么意外反应也快。你就在地面做点杂工，钱虽然少点，却安安全全的，有啥不好？"

　　你一听有点急了，说："兄弟，我可以给你立下生死状，我是自愿去的，出了什么事绝不找你。再说，我虽然年纪大一点儿，可你也晓得的，我从小干活，身子骨也还行，手上的力气不比年轻人差，不信你找个年轻人我们可以试试！"

　　贺世海听了你这话，好像不答应有些怪对不住你似的，沉吟半晌才说："既然是你执意要去，那就去和曹德盛搭一班儿吧，他是个老挖桩工，经验丰富，年纪也比你小不了几岁，你跟他学吧！"说完又嘱咐说，"能挖多少就挖多少，安全是第一的，啊！"

　　一听这话，你高兴了，立即站起来对贺世海鞠了一躬，然后去了。

　　第二天，你便和曹德盛一块上工了。在工地上，你和曹德盛几乎每天都见面，但因为不在一个班组，就很少说话，不过两人还是认识的。他一看见你，便问："你和董事长真是从小一起长大的？"

　　你说："怎么不是，小时候，他成天跟在我屁股后面屁颠屁颠的呢！"

　　曹德盛便用疑惑的目光看着你问："那他怎么安排你来挖桩？"

　　你一听这话，便说："不是他安排的，是我主动要来的……"

　　曹德盛打断你的话问："为啥？这活儿危险性大，你知道不知道？"

　　你说："我怎么不知道，但我更需要钱！"说着把家里的事说了一遍。

　　曹德盛听后笑了笑，说："那我两个是半斤对八两，配神了！"说着便把他家里的情况也对你说了一遍。你这才知道他的儿子研究生毕业了还没找到工作。你当时想："真是家家都有本难念的经，儿子读完了研究生没有工作，老子还要冒着生命危险挣钱！"

曹德盛见你沉默不语的样子，便说："来吧，变了泥鳅就不怕糊眼睛，我们开始干吧！"说着，将外面的衣服一脱，只穿着一件贴身的褂子，从褂子里看得见他干瘪的身体和满身的排骨。他又将一顶安全帽往头上一戴，提起镐头说："你就在上面开卷扬机、吊接和倾倒泥渣，我下去挖！"

你朝那桩井一看，约有八九米深了，你见曹德盛往钢丝吊绳上的装渣土和碎石的大铁桶里走，忽然一把将他抓住了，说："我下去，你在上面开吊车！"说着不由分说，也唰地脱了身上的外套和毛衣，同样露出了膀子上黝黑的皮肤，接着又夺过了曹德盛头上的安全帽和手里的镐头。

曹德盛想了想，便说："那也行，反正我们都是要轮流来的！"说着又催他说，"那就快下去，别感冒了！"

你一听这话，便马上爬进那个大铁桶里蹲下身子，曹德盛又往铁桶里塞了一把电动钻机，说："遇到镐头刨不动的，就用钻机把石头打碎！"一面说，一面打开卷扬机电源，那铁桶慢慢离开地面，又慢慢落进桩井里。你感觉到那铁桶在井道里摇摇晃晃，就仿佛一架"升降电梯"。

下到井底，你才发现这个桩基直径大约在两米五左右，井壁泥沙中夹杂着卵石和贝壳之类的东西。过去你就听人说过，县城这个地方，很久很久以前曾经是汪洋大海，后来不知怎么就变成了陆地。看见这些沙土、卵石和贝壳，你就相信那些人的话说得不假。你爬出铁桶，拿起镐头便挖了起来。挖了一阵，你才知道所有到井下挖桩基的人为什么在这寒冷的季节里，都脱得只穿一件褂子，原来桩基都是一个直井，没有岔道通风，因此井下气温要比地面高好几度，井越深，气温越高；二是井下地方狭窄，加之沙土乱飞，任穿什么衣服，不一会儿便会被泥沙糊得酱茄子一般。你挖了一阵，便用铁锹将泥土铲进铁桶里，然后摇了摇铁桶上的钢丝绳，曹德盛见了，马上开动吊车电源，把铁桶吊了上去，将泥土倒在旁边，又将铁桶吊下来。

一天的时间里，周而复始，第二天曹德盛下井去，你又在上面开卷扬机，吊接和倾倒渣土。

一连干了几天，并没有见什么危险，你便不以为然了，说："说起危险，我看也没有什么！"

曹德盛听了这话，便说："你才挖几天桩基，知道个啥？地底下的事情，危险说来就来，又不给你报信！"

你问："具体有些啥危险？"

曹德盛说："危险多着呢！比如从地底下涌水或泥浆上来，又比如从上面掉石头下去，最危险的是井壁塌了，把你一下埋在井里……"

你还没听完，便伸了伸舌头说："妈呀，要是一下埋到井里，那还有啥活命？"

曹德盛说："你晓得没活命，干活的时候眼睛就要放机灵点，发现有啥不对，就赶快爬到铁桶里摇动钢丝绳，上面的人好尽快把你吊起来！"

你说："知道了！"

真被曹德盛说中了，坏运气说来就来，这天你下到井里不久，便遇到了一块大石头，你用镐头刨，可一镐头下去，石头只溅出一个白点子，而你的虎口却被镐头震得发麻。你以为自己还不够用力，正了正安全帽，又往手心里吐了口唾沫，两只手互相搓了几下，将镐头举到头顶，嘴里"嗨"了一声，将镐头重重地砸在石头上。可石头仍然没刨动，而手中的镐头"哐当"一声，被石头巨大的反弹力给弹到了地上。你见石头实在坚硬了，挥了挥酸痛的手臂，又拿起电动钻机钻了起来。一连钻了二十多钻，那石头终于敌不过钻机，开始一块块地碎了。可正在这时，你忽然听到脚底下一种"咕咕"的声音，仿佛像螃蟹吐泡似的。同时，你感到脚底一阵冰凉，一种黏黏糊糊、温热的东西在往鞋子里钻。你低头一看，突然吓住了：原来从碎掉的乱石缝中，一股比碗口还粗的流泥像莲花似的，正往上喷涌而出，迅速漫向四周。你怔了一会儿，知道从地底下冒泥流了，于是连钻机也顾不得拿，迅速而敏捷地跳进铁桶，一边摇动铁桶钢丝，一边又朝上面大喊："赶快开卷扬机，遇到泥流了……"

曹德盛在上面听见，急忙开动卷扬机，将你吊了上去。你是第一次遇到这样的事，升到地面，你心里还在"咚咚"地跳。歇了一会儿，你和曹德盛才朝井下看去，只见流泥在飞速地上升，一边冲荡着井壁，一边发出唰唰的声音，仿佛十分愤怒似的。

曹德盛看了一会儿，才对你说："算你运气好，发现得快，要是晚了，你就完蛋了！"

你惊魂未定，半晌才说："怎么办，挖了几天，工夫就这样白费了？"

曹德盛说："还能怎么样，只能算我们运气不好！"说完又说，"报告贺兴仁，看他们怎么说吧？"

你听了这话，便去报告了贺兴仁。贺兴仁带着技术员来看了看，第二天便调来了两台抽水机将井里的泥浆抽出来。两台抽水机日夜作业，抽了一天一夜，才把井里的泥浆抽干，技术员又制定了新的作业方案，增加了模板加固井壁，你们这才又重新下井作业。经过这样一回事，你终于知道了挖桩基的危险性，从此干活小心了许多。

还有一次，你正在井底加固井壁时，一块拳头大的石头突然毫无征兆地从上面掉了下来，不偏不斜地砸中了你的肩膀。顿时，你嘴里发出一声痛苦的叫喊，一下子倒在了地上。上面曹德盛吓坏了，急忙喊来人，手忙脚乱地把你从井下运了上来。曹德盛一见，鲜血从你肩胛骨上直往外冒，把你贴身的衫子也浸红了。曹德盛急忙报告贺兴仁，贺兴仁叫来车，把你送到县医院里。你在县医院躺了七天，幸好没留下残疾，回来又去上班了。

就这样，你坚持到了把"爱丽舍宫国际花园"小区一期工程的所有桩基挖完，在工程完毕结算的时候，你拿到了比过去做杂工时高出一倍多的工资。

你以为还像十年前一样，加一层楼不过两万多块钱，加上外墙瓷砖，最多不超过四万块钱。可是等到就要动工时请人来一算，你吓了一大跳——没有六万到七万块钱，你别想把房子盖起来。也就是说，现在你还差三万块钱。你又犯愁了。曹银娥见了，便劝你道："要不然就往后再推一两年，等钱凑齐了再动工吧！"

你说："要是只有我们两个住，再推十年八年修都行，可眼下儿子年龄这么大了，万一今年回来过年又有人给他介绍对象，又因为房子耽误了婚姻怎么办？所以这事是三十天的磨子——再没推的了！"

曹银娥一听也犯起愁来，说："可手里没刀杀不死人，又不是差一点点，几万块钱从哪儿去找？"

你想了想，突然说："我们去给亲家开个口，跟他借两三万块钱，但不知他会不会答应？"

曹银娥说："这也是个钉耙抓进去，挖耳勺舀出来的人，晓得他答不答应借？"

你说："又不借久了，最多明年年底就还他！"

曹银娥说："那你去试试吧！"

说来也巧，第二天女儿贺英就来了。贺英的夫家姓李，一共三弟兄，如今老大老二都已结婚成家，只有老三还没找上对象。起初，贺英和丈夫以及老二夫妻俩、老三和老公公都在外面打工，老公公把老三管得很严，父子俩打了几年工，手里攒了一点钱，父子俩便回到县城，租了一间门市做起了专卖建筑瓷砖的生意。贺英和丈夫以及老二夫妻俩在外打工的时候，孩子都留在家里让他们的奶奶照管，老三和老公公在城里开起瓷砖门市后，把老婆婆叫去给他们做饭兼照看门市，孩子没人照管了，贺英只好回到家里照看孩子。贺英来后，你把想借钱的事跟女儿说了。女儿自是做不了老公公的主，想了半天才说："这老头一心要给他幺儿在城里买房子娶亲，把钱口袋看得梆梆紧，晓得他答不答应借？"

你说："管他借不借，你回去说说试试看嘛！"

女儿不好推辞，第二天果然进城去，可她也不好先开口对老公公说，怕吃闭门羹，先进屋子里对老婆婆说了。因为婆婆在家里照看自己的孩子，两个儿媳中，贺英平时对婆婆最好，婆婆也因此最喜欢她。听了儿媳妇的话，老太婆便也硬着头皮出来对丈夫说了。那天老公公不知遇到了什么喜事，一看儿媳妇来给娘家借钱，不看僧面看佛面，一高兴竟然满口答应了，说："又不是外人，叫你爹来拿，我把生意上的周转金借两万块钱给他！"

贺英喜出望外，急忙跑到工地上来对你说了。你一听，连声说："这下就好了！这下就好了！"

贺英说："爸，你抽时间去拿吧，我的任务算完成了！"

你说："好的，好的，我明天就去拿！"

当天下了工，你就急忙往家里赶。一到家里便对曹银娥说："老婆子，亲家那边答应借钱了，家里有啥可以做礼物送人的，你快找些出来！"

原来，你和贺英的老公公虽然都同在一个县城里打工和做生意，可因为你两个都舍不得花钱，平时也没什么来往，现在要到人家那儿借钱，总不能打着两只空手去，哪怕是遮手也要拿点儿什么才像样。曹银娥听了，说："农村家庭，除了土地里长的东西，有啥送礼的？"

你说："那就把花生、苕粉这些东西也准备一点吧？"

曹银娥说："他们的包产地也一样种起的，还不是有这些东西？"

你说："他们有是他们有，我们送是我们送，各是各的意思嘛！"

曹银娥听了这话，不吭声了，果然从缸子倒出十斤花生，二十斤苕粉，给你装在了一只小背篓里。第二天走的时候，你又从鸡笼里捉了一只大公鸡，这些东西虽然没拿现钱去买，可要真到市场上去买，也得花两三百块钱呢！你觉得自己也够大方的了。

到了亲家的店里，老家伙正坐在柜台后面算账，俨然一副老板的样子，看见你去了，也没起身迎接，只抬起头淡淡地看了一眼，说道："哦，亲家来了，快坐快坐！"

你把背篓放下，把公鸡放到柜台后面的角落里，那鸡一落地便想要扑腾，可惜翅膀和两只脚都被捆住，没扑腾起来。然后你又把花生和苕粉拿出来放到柜台上，说："很久都没来看亲家，也没什么拿的，就一点地里产的，给亲家下酒！"

那老东西这才灿烂出一脸的笑来，说："哎呀，亲家，来要就是了，还送啥子礼嘛？"说完又急忙对老婆子喊道，"还不快给亲家倒茶！"

那老妇人果然捧出一碗茶来。你一边喝着茶，一边等着那老东西说钱的事，可等了半天，那老家伙一个字不吐，只顾把脑壳埋在账簿上，一边按着计算器，一边蹙眉皱眼地说着什么。你见他不说什么，便只好先挑起话来说了："亲家，昨天贺英来说那借钱的事……"

老东西没等你说完，便使劲眨了眨眼睛，装作记不起来的样子说："钱，啥钱？"说完愣了一下，又马上做出想起了的样子，突然说："哎呀，亲家呀，真是不好意思，我是答应了借两万块钱给你，可是实在不凑巧，昨下午一家供货商来收账，说我再不付款，他就停止供我的货了！实在没办法，我只好把两万块钱先付了货款！你看你看，我现在手里一分钱的周转资金都没有，正在犯愁呢！"

你一听这话，脸上的皱纹全僵住了，张着的嘴半天没放下来。你知道这老东西昨天当着贺英的面答应了借款，没准女儿一走他便后悔了，现在是拿这话来搪塞自己呢！自己正想回答，那老东西突然又说："这样吧，亲家，不是外人，你那房子就稍微缓一缓，等我货款收回来了一定借给你！"

你一听这话，觉得还有点希望，便又笑着问："亲家，什么时候货款能回收回来？"

那老东西说："那可没一定了！"说完又叹了一口气说，"亲家，不哄到你，现在生意实在是不好做了！"

你听了这话，再也没有说什么，扭头便往外走，那老东西见了，急忙喊："亲家，你怎么走了？吃了饭再走呀！"

你站了一站，突然回转身，又进屋去将柜台上的花生、荅粉装进背篼里，背在背上，又去柜台后面的地上提起鸡，这才走了。一边走一边心里想："我可不能猫儿没买到还丢了口袋！老东西，你要我，从此我再登你家门一步就不是人！"

贺英听说她老公公把说出来的话又收了回去，不答应借钱给你了，觉得非常对不起你们。这天，她又来到工地，把你叫出来，先对你说："爸，你不要生气，我们家里那老东西就是那样一个人，只有挖进去的，没有掏出来的，生怕你们还不起他的钱！"说着从口袋里掏出一个方方正正的纸包，才又接着说，"我这里有一万块钱，你们先拿去用到！"说着把纸包塞到你的手上。

你一听，愣了，半天才说："你们家里两个娃儿读书，你又不能出去打工了，哪有宽余的钱？"

女儿说："这你不用管，爸，我们打紧一点用吧！"

你一听这话，心头一热，便说："那好吧，明年老子就还你！"

女儿说："还啥，又不是外人……"

还没说完，你急忙说："要还，要还，老子一定要还的！"说着收了钱，两眼看着女儿离去。女儿走远以后，你才自言自语说了一句："还是自己生的好呀！"

可是令你高兴的事还在后头，晚上，贺松打电话回来了，一开口便说："爸，你不要到处向人借钱了……"

你一听这话，便问："你怎么晓得我借钱的事？"

儿子说："姐姐打电话告诉我的！这年头，有几个人愿意白白地把钱借给你？"

你说："不借钱房子怎么修得起来？"

儿子说："爸，这些年我在外面打工，也没挣到钱，手里现在有两万块，明天我就给你寄回来，你就不要去借了！"

你一听，简直是大吃一惊，说："你哪来的钱？"

儿子说："你别管，反正不是偷来的，也不是抢的，你放心地用！"

听了这话，你拿电话的手都激动得哆嗦了起来，便忙说："好，儿子，你真是我的好儿子，你可帮老子大忙了！"那样子如果儿子在你面前，你一定会激动把他搂在怀里。

挂了电话，你心里还久久不能平静，第二天下午下了工后，你连夜赶了几十里路回到家里，把这喜讯告诉了曹银娥。你为什么会这样高兴？原来在贺家湾人的观念里，给儿子修房造屋、娶妻成家是父母的责任，不管父母有多大困难，都要想法去完成。至于儿子本人在这期间如果有钱，愿意帮助父母就帮，如果没能力帮或者有能力不愿帮，也不会受到村里人的谴责。更重要的是年轻人在外面日常花销大，湾里有许多像贺松一样没成家的条子娃儿在外面打工，挣的钱连维持自己日常花销都不够，还得回家向父母要钱。你在外面打工也亲眼看到一些没成家的小伙子，他们基本都是"月光族"。所以社会上有一句话，叫作"没成家的小伙子是存不住钱的"！贺松这些年虽然没拿过钱回来，但也没有向你们伸过手要。在现在这个关键时期，他还拿出了两万元钱帮助家里，所以你怎么能不感动呢？你对曹银娥说："我们的儿子真是好的，从小我就看出他听话！我在外面亲眼看到的，现在的年轻人可不像我们这些老家伙，啥都要爱美，衣服要穿名牌，鞋子也要穿名牌，还要把个头发烫得怪模怪样，染得红红绿绿，我们看起来像个鬼王菩萨，可人家就觉得好看。这好看不是白来的，从头到脚都需要花钱。除了这些，手机也要玩最好的，三天两头又要换，生怕赶不上潮流。还有 MP4、上网、打游戏，唱歌、跳舞，偶尔还要邀朋约友出去'撮一顿'，又是喝酒又是抽烟，你说这些花费有多大？可这些都是正常的交往，想来哪个年轻人也避免不了。更重要的是，如果一谈恋爱，在女朋友面前又要绷面子、充大方，花钱更是像流水，你说年轻人挣那点钱哪会有剩余的？可现在修房子儿子还拿两万块钱出来，你说是不是好儿子？"

曹银娥听了也笑着说："是是是，世界上只有你的儿子才好！俗话说的嘛，儿子是自己的好！"

你听了笑而不答，可心里却像哑巴拾黄金——有说不出的快活。

很快你便请来工人扒了"两层半"上面的屋顶，开始加盖起楼层来。可是这年冬天，老天爷像是有意和你们作对似的，刚扒掉屋顶，便绵绵阴雨不断，一连下了半个多月，虽然你采取的是"包工不包料"的施工方式，不用支付由于阴雨而耽误的工人的工资，可是阴雨却给你们的生活带来了很大的不便。由于屋顶扒掉了，雨水顺着水泥预制板的缝隙滴答滴答地漏下来，把屋子里的东西都淋湿了。没淋到的东西，也潮湿得一把能拧出水来。以后天气又是时晴时雨，像个脾气乖戾的孩子。因此，一层楼房从冬月修到腊月方才建成。

主体工程一完成，你到城里去买外墙瓷砖，你大大咧咧地走到亲家的瓷砖门市前，故作亲热地喊了一声："亲家好呀！"

那老东西抬头一见是你，显得有几分不好意思，说："哦，原来是亲家呀，啥子风把你给吹来了，快来坐！"

你故意大声说："不瞒亲家说，我房子修好了，今天专门来买外墙瓷砖呢！"

那老东西一听，以为你是到他店来买瓷砖，立即喜得合不拢嘴似的说："那好，那好，亲家进来看，看上哪样牌子的拿就是，价钱我一定优惠！"

你听了，过了一会儿才说："哎呀亲家，你怎么不早说？房子才动工，我就在廖五儿那里订好了屋里屋外所有的地板砖和外墙瓷砖呢！价钱吗，那也是绝对的优惠！"一边说，一边拿眼去瞅亲家，只见那老东西一听你的话，脸上皱纹也和你当初一样僵在了那儿，愣愣地不知说什么好。你一见，心里却像是乐开了花，窃喜道："这叫君子报仇，十年不晚！"嘴上却说："不过亲家放心，下次如果修房子，一定先到你这儿来买！"说完便昂首挺胸地走了，把一个目瞪口呆的亲家给扔在店里。从此以后，你们两亲家便像仇人一般再没往来。

重新加高并粉刷和装饰一新的楼房如鹤立鸡群般屹立在贺家湾的青山绿水中，吸引了很多人来看。你很满意，也很自豪和骄傲，觉得这才是真正办成了一件大事。你和曹银娥商量，准备请一次客，一是祝贺新房成功，二是拜托三亲六戚、团方四邻给儿子做媒，早日完成贺松的亲事。曹银娥答应了，于是你们又加紧准备起来。可是令你万万没有想到的是，曹银娥突然离你而去了。

曹银娥的死，事前没有任何征兆，她身体一直很好，连感冒也很少。这天，你们两口儿都蹲在地上，用刮刀刮着溅到地砖上的点点墙面漆的痕印。刮着刮着，曹银娥像是蹲累了，站起来伸了一个懒腰。可刚刚把手臂伸开，手里的刮刀突然"哐当"落到地上，接着身子摇晃起来，还没等你明白是怎么回事，她便像棉花条似的一下瘫了下来。你急忙过去抱住她，嘴里喊道："怎么了？怎么了？"

可是曹银娥已经说不出话来，只是两只大眼紧紧盯着你，从嘴角溢出带着鲜血的白沫。同时身子不断哆嗦，双手颤抖，你看见她想把双手举起来却没法举动。你急了，一边喊着："这是怎么回事……"一边把她抱到床上。

你把她放到床上后，看见她想用手来抓你，你急忙把她的手握到了自己手中。你听见她嘴里"叽叽咕咕"在说着什么，却一句话也听不清楚。过了一会儿，你突然意识到该去叫贺万山来，于是松开她的手，也不管她听得见还是听不见，对她说了一句："你等一会儿，我去叫贺万山。"说着撒开腿便跑去了。

没一会儿，你带着贺万山来了。贺万山现在也老了，基本不到外面行医，但在本湾偶尔还看看病人。他走到曹银娥床前，拉着她的手诊了一会儿脉，然后掰开曹银娥的眼睛，举起一支手电筒照了照，看见曹银娥的眼睛已毫无反应了，便立即泄气地对你说："没救了，准备后事吧！"

你一听犹如掉进了冰窟窿里，全身上下都凉透了，半晌才带着哭腔说："怎么这么快……"

贺万山说："瞳孔都放大了！"说完又说了一句"准备后事"的话，然后提着药箱就走了。

贺万山才走出门，这儿曹银娥就咽了气。

曹银娥一死，就像大厦突然失去支撑一样，整个家庭"哗啦啦"地全坍垮了下来。这时候，你才知道一个好女人对家庭的重要。你也没心思请客了，也不知道该怎样料理儿子的亲事，成天只陷在悲痛里。儿子在他母亲死后也马上乘飞机赶回来了，这时你才知道儿子对母亲的感情有多深厚。他趴在母亲的尸体上放声大哭，哭声一点儿不亚于他姐姐，许多人去拉他也没把他拉开。埋葬了他母亲以后，已是年关底下，儿子也没走，每天都像闷葫芦一样沉默不语，仿佛霜打蔫了的一般。正月里，有人给他介绍了两门亲事，他也打不起精神，到街上和姑娘匆匆见了一面，什么也没有说便离开了。大家见他心不在焉的样子，知道他还没从丧母的悲痛中回过神来，说媒的人便也少了，这样贺松的亲事又没成功。

正月初二，你坐在屋子里，眼神空洞无神地看着屋顶，想起曹银娥好好的突然就死了，是不是贺福来没给他把风水和动土的日子看好，这屋子犯了冲，不宜再住人了？一想到这里，你便急忙往贺福来家里跑去。

贺福来听了你的话，却说："你们房屋的风水一点也没问题，只管放心大胆地住！"

你听了，还有些不相信，说："那你婶怎么就死了呢？"

贺福来说："你那房子'两层半'时，一家人安然无事，说明大家都消受得起，现在突然长了一层，有人便会消受不起，所以婶活蹦乱跳地说去就去了！"

说完，贺福来又让你报出曹银娥的生辰八字，然后扳了半天指头，又对你说："老叔，我说个实在话，婶的死跟房子没一点关系，是她自己的命运比较微弱，所以看到要享福了却突然走了。"

你说："享啥福？福在哪儿？"

贺福来说："房子修得这么好，怎么不是福？她是生来就没有享福的命！我给你说，你们两个的命，一个强一个弱，幸好婶是遇着了你！你的命强，婶的命弱，你恰好保护了婶，所以婶才一直活得很好。要不是你命运的强势，婶早就死了！"

你一听这话，忙说："那她现在怎么又死了呢？"

贺福来说："这是因为如今老叔你老了，这命也和人一样，年轻时身体好，命就强势，年纪一大，身体一衰，命也就跟着衰了，这时别说保护别人，就是自己有时也保不住。所以你如今再没有多余的命保护婶，婶就离你走了！"

你听了贺福来这话，也不知是真是假，但心里好受一些。

儿子一直在家里守到给他母亲烧了"三七"后才走。儿子走后，你倍觉冷清，便也将屋子收拾了，锁上门，去了县城工地继续打自己的工。曹银娥死后，儿子和你似乎突然生疏了许多，除了偶尔打打电话问候一下，这年春节也没回家，而过去他母亲活着的时候，无论多忙或车票有多难买，儿子过年总是要回家的。直到今年春节，他带了吴娴回家，你才感到了那种来自血缘的浓浓亲情。

第十三章　2013 年 9 月

　　贺世跃向儿子夸了大话，说一定会筹到钱给他在城里买一套房子，说完这话后，便在心里谋划怎样来实现自己的计划。最主要的计划便是想法制造一起工伤事故，只要不丢掉性命，不管伤到哪儿都行，然后像曹德盛一样从贺世海那里获得一笔工伤赔偿，儿子就可以在城里把房子买上了。即使丢掉了性命也不要紧，那样儿子还会获得更多赔偿，反正自己已经活了六十来年，迟死早死都是个死，只要死得痛快，像曹银娥那样说去就去，不要长麻吊线地受折磨就行。主意打定了，可老天像是故意不遂他的心愿似的，这时贺世海的"爱丽舍宫国际花园"小区二期已接近尾声，只剩下很少几个外墙墙面的瓷砖没有贴完。而贴墙砖是技术活，贺世跃不在贴墙砖的工人之内，他只在地面做一些诸如栽花种草、绿化小区的杂活儿。即使他在贴墙砖的技术工人之列，要想制造一起别人一点看不出破绽的工伤事故也并不容易。因为那工人站在里面贴墙砖的吊篮很深，要想从吊篮里掉下来，除非吊篮穿了底，或者上面的钢丝绳断了，否则无法掉出来，而这两者出现问题的概率，几乎是千万分之一。当然还有一种办法，那就是从吊篮里翻出来掉到地下，但那样一来，连傻瓜都能看出来这是故意的，到时别说获得赔偿，甚至还会落下笑话，这样的赔本生意，贺世跃自然不会去做，何况他连这样做的机会也没有。现在，贺世跃除了自己拿头往墙上撞，百分之百出不了安全事故，因此现实而今眼目下，贺世跃无法实施自己的"伟大"计划。

　　随着时间一天天过去，贺世跃想制造一场工伤事故来获得贺世海赔偿的愿望越来越渺茫，而儿子和王霞谈朋友也不知谈得怎么样了？他想打电话问问儿子，却又怕贺松问他在城里买房子的事进行得怎么样了？因此心里越发焦急起来。

这天晚上吃过晚饭，他心里郁闷，便一个人走出屋子，像几个月前听说儿子和吴娴分手、又打不通儿子电话那天晚上一样，顺着公路两边的人行道漫无目的地溜达起来。"秋老虎"肆虐的日子已经过去，一股儿一股儿的风也像他一样，满怀心事地在空中游荡，给他带来一阵阵凉意和一股股汽油和灰尘的味道。月亮也从深蓝色的天幕上露出了脸儿，向大地投射着她那银色的光华。如果是在贺家湾，贺世跃一定能感觉到这银色的光华，感受到屋后竹林浓重的阴影投射到大地上，感受到微风中竹叶婆婆娑娑的絮语，像是对月光吐露心曲，感受到堰坎上那几棵老柳投在水面上朦胧的阴影，和水塘里那几声孤独的蛙鸣。可在这儿贺世跃却什么也感受不到，因为公路两边璀璨的、银白色的路灯，早已将月色那点温柔的光辉一口吞下了。一棵棵行道树虽然也投下了一团阴影，可这阴影与月光下的树影截然不同。月光下的树影影影绰绰，给人一种朦胧的美感，而此时路灯照耀下的树影，则是一团浓重的暗黑，像是墨泼出来的鬼怪一般，有种吓人的感觉。

走着走着，贺世跃忽然想起杜德友、贺兴良他们说的"碰瓷"的事，心里忽然一亮，便想道："既然在工地上找不到制造事故的机会，不如也去碰碰瓷！如果成功，几千、几万块钱不就拿到手了？碰多了，给贺松买房的钱不就解决了？"

这么一想，贺世跃突然兴奋起来，有了一种蠢蠢欲动的感觉，于是便朝公路上看去。却见一辆辆大大小小的汽车像一群群怪兽一般，亮着两道柱子一般锃亮锃亮的、晃得人睁不开眼睛的光芒，响着喇叭，挟裹着空中的风和地面的尘，呼啸着朝他滚滚而来。还没等他把车身完全看清，便从他身边飞驰过去了。他一看，忽然犹豫了，想："这怎么去碰？还没等走近它，它就跑过去了！"他又想起杜德友、贺兴良说的，"碰瓷"的人是要在旁边等着，看见车开过来了，才朝车头冲过去，趴在车盖上或倒在车前面。道理自己是懂了，可是真要做起来，他又害怕了。他想："即使是自己从旁边向车头冲过去，可这样快的速度，恐怕还没等自己趴到车盖上，那车子早把自己给撞得像王兴友一样了……"

一想到这里，王兴友那分成了两半的脑袋和身子立即出现在贺世跃面前，他的心马上"咚咚"地狂跳起来，仿佛又回到那天在殡仪馆第一次看见王兴友尸首的恐怖中。贺世跃两条腿肚子忽然打起哆嗦来，心里便又不断说着："这可不行，不行！再怎么死，也得为自己留个全尸，像王兴友这样凶死了，不但阴司不收你，连给你裹尸的人都找不着，后人见了也害怕，这个我不能做！"想着，贺世跃便把"碰瓷"的想法也从心里抹去了。他不是害怕死，只是想死得有尊严一些，可怎么才算有尊严，他一时想不好。对着滚滚而来的车流他看了半天，最后又只得无可奈何地回去了。

回到屋子里，杜德友、贺长云、余正轩、吴忠、贺兴良都还没有睡，正在热烈地谈着什么。一见贺世跃，贺长云便问："你到哪儿去了？"

贺世跃说："我出去转了转。"

贺长云问："是出去转马路呀！"

问完，也不等贺世跃回答，马上拉起贺世跃便往外走。贺世跃不知贺长云要干啥，忙问："做什么呀？"

贺长云说："到时候你就知道了！"

两人来到屋子下面的空地里，贺长云这才对贺世跃问："兴仁被人打了，你知道不？"

贺世跃一听这话，急忙问："兴仁怎么被人打了？"说完马上又问，"什么人吃了豹子胆敢在太岁头上动土？"

贺长云说："还有什么人？'通海商贸城'的拆迁户嘛……"

贺世跃一听明白了，便说："他怎么去和那些钉子户打起来了？"

贺长云说："'通海商贸城'那儿的拆迁户嫌补偿不合理，一直不愿搬迁，县上拆迁办不是去拆了很多次都没拆下来吗？"

贺世跃说："我听说过这事，还听说上过电视，县上见他们阻碍着不让拆也没办法，但兴仁怎么会挨打呢？"

贺长云说："老叔你还不晓得，世海老辈子见这儿的工程快完工了，可那边的工程拆迁还没搞下来，还不知要拖到啥时候，心里着了急，便去请示了县上领导……"说到这儿，贺长云突然把声音压低，又前后看了一眼，才接着对贺世跃说："这话你晓得就行了！县上领导没公开表态，却默许世海老辈子亲自组织人员去拆。今天下午他让兴仁带着几十个人开着机器先去试探一下，没想到那里的拆迁户抱成一团，兴仁带着人刚走进村里，就和拆迁户发生了冲突。拆迁户人多，人心又齐，将兴仁带去的人打了个落花流水，兴仁也受了伤，现在还在医院里呢！"说完又说，"我以为你刚才就是看他去了！"

贺世跃忙说："你现在不说，我还不知道呢！"说完忙又问，"那我们现在怎么办？"

　　贺长云说："我刚才去问了贺七成、贺永生、贺银庆和贺长奎几个贺家湾人，想邀约到一起去医院看看兴仁，好歹都是一个祖宗下来的，我们在世海老辈子手下打工，虽然没捡多少便宜，可也没有亏待过我们，从没欠过我们工资，有什么困难找他帮忙，也是帮了的，我们都不去看谁去看……"

　　话还没说完，贺世跃就说："你们什么时候去，我也和你们一起去！"

　　贺长云说："我去问长奎，长奎却说，下午他也去了'通海商贸城'拆迁现场，他虽然没有挨打，可兴仁挨打的事他是亲眼看见的，便跑回来对世海老辈子说了，问世海老辈子怎么办？世海老辈子却说，'别慌，你们今天晚上该睡觉就睡觉，别咋咋呼呼的，需要你们的时候，我自然会通知你们！'长奎便叫我们今天晚上不要去医院看兴仁了，等候他的通知，我们便没去了。"

　　贺世跃听了忙问："贺世海会有什么事通知你们？"

　　贺长云说："癫儿头上的虱子——明摆着，你想想世海老辈子是什么人？往大里说，就像不倒翁掉在了血盆里，是领导眼里的大红人，往小里说，最起码也是桅杆上吹螺号——远近有名（鸣）的名人，既有钱又有势，如今他的亲侄儿兼副总被人打了，他能咽得下这口气？他如果不报这一箭之仇，今后他还怎么在江湖上行走？"

　　贺世跃说："你说得是，他肯定不会就这样罢休的。"

　　贺长云说："所以我对你说一声，如果长奎打电话通知我，我再喊你，我们一起去就是了。"

　　贺世跃忙说："行，到时你喊我一声就是！"

　　说完，贺世跃便往屋子里走。贺长云又一把拉住他说："到了屋子里什么都不要说，自己睡觉就是！"

　　贺世跃又忙问："为啥？"

　　贺长云说："现在工人都知道兴仁挨打的事了，大家议论得很凶，人心也很复杂，有人同情，也有人幸灾乐祸，所以你少说这事为佳！"

　　贺世跃听了，便说："我只装哑巴和聋子就是！"

　　说着，两个人这才走进屋子。贺世跃果然什么也不说，倒在床上便睡了。

一觉醒来，天光已亮，贺世跃朝贺长云、贺兴良的床铺上一瞥，发现他们的床铺都空着，便对余正轩问道："贺长云和贺兴良呢？"

余正轩道："谁知道呢？半夜时候，有人给他打电话，把我惊醒了，我看见他接了电话，去把贺兴良摇醒，两人说了几句悄悄话，然后就出去了，哪知道他们干什么去了？"

贺世跃还没答话，杜德友便说："深更半夜的还能干什么？两个人准是一起出去'打炮'了……"

吴忠说："'打炮'还能打一夜？"

杜德友说："饿狗儿滚粪凼——饱吃一顿嘛……"

正说着，贺长云和贺兴良一头撞进屋子来，听见大家正在议论他们，贺长云便问："你们在说什么？"

吴忠说："说你们出去'打炮'呢！一晚打到亮，你们'子弹'打光没有？"

贺长云说："谁出去'打炮'了？"

余正轩说："没'打炮'半夜三更出去干什么？"

贺长云正要答话，贺兴良抢在了他前面说："我们出去有事嘛，非得要'打炮'才能出去？"

杜德友听了这话忙问："什么事？"

贺兴良看了贺长云一眼，脸上突然涌上一种神秘和兴奋的色彩，然后才说："总之是有事，但现在还不能告诉你！"说完便不再说话了。

贺世跃心里已经明白了八九分，便扯下绳子上自己的毛巾，往肩上一搭，对贺长云说："走，下去洗脸！"

贺长云果然也扯下绳子上自己的毛巾，随贺世跃一起下楼去了。走出屋子，贺世跃便问："是不是世海把你们叫去了？"

贺长云说："不是，是长奎，不过也和世海老辈子叫差不多……"

一听这话，贺世跃忙问："你说的喊我，怎么没喊？"

贺长云说："我问过长奎，叫不叫世跃老叔？长奎说，世海老辈子没说叫你，所以我没有喊你……"

贺世跃又忙问："那你们去干什么了？"

贺长云说："不是什么好事，没叫你是为你好！"

一听这话，贺世跃更有些摸不着头脑了，便继续追着贺长云问："怎么是为我好？"

　　贺长云看了贺世跃一眼，流露出嫌他不省事的样子，便说："长奎叫我们去，是商量上午去和'通海商贸城'那儿的拆迁户打架的事，不叫你去，难道不是好事？"

　　贺世跃有些不相信，又追着贺长云问了一句："真的？"

　　贺长云说："我哄你做什么？昨天晚上我就说过，这事世海老辈子绝不会善罢甘休，这不就应验了？等会吃过早饭，工地上的工人和公司里的男职员都要去！世海老辈子表了态，凡是去了的工人，不管打不打，每人记五个工。相当于只要参加了，就有五百块钱呢！谁冲到前面，摞倒一个拆迁户奖励五万元，摞倒两个奖励十万元……"

　　听到这里，贺世跃忙问："假如我们被拆迁户打伤或打残了呢？"

　　贺长云说："当然也有赔偿！世海老辈子说，如果我们的人被拆迁户打残了一只脚或一只手，公司赔偿二十万元，伤了两只手或两只脚的话，公司赔偿四十万元，如果死了，公司按工伤死亡的最高标准赔偿……"

　　贺世跃听到这里，像是有些急了，忙说："怎么不要我去？"

　　贺长云说："世海老辈子大概是考虑到你年纪有些大了的缘故吧……"

　　贺世跃没等贺长云往下说，便打断他的话，像是和他争执似的说："不行，我一定要去……"

　　贺长云一听这话，便有些奇怪地看着他，说："老叔，你是怎么了？这打架可不是好玩的，真把你打得怎么样了，虽说世海老辈子要给你赔偿，可再多的钱也买不到一个健全的身体，不去就不去吧……"

　　贺长云还要说，贺世跃脖子上两条青筋已经鼓胀了起来，像是受了侮辱似的盯着贺长云愤愤地说："你们都去，为什么就我不能去？"

　　贺长云不好说什么了，半响才说："你一定要去，那你可得去跟世海老辈子说，长奎编组的名单上，哪个组也没你。这名单肯定是世海老辈子审查过的，他不表态，哪个组要你呢？"

　　贺世跃一听这话，便气鼓鼓地说："找他就找他，以为我不敢找他？"

　　贺长云说："要去找他就快去，他可能还在公司里！"

贺世跃听了这话，果然连脸也顾不得洗，迈开大步便走了。

贺世海的"三鑫"公司在主城区劳动街上，那是一座十五层的高楼，底层是门面房，二楼至三楼是"三鑫"公司的办公楼，第四层到第十三层是宾馆，十四层和十五层，分别是KTV包房和按摩房，除了下面门面房租给别人经营外，这些都由"三鑫"公司经营着。贺世跃曾经来过这儿，贺世海的办公室在二楼，楼梯口摆着一扇屏风，屏风前面，是一只用乌木制成的大桌凳，桌凳上摆了一只金光闪闪的、足有簸箕大小的大元宝。转过屏风，便是贺世海的办公室了。屋子很大，是用三间屋子打通而成的，四壁摆着沙发、茶几和文件柜、保险箱，中间是一张比乒乓球桌子还大的写字台，桌子上摆了一个不断招手的招财猫。

贺世跃走到楼上，便看见许多人从贺世海的屋子里出出进进，脸上都挂着一种肃穆而庄严的表情，真给人一种大战在即的紧张感觉。贺世跃正要往里走，被迎面出来的一男一女拦住了，对他问道："你找谁？"

贺世跃说："找贺……"

他本想说找"贺世海"，但一想不对，于是急忙改口说："董事长！"

男的一听这话，便说："董事长现在没时间，有什么事过后再来！"

贺世跃忙说："我这事挺急的，必须现在就对董事长说！"

那人听了这话，又狐疑地看着他问："什么事？"

贺世跃说："什么事你管不着，我只找董事长……"

屋里贺世海已经听出了声音，没等贺世跃话完，便对门外说了一声："让他进来吧！"

那人听了急忙往旁边一让，贺世跃便进屋去了。

贺世海坐在桌子后面的老板椅上，脸色红润，头发往后梳成一个背头，穿着浅灰色西服，没结领带，衬衫领子往外翻着，一副既随意又富态的样子，一点也没有大战前的紧张神情。贺世跃心里便想："这也许就是将军和士兵的区别！"刚想喊，却听见贺世海问："这么早你来干什么？"

贺世跃见这时屋子里没人，便在贺世海对面的沙发上坐下，看着贺世海问："兄弟，我们俩是什么关系？"

贺世海说："你不是在喊我兄弟吗，除了弟兄还有什么关系？"

贺世跃说："那你怎么不相信我了？"

贺世海问："我怎么不相信你了？"

贺世跃说："兴仁大侄儿昨天挨了打，今天大伙儿都去报仇雪恨，我好歹也是贺家湾人，一笔难写两个贺字，为什么把我关在栅栏门外？"

贺世海一听便笑了起来："你真是狗咬吕洞宾，不识好人心，你今年多大年龄了？"

贺世跃说："我年龄大是大一点，可筋骨好，不信你看看我手臂和大腿上的肌肉，不比年轻人差。再说，过去有个戏文，里面的黄忠七老八十了，还披挂上阵呢！"

贺世海说："你把这当成戏台上唱戏呀？跟你说，这可是动真格的！一旦打起来了，谁都不会怜悯谁。你这一把年纪了，身上的老骨头挨得到几下？别人追起来了，你连跑都没有年轻人跑得快，所以我不想让你去白白挨打。再说，正因为我们是从小一起长大的弟兄，我才更不让你去。打着了别人，我赔钱就是，可打着了你，我即使赔了钱，心里也会不安，你知道不知道？"

贺世跃一听贺世海这么说，有些着急起来，急忙对贺世海说："兄弟这话差了！俗话说：'打虎还须亲兄弟，上阵要靠父子兵。'我们是什么关系？小时候你像个跟屁虫一样跟在我后面，上山摸螺蛳，下河捉螃蟹，都是我带着你。有人欺负你了，也是我给你当保镖。后来你读书回来当了大队团支部书记，号召大家学雷锋争当无名英雄，我又成了你的大跟班，你哪次出去做好事没有我？正是我们这几个你的贴心豆瓣给你挣来了好名声，郑锋才推荐你当大队长的呢！"

贺世跃停了停，才接着往下说："当然，你也没有亏待我这个当哥子的！那年我从乡农业基金合作社贷了两万块钱修房子，第二年他们就逼着我还贷，我还不出，他们要把我抓到乡上学习班去，我听了贺万山的话跑到新疆去打工，打了一年，一分工钱也没拿到，我和几个工友找老板要钱，还被派出所抓去关了几天。第二年没地方可去了，我来找到你，你二话没说，便叫我到你这儿来。我没技术，你给我安排了看材料的活儿，所以我们弟兄可不是一般的关系！俗话说得好，养兵千日，用兵一时，兄弟现在需要用人了，我怎么能当缩头乌龟呢？"说完又说，"反正兄弟你这回叫我去是去，不叫我去我也会去，反正我是吃了秤砣铁了心！"

贺世海听了贺世跃一席话，似乎有些被感动了，觑着眼又看了贺世跃一会儿，才突然问：“你现在不怕打架了？”

贺世跃急忙说：“我啥时怕过打架？”

贺世海说：“你小时候就是最怕打架的了，看见别人一打架，你就在一边吓得号啕大哭，腿还打战儿，大家都说你是胆小鬼，不是个男子汉！”

贺世跃一听贺世海翻起这些陈年旧事，有些不好意思了，说：“那是小时候嘛，现在这把年纪了，谁还怕打架？再说，我这是为谁打架？为自己的兄弟打，我怕什么？”

贺世海听完贺世跃的话，便说：“既然你自己主动要求去，那回去就给贺长云说，你就编在他那小组里，跟他们一起去吧！”说完又嘱咐道，“眼睛可要放机灵些！你可以把对方的人打倒，打倒了有我给你收摊子，但最好不要被对方的人打倒了！被对方的人打倒了，虽然我要给你钱赔偿，但身体吃了亏，划不来！”

贺世跃一听这话高兴了，眼睛立即熠熠地放起光彩来，马上站起来对贺世海说：“那就谢谢兄弟了，我回去就给贺长云说！”说罢就急急忙忙转身走出了贺世海的屋子。

走到大街上，贺世跃忽然觉得神清气爽，全身都像年轻人一样沉浸在一种莫名其妙的冲动和兴奋中。这种冲动和兴奋既带有一种明确的目的性，又带着一种无法预见的紧张和期待。那明确的目的性便是自己向儿子表过态又无法兑现承诺的房子。现在机会说来就来了，而且这机会既不需要自己故意地去制造工伤事故，也不需冒着被汽车撞得粉身碎骨的危险去“碰瓷”。一条腿或一只手二十万元，两条腿或两只手四十万元，如果有了四十万元，儿子的房子不就解决了？哪怕只有一条腿或一只手的代价，也能够给儿子缴清房子的首付款。只要在城里有了房子，儿子再和王霞一成亲，自己的使命就算完成了。可是他又有些拿不准，因为这打架的事不确定性太多。比如，双方的人虽然都到了场，却没有人动手，吵吵嚷嚷一通各自散了。假如真是这样，岂不是竹篮打水一场空，白欢喜了一场？或者虽然打起来了，最后却没有伤到自己，只伤着了别人，那又怎么办？难道还能请人来把自己一只手或一条腿打伤？最后一点，真打起来了，两军混战，棍棒无情，万一真被人几棒给打得不出气儿了……一想到这里，贺世跃不由得从脚底往上冒出了一股寒气。他想，真要是被人一棒打死了，倒也没什么遗憾，只是儿子不知道。万一自己一死，贺世海不兑现承诺，那又怎么办？接着他又想该不该写一封遗书，交给人保管，如果真的自己死了，儿子也才知道自己是怎么死的。可是又一想，吃过早饭大家就要出发，写遗书显然来不及了。再说，即使写好了遗书，又交给谁保管呢？这样一想，便又狠下一条心，心里说："算了，凭命去碰！再说，儿子也不傻，如果自己真死了，他自然会弄清楚自己是怎么死的，自然也会去找贺世海，贺世海可是当着贺长奎、贺长云等人表的态，可抵赖得掉？"这样想着，贺世跃就放心了。

其实贺世跃并不知道，这场血腥的斗殴，正是贺世海为了"通海商贸城"能尽快拆迁而精心设计的。"通海商贸城"原来只是县城郊区的一个农村，最初叫作和平大队，因为它在县城南面，后来便干脆叫作城南大队。因村中十字路口的小桥旁边有一座石牌坊，也不知建造于何年何月因何事而建，因而改革开放后又恢复了老地名叫作牌坊村。过去村里除了有零零星星几幢歪歪倒倒的房屋和庄稼地外，便是从城里悄悄倾倒出来的垃圾和跑来垃圾堆里觅食的野狗。过去贺世跃进城，便要从那牌坊底下和小河边的垃圾堆旁边过。可后来到城里的人多了，加上原来那些老村民得地利之便亦农亦商，渐渐地荷包鼓了，一个个变成了财大气粗的阔佬，于是便在村里比赛似的大兴土木，盖了许多房屋出租给进城打工的人，慢慢地这里便不见一寸土地，变成了一个藏污纳垢的"城中村"。县政府早就下决心改造这片"城中村"，却又迟迟没有改造成，原因就在于村民的要价太高，而这里的许多建筑，又都是没经批准的私搭乱建，别说老板，就是政府也没法满足他们的要求。这届政府领导上任后，又提出了把那儿打造成一个商贸区的规划，并列为了本届政府为民办实事的十大工程之一，由贺世海承包了这个工程。可两年过去了，政府和村民一直达不成赔偿协议，工程也便只停留在纸上。对于拆迁，贺世海一点不怵，要在过去，他早在公安的保驾护航下把推土机开到那儿去了。可现在国家出台了拆迁条例，由政府来主导拆迁，他便有点儿没法施展拳脚的感觉了。而政府办事不但"婆婆妈妈"，而且得看上面的眼色行事。眼下全中国最重要的事便是"维稳"，谁也不愿意因为一个拆迁而丢了自己的乌纱帽。因此这事就这样一直拖到现在。政府可以让自己的规划变成一张废纸，贺世海却不能让自己的利益受到丝毫损害。眼看着"爱丽舍宫国际花园"小区马上就要交房，他的一百多个工人得有活儿干，没活儿干每天只保他们的饭钱就得几大千。这且不说，对于商人来说，"时间就是金钱"这话可是千真万确。"通海商贸城"早一天动工，就会早一天给他带来滚滚财源，他岂能置这些财源于不顾？于是，在取得政府有关部门和一些领导的默许后，贺世海决定亲自出马。但贺世海深知这次拆迁的难度，一是那些村民经过多年和包工头及政府的讨价还价，已经百炼成钢；二是上有《拆迁条例》罩着，他不敢像过去那样让公安进屋把那些人赶出来，自己开着推土机把那些房子推倒了事。他必须想出一个办法，让公安有理由将拆迁户中间那十几个与政府抗衡的领头给抓起来，使他们群龙无首，然后自己的推土机再跟进，这便叫作"擒贼先擒王"。但怎么才能让公安把那十几个"贼王"抓起来呢？贺世海便想到了制造一场血案。他当然知道制造一场血案的代价，他可能要拿出几百万元来摆平这事，但与答应那些拆迁户的漫天要价相比，这几百万元实在是小菜一碟。他想，只要一发生斗殴，出现了伤亡，公安就一定会介入，而这时公安再稍稍拉点偏架，那十几个"贼王"想不蹲"笼子"也不行。主意打定并和公安局的朋友暗送秋波以后，贺世海昨天下午便安排贺兴仁带一二十个人，开着推土机、打着拆迁的旗号去探虚实了。果然那些拆迁户早有准备，一见有人拆迁来了，纷纷从屋子里跑出来，持棒的持棒，舞刀的舞刀，和贺兴仁等人对抗了起来。贺世海以为昨天下午就会打起来的，可没想到贺兴仁胆小，见对方人多，又气势汹汹，刚开始撕扯便下令撤退了，结果只造成包括他自己在内的几个工人擦破了一点头皮。公安一见只有这点伤，不好抓人，即使抓人，也很快又会放出来，反不好了。于是只到医院去看了看那几个人的伤情，便回来了。在这种情况下，贺世海决定制造更大的械斗，于是才有了今天这场血腥的打架。可是这些贺世跃哪儿知道呢？

贺世跃回到工地，对贺长云说了贺世海的话，贺长云听贺世海同意了，便说："那你先去找个东西吧？"

贺世跃问："找什么东西？"

贺长云说："打贼娃子手里还要有根棒棒，你去打架，就空着手让别人来打你？"

贺世跃一下明白了，便去找称手的"武器"，找了半天，终于在一间屋角里找到一根生锈的钢管。钢管约有四五尺长，小酒杯粗，又灵便又好使，有些像孙悟空使的如意金箍棒，只是不能随意变大就小罢了。贺世跃拿回来对贺长云说：

"你看这个怎么样？"

贺长云说："你觉得好就好，不过你要注意，最好不要把人打死了，打死了要偿命！"

贺世跃说："我晓得，真要下死手打，这一钢管下去，保管让人头上开花！"说着，把钢管放到自己被子底下，生怕别人会给他拿走似的，然后才到楼下吃饭去了。

吃过早饭没多久，两辆卡车开进了"爱丽舍宫国际花园"小区，车厢两边和车后挡板上都挂着标语。车厢左边横幅上的标语是："顾全大局为荣，损害大局为耻"，右边横幅上的标语是："事以利国应积极，政府拆迁为人民"，车后挡板横幅上的标语是："支持拆迁，匹夫有责"。有人在下面吹响了哨子，各小组带头的人刚才都已经向工人说了打架的事，但他们都没有说打架，而是说去依法拆迁，保障城市建设，只是如果有人胆敢阻碍"执法"，向大家发起进攻，大家才要敢于挺身而出，"出牙还牙，以眼还眼，"绝不要手软。然后又向大家交代了贺世海的政策。大家一听说凡是去了的都记五个工，有谁又不愿意去？所以一听见哨音，便纷纷戴了安全帽，持了铁锹、钎子和木棒等物，纷纷往楼下跑去了。贺世跃也一样，从被子下扯出钢管，随大家一起出去了。到了卡车旁边，看见贺长云、贺兴良、吴忠、杜德友等人已经在车上了，便急忙抓住挡板，生怕落后似的爬了上去。

没多久，两辆卡车上便密匝匝地挤满了手持各种工具的人，司机发动汽车，按住喇叭长鸣一阵，像是庄严宣告出发的样子，然后才徐徐往门外开去。到了大门外的环城路上，大家才看见公路边还停着两辆挖掘机，机头和悬臂梁上也悬挂了两条标语。车头横幅上是："主动拆迁，和谐拆迁"，悬臂梁上的条幅是："建好'通海商贸城'，建设幸福美好新县城！"现在，阳光照在那些红艳艳的横幅和条幅上，像是涂满鲜血的样子。挖掘机等满载工人的卡车走后，才"隆隆"地发动起来，跟在卡车后面，"吱吱"地碾压着公路路面往前去了。这时还不到上午九点，明亮的秋阳向大地洒下一片金箔，把这个城市装饰得更加漂亮起来。一些金箔落到卡车前面一闪一闪，就像在对人们述说什么。但人们不懂得这些神秘的语言，只顾沉浸到即将发生的事件中。

贺世跃瞧了瞧满满两车戴着头盔、手持铁锹、钎子和棍棒的工人，突然想起小时候有次进城，正碰上城里武斗，不知是哪一派正从外面往城里"调兵"，那情形和今天他们去打架完全一样，也是这样戴着简易的头盔，持着原始的武器，不同的是那些人还打着旗帜，喊着口号，一副慷慨激昂的样子。他们今天没喊口号、没打旗帜，但他们却有横幅、有标语，这难道不是旗帜和口号吗？这么一想，贺世跃竟然有些激动了，他已经忘记了自己参加这次活动的最初目的，竟有了一种为了某种神圣的事业献身的冲动。

没一时，汽车便来到环城路南段，卡车在公路边上停了下来，挖机继续朝旁边的小路开过来，工人们拿着工具，纷纷从车上跳了下来，然后在贺长奎、贺银庆、贺长云、李勇等人指挥下，迅速站成三个纵队，然后便昂首挺胸地从小路往那现在还被叫作"牌坊村"的城中村走去了。走了约莫五十来米，前面有一个坝子，原来是用来堆放垃圾的，过了坝子就是村口。他们还没有走到坝子里，便听见村子里一阵"当当"的锣声和杂乱的叫声，紧接着便看见从村里涌出来一队队也是手持扁担、锄头、钉耙的男男女女，有几个人手里还持了明晃晃的大砍刀。这些人一边叫着，一边挥舞着手里的工具，在坝子前面迅速站成了几道人墙，挡住了挖掘机和贺世跃他们的去路。显然，这些人早已知道贺世海会来报复，便事先做好准备严阵以待。这边工人们一见，突然愣住不敢上前了。过了半晌，才听见贺长奎和贺长云在队伍里高叫："我们是来依法拆迁的，请你们不要阻碍公务……"

可话还没说完，对方队伍里便有人高声骂了起来，说："你们执行球的个公务，谁不知道你们是一群土匪？还不快滚回去！"

贺长奎和贺长云听了这话，互相看了一眼，贺长奎才突然对工人们说："冲——"

可工人们听了他的话，却只管面面相觑，没人肯往前冲。贺长奎一看生气了，便又大声道："叫你们来是干什么的？"

工人们还是没动。他们看见对方的架势，知道今天如果真打起来，不是你死，便是我活，他们都是些秉性善良的庄稼汉子，家里都有妻儿老小，况且和那些人又无怨无仇，为什么要去拼个头破血流、你死我活呢？越这样想，大家的脚越像生了根似的。

贺长奎一看，牙齿咬得"咯吱咯吱"响了起来，从耳边又窜起两条青筋，

221

"突突"地跳着往额角斜插上去。他突然对众人大骂了一句："妈些缩头乌龟，董事长白养你们这些没用的东西了！"骂完，突然又对众人叫了一声，"有种的跟我冲！董事长说了，冲在前面的，每人五万……"

话还没完，从人群中忽然跳出了贺世跃，只见他大喊了一声："妈的个×，老子和你们拼了……"

喊声未了，只见贺世跃像是杀红了眼似的，挥舞着手里四五尺长的钢管，便朝对面人群扑过去了。这儿贺长奎、贺长云、贺兴良、贺银庆、贺永生、贺七成等一干贺家湾人和十几个贺世海的心腹及公司里的职员，见贺世跃已经冲过去了，便也喊着往前冲了起来。而对方见这边已经有人挥舞着铁锹、钎子朝他们冲了过来，又岂肯坐以待毙？于是有人发一声喊，几十个手持扁担、锄头、钉耙和砍刀的汉子也呐喊着扑了过来。而两边那些暂时没动的人，看见自己的人和对方干上了，便又各自为自己阵营的人呐喊助威。一时，小小坝子上空，一时喊声震天，杀声四起。

此时，贺世跃的脑海里已经什么都顾不得想了。刚才贺长奎一声"冲到前面每人五万元"的喊声，替他找回了自己参加这次活动的最原初的想法。顿时，一种崇高的责任和献身精神将他紧紧地攫住了。他几乎没怎么多想，便一下跳出来朝对方冲了过去。当他往前冲的时候，他听得耳边的风声在"呼呼"作响，也听见了从四面八方传过来的呐喊声，可这时他已顾不得了。当他冲到坝子中央，看见对方的人手举锄头、钉耙和砍刀，也向他冲了过来。他看见对方的人比自己这边的人多，而且有几个人手里都拿着刀，而凭身后的脚步声和喊声，他知道贺长奎、贺长云等人，离自己还有一段距离，不由得产生了一点害怕。可这种害怕的念头只是一闪而过，因为这时已经由不得他了——他已经被对方的人围在了中间。他看见一个汉子手里举着一把砍刀，看着他想砍却又不敢砍的样子。显然，这汉子还在犹豫，贺世跃一见，突然想先下手为强，急忙高高地举起手里的钢管，鼓起勇气朝那汉子的头上打去。那汉子眼尖，忙往旁边一闪，钢管只顺着他的大腿边落了下去。贺世跃还要再打，汉子这时显然被贺世跃激怒了，说时迟那时快，明晃晃的钢刀就朝他握钢管的两只手腕砍来。贺世跃只觉得寒光闪过后两只手腕处升起一股凉意，手上一下轻了下来。他低头一看，原来右手手掌从手腕处齐齐被砍断了，连同钢管一起掉在了地上。左手手掌虽然没断，却只有一点皮连着，此时耷拉在手腕上，鲜血从断腕处如喷泉一般冒了出来。贺世跃一看见血，大叫一声，立即晕了过去。

贺长奎、贺长云、贺兴良、贺银庆等人一见贺世跃倒在血泊里，立即挥舞着手里的工具朝这儿跑来，大叫道："不好了，不好了，贺世跃被人砍了！"而对方的人见这儿撂倒了一个，似乎也被吓住了，见贺长奎等人拥来，也自觉地散开了一些。贺长奎等人跑过来，一把捏住贺世跃断手的血管，将他抬走了。

尾　声

　　贺世跃从县医院住院部的病床上醒来，已是第二天上午。他先是听见有人在"嘤嘤"地哭，便吃力地睁开有些沉重和黏滞的眼皮朝四周看了看，看见阳光把屋子照得雪白，头顶天花板上的输液架上吊着玻璃瓶子，从一根软管里不断往他身子里滴着一滴一滴的药液，再看看身上盖的，不是自己工地上那床连颜色也看不出来的脏被子，而是一床白得晃眼的被盖，再扭头一看，只见贺英穿着一件紫红色外套，正埋头坐在床边一张椅子抽泣，"嘤嘤"的哭声就是从她那儿传来的。

　　贺世跃猛然想起了昨天发生的事，便道："你来了……"

　　他发觉自己的声音十分虚弱无力，可贺英一听却突然抬起头，接着脸上便露了十分惊喜的神情，抬起手往脸上一擦，把泪痕擦得满脸都是，笑着说："爸，你醒了？"

　　贺世跃想起了自己的手，便问："我的手呢？"说着便想像往常一样把手从被窝里伸出来，可刚一动，一阵疼痛便袭了上来，他不由得咧了咧嘴，口里发出了"咝咝"的声音。同时，感觉到两只手像是给固定在了床上似的，又硬又重，根本别想动一下。

　　贺英见父亲要动，忙按住他说："别动，别动，医生说千万不要动，好不容易才把血止住，一动就又会出血！"

　　贺世跃一听这话，果然不敢再动了，却说："你把被子撩起来，让我看看。"

　　贺英说："有什么好看的？"

　　贺世跃说："也看看嘛！"

贺英没法，果然把贺世跃上半身的被子掀开，贺世跃俯头一看，只见两只手臂从上到下都缠了厚厚的纱布，给绑得牢牢实实，一点也看不见什么。尤其是两只手腕处，纱布缠了一层又一层，从纱布的形状上看，左手还勉强看得出手掌的轮廓，而右手手腕处却什么也没有，只是直直的像一个棒槌。贺世跃一看，便知道右手掌被彻底废了。看着看着，不知想起了什么，突然滚下了两行热泪。

贺英一见，急忙给他将被子盖上了，张了张嘴想说什么却没有说出来，过了半天却仍是忍不住地问了一句："爸，你哭啥？"

贺世跃又长长地叹了一口气，却没说什么。又过了一会儿，贺英才埋怨说："这么大年纪，去打什么架嘛？手没有了，看你今后怎么生活？"

贺世跃听了这话，又看了女儿一眼，突然发现女儿脸上已有了很多浅浅的皱纹，皮肤也比先前黑了许多，一头短发像是秋天的衰草一般，不但有些枯黄，而且还有点脏的样子，身上的紫红色外套和牛仔裤也是多年前的式样，脚上的旅游鞋也都是旧的。贺世跃心里一酸，知道女儿过得不容易，便想把自己的打算告诉她。可是又一想："这事千万不能说！要是女儿知道了，她也会和儿子争赔偿，这样一来，儿子买房的事便又要黄了！虽然女儿也是自己生的，可她毕竟嫁出去了，怎么能和儿子相比？"

这样一想，贺世跃便把话题岔开了，对贺英问："你一个人在这儿？"

贺英说："还有贺长云，是世海老辈子叫他专门来照顾你的，刚才出去了。"

贺世跃说："那你回去吧，有他们照顾就行！"

贺英却有些迟疑不决，说："可……"

贺世跃知道女儿的心思，便说："你放心，我是为他们受伤的，他们难道敢把我扔在医院里不管？"说完又说，"你在这儿又不能帮我什么，反把家里的活儿耽误了。"

贺英想了一想，才说："等贺长云来了再说吧！"说完又接着说，"昨晚上我给贺松打了一个电话，他听说你这事后，像是非常生气，我叫他回来看看，他说他忙，走不开！还说这样的事，他在王霞面前都不好开口，要是王霞知道了你这事，还不知她心里怎么想呢……"

女儿还没说完，贺世跃便急忙叫了起来："你跟他说什么？他晓得了难道我的断手还能长出来？"

贺英听见父亲责怪他，红了脸，半晌才说："可、可出了这样大的事，他是当儿子的，难道不该告诉他？"

贺世跃马上说："说都说了就算了，以后不要再给他打电话了，让他安安心心在外面做自己的事吧。有什么事，我自然会打电话给他说！"

说完这话，父女俩都觉得没什么话说了，病房里一时安静了下来。

这时，贺长云一头撞了进来，手里拿着一只饭盒子，一见贺世跃醒来了，也又惊又喜地说："老叔，你醒过来了？你流了很多血，光血都输了好几袋，还以为你不醒了，真是吓死人了！"

贺世跃一见贺长云，便想问问他关于赔偿金的事，可一看女儿在旁边，便又把这话给忍回去了。过了一会儿，突然想起那次石马街跳楼的老太婆的事，便对长云问道："上回石马街那个跳楼的老太婆，你听说她获得保险公司的赔偿没有？"

贺长云想了一会儿才想起来，马上说："获得啥赔偿？保险公司说，她是自杀，不在保险公司的意外伤害险赔偿范围内，一分钱也没赔偿。"

贺世跃一听这话，心里便冷了，说："这么说，她是白死了哟？"

贺长云说："说白死也算是白死，说没白死也算没白死！"

贺世跃不知道贺长云这话是什么意思，便问："怎么说没白死也算没白死？"

贺长云说："她的事情曝光后，引起了社会的广泛关注，红十字会和县电视台发动大家给她儿子捐款，没多久便收到了二十多万块钱的捐款，早把老太婆的儿子送到省上医院去治疗了，这难道不算没白死吗？"

贺世跃一听明白了，立即在心里琢磨起来："要是贺世海发觉自己去打架是为了给贺松在城里买房，他会不会不给自己赔偿？他如果不赔偿又怎么办？我可没有那个老太婆的运气，老太婆的儿子是因为没钱治病，所以大家才给他捐款。可自己儿子是没钱在城里买房，哪个鬼大爷会给他捐钱买房？"这样想着，贺世跃便更加不安了。

下午女儿走后，贺世跃便想问问贺长云有关赔偿的事，可又一想，贺长云和自己一样，只是个打工跑腿的，他知道什么？想了一想，便对贺长云说："大侄子，你辛苦一下，去给你世海老叔说一声，就说我想见他一面，请他无论如何都到医院里来一趟！"

贺长云听了这话，显得有些犹豫，可一看贺世跃眼里流露出来的恳求神色，迟疑了一阵才说："行，我就去给他说说吧！"说着果然去了。

没一会儿，贺长云便回来了，对贺世跃说："老叔，我把你的话原封不动地对世海老辈子说了，世海老辈子说行，他只要有空就来！"

贺世跃一听这话高兴了，对贺长云说了一声："谢谢！"便在病床上等待起贺世海来。

可是当天贺世海没来，第二天、第三天也没来，第四天，却来了贺兴仁。一见贺世跃，贺兴仁便说："老叔，你现在感觉怎么样？"

贺世跃说："还能怎么样，整天就这样躺着，吃饭得靠长云给喂呢！"

贺兴仁说："慢慢来，老叔！我刚才去问了主治医生，说你的手术做得很成功，不会引发继发性感染！"

贺世跃不懂什么叫"继发性感染"，便问："好了以后，我的手能动吧？"

贺兴仁说："动是能动，只是恐怕不能做什么事了……"话没说完，突然意识到自己说漏了嘴，又立即说，"老叔你放心，医院会尽力挽救你的左手！"

贺世跃听了，嚅了嚅嘴唇，想说什么却没有发出声来。

贺兴仁一见，马上说："老叔，你这次可帮我幺爸大忙了？"

贺世跃问："帮什么大忙？"

贺兴仁说："老叔有所不知，牌坊村那儿的城中村，政府拆了这么多年都没拆下来，这次一打架，公安局便以聚众斗殴、致人重伤为名，把那儿十多个带头与政府抗衡的家伙给抓起来了。当然，我们也有几个人被派出所带走了，可这只是做做样子，第二天就全部放出来了。但那十几个刁民，至少也要关十五天，有的还要判刑。那十多个带头跟政府作对的人一抓，幺爸便叫人把各种大型机器给开过去。那些拆迁户见政府来势汹汹，又没了主事的人，便像是挨霜打的狗尾巴——一个个全蔫了！幺爸和拆迁办的人趁机做工作、讲政策，现在大多数拆迁户都和政府签了合同，今天已经在开始拆迁了！正因为这事，这两天我们都忙得脚不停手不住的，所以今天才来看你呢！"说完停了停才又说，"要是没有你受伤，这事怎么会这样顺利？所以说你帮了幺爸的大忙呢！"

贺世跃听了贺兴仁这番话，心里竟然有了几分感动，于是便挑明了话说："大侄子，那我受伤赔偿的事，你幺爸不会改变主意吧？"

一听这话，贺兴仁立即说："老叔你放心，幺爸说过的话绝不会改变！"说完又补充道，"别说老叔为公司立了大功，就是看在一个祖宗下来的分上，幺爸也绝不会食言的！"说完又喊来贺长云说，"好好照顾老叔，老叔要吃什么，你就出去给他买。要是没把老叔照看好，我幺爸可是不会答应的，啊！"贺长云立即十分恭敬地答应了。

贺世跃一看，眼角忽然溢出了两颗晶亮的泪珠，他确实是感到了一种温暖、一种感动和一种使命即将完成的喜悦。他动了动身子，想像过去那样对贺兴仁伸出手来，可是一阵刺痛又突然从手腕处涌上来，他又禁不住咧开大嘴发出了"咝咝"的声音。

贺兴仁一看，又把他按住了。走的时候，贺兴仁又对他说："老叔，如果有人来问你是什么人叫你去打的架？你千万不要说任何人，更不能说幺爸曾许诺的赔偿的事，如果说出来了，你的手就可能是遭白砍了！你只说自己只是去参加拆迁，是他们先动的手，明白吗？"

贺世跃一听这话，便急忙说："你放心，我一定不会乱说！"

听了贺世跃的答复，贺兴仁又说了几句安慰的话，这才走了。

晚上，贺松突然打回了电话。贺世跃此时已不能拿电话，只能由贺长云帮他拿着手机并把听筒紧紧贴在他的耳朵上。从儿子的声音里，贺世跃明显能感觉出他的愤怒、关心和无可奈何。贺世跃好想对儿子大声说一句："儿子，你的房子没问题了，等着我告诉你好消息吧！"同时把自己这些日子心里的想法和今天贺兴仁的表态都痛快淋漓地告诉儿子，可是因为有贺长云在身边，他什么话都不好说。最后，他只是对儿子说："你放心，我很好，你们做自己的事！"

儿子说："我过两天再请假回来看你……"

贺世跃忙说："你回来做什么？你回来了，难道我就不痛了？如果是其他的事，你倒可以帮我一下忙，这事你也帮不上忙！我这儿有长云照顾，跟你们在身边是一样的！"说罢怕儿子不相信，还让贺长云对着电话说了几句。

贺松在电话里听了贺长云的话，似乎放心了，于是又叫贺长云把电话贴到贺世跃耳边，再次对父亲说了一通安慰的话才挂了电话。后来贺松每隔一段时间便又打回一次电话，每次都是贺长云替他拿着手机让贺世跃讲。贺世跃和上次一样，想对儿子说说贺世海赔偿和房子的事，但都没法说出来，这事便搁下了。

贺世海果然没有食言。贺世跃出院那天，贺世海派贺兴仁亲自来把他接到公司里，中午在他宾馆厨房的小包间里，设宴招待了贺世跃。这是贺世海从商以来，第一次如此隆重地招待一个在他手下打工的普通工人。贺世跃却没法高兴起来。他现在的右手光光的，只剩下一条胳膊，从被砍断的手腕处长出的肌肉，颜色红红的，像是早春树上才长出的嫩芽。没有了手掌的手臂就像一截木杵，木杵还能派上一些用场，可这条胳膊虽然还能弯曲，却什么也不能干了。左手手掌医生虽然把它接好了，但五根指头却半屈半弯着，既不能伸直，也无法握拢，僵硬得像是几截生铁。他曾问过医生这只手能不能恢复到过去一样？医生苦笑了一下，然后才摇头说："能像现在这个样子都不容易了，还想恢复到以前一样？"贺世跃一听医生这话，便知道这只手掌虽然接上了，却也只是聋子的耳朵——摆设，基本上也是废了。在医院里时，他不但吃饭要靠贺长云喂，就是穿衣、上厕所也得靠贺长云帮忙，也就是说，没有了两只手，他现在已经是一个完全失去生活自理能力的废人了。贺长云曾经训练过他用左手拿匙子往嘴里送饭，起初，他要不是握不住匙子，就是没法从碗里舀起饭来，即使有时舀起来了，也送不到嘴里去。贺长云见了，便像教幼儿园小孩子写字一样，亲自握着他那只做摆设的手，教他往嘴里送饭。经过努力，他终于可以用匙子往嘴里喂饭了，却是撒的比吃进肚里的还多。贺长云怕他把衣服、被子、床单给弄脏了，便给他系上一件塑料围裙，这样一来，他便真的变成了一个婴孩。现在坐在桌子上仍是这样，他脖子上系着围裙，面前摆着一只碗，左边贺世海，右边贺兴仁，不断热情地将桌上的山珍海味夹进他的匙子里，由贺长云照顾着他送到嘴里。他觉得自己实在丢人，当初那人怎么不砍断他的两条腿？他常常在大街上看见那些截了双腿的人，胸前挂着一个包，用手拄着两只小板凳走路，虽然走得慢一些，但一前一后还走得挺好的。也就是说，他宁愿丢掉两条腿，也不愿失去两只手。丢掉两条腿他还能活下去，可失去两只手他已经没法活下去了。可事已至此，又有什么办法呢？

　　吃完饭，贺世海又把他带到公司里，开始说赔偿的事。贺世海说："哥子，出了这样的事，我感到非常痛心。都是一个湾的人，又是从小一起长大的兄弟，事到如此，也没有办法了，我只能按照当初说出的话，赔偿你四十万伤残金……"

贺世跃等的就是这个日子，一听贺世海现在公开喊明了，心里一颗石子落了地，甚至显出了几分激动和高兴来，便急忙打断了他的话，说："兄弟，我能不能不要这四十万块钱……"

　　话没说完，贺世海错误理解了贺世跃的话，以为他不要钱，是想长期赖上他，便沉下了脸说道："你为什么不要钱？当初我是关心和爱护你，不让你去打架，是你自己要去，如今出了这事，按说来，我可以一分钱都不赔偿你！现在我看在自己弟兄分上，大大方方赔你四十万，你是不是吃了五谷还想六谷？"

　　听到这里，贺世跃知道贺世海误会了，忙说："兄弟，我不是那个意思！我是说，我能不能就用这四十万块钱，在'爱丽舍宫国际花园'小区买一套房子……"

　　贺世海一听这话，有些吃惊地瞪大了眼睛，问："你不用这钱来请人照顾你，买房子干什么？"

　　贺世跃说："这你不用管，反正我主意打定了。如果兄弟不肯卖我，我便用这钱到别的老板手里去买！"

　　贺世海又愣愣地看了贺世跃半晌，见他不像开玩笑的样子，便说："你真的想买房子？"

　　贺世跃说："这样大的事，我还和兄弟说着玩？"

　　贺世海手掌便在椅子把手上一拍，说："好！你要买房，看在兄弟的分上，我再按八点五折的优惠，卖一套房子给你！不过我们可要说好，不管你今后在生活上遇到了什么样的困难，都不得再来找公司的麻烦，从此以后，公司与你、你与公司，都没有任何干系了！你答不答应？"

　　贺世跃立即说："我答应，从今天走出兄弟这个大门后，我一定不会再到你这儿来了，更不会来找你什么麻烦！"说完又补充说，"我可以对天发誓！"

　　贺世海一听贺世跃这话，便指着贺兴仁和贺长云说："你们两个可是见证人！"

　　说完，贺世海马上叫贺兴仁去把分管销售的尹总叫来，对他吩咐说："贺世跃要用我们给他的四十万伤残金，在我们这儿买一套房，等会儿你亲自陪他到小区去，按八点五折优惠卖他一套房，给他把手续办好，我让小董将他的伤残金四十万元直接打到售房部的账户上，你给他把收款收据打好！"尹总看了看贺世跃，急忙答应了。

这儿贺世海从抽屉里拿出一份打印好的纸，往桌子上一拍，便对贺世跃说："那我们就来签协议吧！"说着就将协议推到贺世跃面前。

贺世跃知道协议早已由贺世海单方拟好，有点死鱼的眼睛——定了的意思，自己再说什么也没用，便拿过来匆匆往赔偿数目上看了一遍，便对贺世海问："我也不能写字，怎么签？"

贺世海马上递过来一个印泥盒，打开，说："就用左手大拇指盖个手印吧！"

贺世跃果然颤颤抖抖地伸出那只不听使唤的左手，抖抖索索地伸到印泥盒边，正要去摁印泥，却一下将盒子打翻了。贺长云又急忙过来扶住他的手，握住拇指往盒子里摁了一下，然后才拿过来摁在了纸上。协议一式两份，摁完，长云从纸巾盒里抽出两张餐巾纸，帮贺世跃擦干净指拇肚上的印泥，又将一份协议折叠好，装进了贺世跃的衣兜里。

贺世海收了另一份协议，才对贺世跃问："哥子，你现在到哪儿去？是不是要到贺英大侄女那儿去？我们派车送你！"

贺世跃一听忙说："你不用管，兄弟，我自有去的地方！我现在就跟尹总去看房子、办手续！"

贺世海便说："那也好，你们就去吧！"

一听这话，贺世跃果然就站起身，随尹总去了。

贺世跃原打算只为贺松买一套二居室，一听贺世海说要以八点五折优惠卖他一套房子，一下改变了主意。到了"爱丽舍宫国际花园"小区，贺世跃选了一套一百一十六平方米的三居室，打折下来也刚好四十万，贺世跃喜出望外，好像这房子早就是为自己准备的一样。他急忙和尹总到售房部，用儿子贺松的名义签了购房协议，到财务那儿开了四十万元的缴款收据，领了房屋的位置和楼层示意图，等等。尹总见他手不方便，便叫售楼小姐找出一个厚厚的档案袋，当着他的面将那些文件一一装好。贺世跃想起口袋里那份赔偿协议书，也叫售楼小姐帮他掏出来，一并装到档案袋里。装好以后，封好袋口，这才将档案袋交给他，嘱咐他不要丢失了。贺世跃嘱咐售楼小姐将档案袋塞到他的胳肢窝下，他紧紧夹着，这才告别尹总和售楼小姐出去了。走出售房部，贺世跃哪儿也没去，甚至也没去和一起住了几个月的杜德友、余正轩、吴忠和贺兴良等人告个别，也舍了宿舍里

231

那床破棉被和几件平时换洗的衣服，径直朝贺家湾走去了。

这时已是十二月中旬，天气也和人的气数一样，在一年将尽的时候，空中充塞着灰暗和阴郁的颜色。寒风早已卷去了树叶，赤裸和缺少人烟的乡野上，显出几分令人害怕的孤寂。走到贺家湾时，天近黄昏，大地更是一片昏溟，像是要下雨了。贺世跃走进村里，没有先回自己家里，而是直接朝毕玉玲家里去了。

毕玉玲的大门虚掩着，他在门口先叫了一声，用那只没有手掌、像是一根木杵的手臂推开大门，径直走了进去。进去一看，毕玉玲坐在堂屋一把椅子上，膝盖上包着一床薄被子，面前又放着一盆炭火。他便叫道："他二母，烤火呀？"

毕玉玲觑着眼睛看了半天，这才叫起来："哎呀，是大兄弟回来了！"说完又说，"不烤火做啥？这背时关节炎又犯了，痛得很呢？"

说完，毕玉玲猛地想起什么，便看着贺世跃问道："听说大兄弟你的手被人砍断了，快给我看看，砍得哪个样子了？"

贺世跃起初还把手在背后藏着，听了这话，便把那只没手掌的手放到了前面，说："他二母要看就看吧，就是这个样子了！"

毕玉玲一见，马上扯开膝盖上的被子站了起来，惊叫道："天呀，手掌都没有了，你今后怎么办？"说完又问，"那一只手是不是也这样？"

贺世跃又把左手伸了出来，毕玉玲一见，长长地舒了一口气，说："谢天谢地，这只手还是好的……"

话没说完，贺世跃便说："也跟没有手掌一样，不信你试试这几根手指，弯不过来呢！"说着把手伸到毕玉玲面前。

毕玉玲果然伸出一双青筋毕露的手抓住贺世跃那只没有任何感觉的手指弯了弯，没有弯过来，便放开又说道："天呀，你怎么把饭吃到嘴里去？"说完又骂，"那些天杀的，怎么能下这样的狠心，没有手怎么活下去？"

贺世跃听了这话没答，却抬了抬那只断手的胳膊，对毕玉玲说："他二母，你帮我把胳肢窝这个纸袋子给取出来一下！"

毕玉玲伸手把纸袋取了出来，贺世跃便说："他二母，我拜托你一件事：你帮我把这个纸袋子保管好，等你大伿儿回来，你再交给他……"

话没说完，毕玉玲便说："是什么东西？该不会是钱吧？"

贺世跃说："不是钱，只是一些写了字的纸，不过很重要！"

毕玉玲说："那你自己不会保管？"

贺世跃说："我不在家里，担心老鼠把它们咬烂了！"说完又用恳求的语气说："他二母，你就帮我保管一下吧！"

毕玉玲想了想，答应了，说："只要不是钱，那我就帮大兄弟保管保管嘛！"

听了这话，贺世跃还像是不放心似的，又补充了一句说："你大侄儿回来了，可别忘了交给他，啊！"

毕玉玲说："忘不了，即使忘了，可我一看见大侄儿准会想起来，你放心！"

贺世跃这才像是彻底放心了，对毕玉玲说："那就多谢他二母了！"

说完就要走，毕玉玲一见，忙说："你两只手都那个样子了，怎么做饭？就在我这儿，我煮稀饭给你吃。"说完又说，"要不我去把你世龙大哥叫来陪你！"

贺世跃不想让他们看见他吃饭的狼狈样儿，也不想让他们同情和怜悯，便急忙说："不用了，他二母！中午世海兄弟请我吃饭，一大桌好吃的，我吃得太多了，现在还一点不饿呢！"说罢，便匆匆告别了毕玉玲，往自己家走去了。

路过堰塘的时候，贺世跃特地往那塘里看了看。只见塘中央仍汪着半塘水，水面一动不动，水色说蓝不蓝，说黑不黑，像是十分黏稠的样子。水塘四周渐渐淤积起来的泥土上，长满了菖蒲和艾草，要是夏天，能看见那些菖蒲和艾草长得格外茂盛，足有半人多高。不过现在都已经倒伏了，一股儿一股儿的寒风吹来，还听得见那些枯黄的荒草发出的轻微的响声，仿佛凄厉的哀鸣。至于堰坎边那几棵朝水面倾斜着的老柳树，此时更是枝叶脱尽，一副不胜寒冷的萧条样儿。贺世跃看了水面很长时间，这才往家里走去。

到了门前，贺世跃伸出左手去裤带上解钥匙，解了半天却没法解下来。最后好不容易把钥匙解下来了，却没法将钥匙插进锁眼里去。后来，他用牙齿咬住钥匙，才插进了锁眼里。然后他用那只没有感觉的左手食指和中指夹住钥匙，再用右手那条光秃秃的木杵一样的手臂托住左手手腕，两只手共同努力，终于将门打开了。他走进屋去，掀亮电灯，雪白的灯光立即照亮了整个屋子。他又看见地上积了许多老鼠粪便，但他现在已经没有心思和能力去打扫它们了。他像累极了一样，在一张凳子上坐了下来，然后才朝屋子四面看去，目光显得空洞而迷茫，好像这个家他压根不认识了一样。坐了一阵，他才站起身，把每间屋子都看了一遍。一边看，一边伸出那只毫无知觉的手掌和那条断手的手腕，去触摸所经过的墙壁、家具、楼梯、地面甚至灶台。那条断手手腕上新长的肌肉感觉到了这些地方的一缕缕寒意，并且将这些寒意迅速传递到他心里，但贺世跃似乎一点没有觉察到，似乎已经麻木了。

将楼上楼下所有的屋子都看完以后，贺世跃又回到客厅里坐下来。这时他看见了挂在墙上的曹银娥的遗像，突然眼眶一热，两行热泪便掉了下来。他过去取下遗像，发现镜框玻璃上沾了不少灰，便在衣服上擦了擦，拿起来看时，曹银娥的形象清晰了一些，但随着泪水"吧嗒吧嗒"地掉在玻璃上，那镜框里的亡人更模糊了。后来他干脆不擦了，只哆嗦着嘴唇定定地看着她。过了一会儿，他才喃喃自语地说起话来："老婆子，你等着我，我就要来和你团聚了！跟你说，我已经给儿子在城里买上房子了，可你都看见了，我两只手都废了，连穿衣吃饭都需要人帮忙，纯粹成了一个废人。如果我不来找你，儿子会比没有房子还难找上对象。你想想，有哪个姑娘愿意来服侍这样一个废人？我活着，就只能成为儿子的累赘，成为年轻人幸福生活的障碍！所以，从我知道自己生活已经不能自理的时候，我就打定这个主意！我已经活了六十多岁，虽然没像别的父亲那样给儿子留下金山银山，但总实现了自己的诺言，心里再没什么遗憾和牵挂了，所以现在我心里十分平静。我死以后，我们的儿子一定会生活得很幸福……"

说到这里，贺世跃不知是高兴还是自豪，突然一下笑了。笑过以后，他突然不哭了，只定定地看着曹银娥，迷蒙中，他看见曹银娥也正对他甜甜地笑着，似乎真的在等着他一样。他便什么也不说了，只紧紧地捧着曹银娥的遗像，等待着那个庄严而神圣的时刻到来。

又坐了一阵，贺世跃已听得外面一派静谧，连风也似乎停止了它的絮语。贺世跃觉得时间已经到了，他便站起来，又将曹银娥的遗像在衣服上擦了擦，然后恭恭敬敬地放在桌子上，最后看了屋子一眼，然后一一地关了灯，走出屋子，将门拉过来，把钥匙挂在门把手上，开始往堰塘边走去。此时，夜已经完全展开了它黑暗的翅膀，把大地像网一样罩得严严实实。贺世跃站了一会儿，眼睛慢慢适应了夜的阴沉。再往前走的时候，他能够分辨出周围的景物了，虽然朦朦胧胧，但却觉得十分亲切。四下里静悄悄的，他觉得这时候选得太好了。没走多久，便到了堰塘边上的泥堆上，现在他的双脚已经踩在了那些倒伏在地的菖蒲和艾草上，尽管这些菖蒲和艾草已经枯黄，但他还是闻到一股艾草的香味。他先是觉得两只脚下软软的，菖蒲和艾草被他踏倒时也发出了窸窸窣窣的响声，可没走几步，觉得脚下的土越来越松，也听不到菖蒲和艾草被踏倒的响声，便知道已经到了水塘边缘。这时贺世跃站了下来，又朝水塘看了半响，这时看见水塘像是一块黑玻璃一般，是那么安详和宁静。他不知道这水塘究竟有多深，能不能淹死人？要是淹不死，那可就麻烦了。可一想，人家说牛滚凼里都能把人淹死呢，这样大一块塘，怎么会把人淹不死？正这么想着，一股风突然吹了过来，给他送来了一丝带着泥腥味儿的空气。这气味儿是那么熟悉，那么亲切，仿佛召唤他一样。于是他不再犹豫了，纵身往前一扑，那水里便发出"扑通"一声响，接着从塘底往上泛起一股浑浊的、发黑的泥水，像墨汁一般往水塘四周濡开，如一朵莲花绽放似的。然后，这莲花慢慢消失，塘水将贺世跃拥抱在它怀中，又恢复了先前平静的样子。

贺松是第三天早上才赶回贺家湾的。这时贺世跃已被贺家湾人从水塘里捞起来，并按照当地风俗给他净了身，穿上了干净衣服。现在，贺世跃静静地躺在一具从城里买回来的松木棺材里，嘴里衔着一枚亮闪闪的一元硬币，那只左手掌像生前一样半屈着，掌心里被贺世龙硬塞进了一只装着草木灰的布包，脚蹬着几张瓦片，显得十分安详，像是睡过去了的样子。棺材底下，点着一盏青油灯，火苗忽大忽小，摇摇曳曳，似灭不灭。棺材前面摆着一只烧纸的盆，一只大白萝卜从中间一分为二，半边萝卜上插着香，半边萝卜上插着蜡。几个贺家湾的老几儿坐在棺材旁边，有一搭没一搭地说着闲话，算是给亡者守灵。贺英不时过来往盆里烧几张纸，喊一声"爸"，磕一个头，然后又"簌簌"地流一通泪水。

贺松走进屋子，将背上的旅行包往地下一放，过来看了看贺世跃的尸体，众人以为他要哭，他却紧紧咬着嘴唇没有出声，只是脸上的肌肉抖了几下，做出了像是要哭的神情。接着他把头转了过去，像是不忍心再看父亲一眼的样子。众人以为他要过来给父亲烧纸和叩头，可是他也没过来，只木桩一样站在那儿，仿佛呆了一般。众人以为他是伤心过度了，便劝他说："死都死了，你也不要太悲伤了，还等你安排后事呢！"

贺松听了也不吭声。众人便有些奇怪了，过了一会儿，贺世龙才像是忍不住了，对他说："你怎么不过来给你老子烧张纸、磕个头，不晓得规矩呀？"

贺松听了这话，这才像不情愿似的走到棺材前面跪下，颤抖着喊了一声"爸"，又伏在地上重重地磕了三个头，然后往盆里一张一张地烧起纸来。众人看见他的嘴唇不断哆嗦，眼里也噙满了泪水，以为他会放声大哭了，却只是从眼眶里滚出了两行清泪，又被他抬起袖子迅速擦去了。烧完纸从地上爬起来，他又咬着嘴唇站到一边去了。

　　其实，此时贺松心里正翻滚着巨大的波涛。从听见父亲出去打架、被人砍断了双手的消息那一刻起，他心里就恨上了父亲。而且不是一般的恨，是一种深仇大恨。他想，父亲要不是疯了，就是被人灌了迷魂汤，黄土都快埋到脖子上了，还出去打架，说出去，别人也会说你是一个"老不落教"的！不管人家拆迁得下来还是拆迁不下来，那是政府的事，有你一个打工的老头子什么事？你要去逞能也就罢了，好汉还不吃眼前亏呢，那么多人都没伤着，偏偏把你的手砍断了，你的脚长到哪去了？眼睛长到哪儿去了？现在可好，手被人家砍断了，难道你还不知道一个人缺了两只手意味着什么？人家有手有脚的人老了都没人愿意服侍和照顾，何况你这个没有手的人？你想让我来给你当一辈子奴仆，给你端汤喂饭、穿衣穿裤、揩屎揩尿……做梦去吧！可又一想，他是自己的亲爹，你不给他端汤喂饭、穿衣穿裤、揩屎揩尿，谁又去给他做这些活儿？这么一想，贺松便觉得一下坠到了地狱里，四周一片黑暗起来。心里又想："自己怎么遇到了这样一个糊涂老爹，你自己活得不耐烦了，把我也一起拽进了深渊里，我还有什么希望和前途？"

　　想到这儿，又猛地想到了王霞，她现在还不知道父亲受伤的消息，如果知道父亲将会终生残疾并且生活都需要人照顾，她还会和自己好吗？以后还会有哪个姑娘愿意嫁给自己？爹呀爹，你真是太糊涂了呀！你这样让儿子还怎么活？想到这里，贺松甚至连一口吃了父亲的想法都有！所以在贺世跃住院的两个多月里，他嘴里说要抽时间回来看看，心里却压根没打算回来，即使偶尔打电话问问他的病情，那也只是怕外人说闲话，做做样子而已。他也没敢把父亲受伤的事告诉王霞，他不知道王霞知道了这事又怎么办？但他自己心里却时时准备着和王霞分手，谁叫自己摊上这么一个糊涂的父亲呢！

　　可是就在前天早晨，他忽然接到贺端阳的电话，告诉他父亲跳到老家房屋旁边的堰塘里自杀了。听到这个消息，他愣了半天，首先涌上心头的，竟然不是悲伤，而是一种解脱，一种高兴，他禁不住长长地嘘了一口气，就像一个即将渴死的人猛然见到一潭清泉一样，他又看到了希望，看到了阳光。尽管他知道自己这样想有些大逆不道，都该被天打雷轰，可他还是要禁不住这样想。他就怀着这样一种有几分喜悦的心情买了火车票赶回来了。

可是，当他走近贺家湾，一草一木又勾起了他一串串连绵的回忆，他想起了父亲把他举到头顶，一遍遍叫他"草生"，语气是那么亲切和慈祥，仿佛把他含在嘴里还怕化了似的；想起了父亲背着他下地干活，那时他觉得父亲的脊背是那么宽大；想起了父亲让他骑在脖子上，扛着他从家里一直走到学校，那时他觉得父亲的肩膀是那么厚实，任什么东西也压不垮；想起了父亲几次建房付出的艰辛；更想起了春节时回家父亲给他置办的东西……想着想着，他终于有些抑制不住内心深深的怀念和悲伤了。及至到了家里，看见了父亲躺在棺材里的样子，想起父亲就这样去了，从此阴阳两隔，他再也没法看见他了，这时不禁悲从中来，想放声大哭一场。可他又忍住了，此时，他真的不知道该怎样表达自己心中的感情，是该爱还是该恨，抑或是爱恨相加？

正在这时，毕玉玲拿着一个纸袋进来，对贺松说："大侄儿，你爹走的时候，把这个袋子交给我，说等你回来后，就交给你！"说着把袋子递了过去。

贺松不知道里面是什么，过了一会儿，才打开袋子，从里面抽出一沓纸看了起来。刚刚翻了几下，他的双手便像中了风似的颤抖起来，嘴唇也不断哆嗦，众人甚至能清晰地听到他上下牙床磕碰的声响，泪水也迅速地溢上了眼眶。现在他明白了，袋子里装的是一份用他的名义在"爱丽舍宫国际花园"小区购买的一套房屋协议，一份收款收据，一份房屋楼层示意图，还有一份伤残赔偿协议书。看着看着，他忽然想起了那天深夜，父亲给他打电话来，说了一句没头没脑的话，他说："我一定会筹到钱给你在城里买一套房子的！"当时他被父亲的电话吵醒很不愉快，一听他这没边际的话，还以为他是深夜发了神经，说的是梦话，所以后来便一直没有过问过这事。现在把前后经过联系起来一想，他终于明白了父亲是以这样的方式为自己筹集在城里买房的钱！

当贺松想明白了后，就再也控制不住自己了，他突然冲过去抱住棺材，一边拿头往棺材上撞，一边放声大哭，叫道，"爸呀，爸，都是我害了你呀……"

众人听了这话，都有些不明白，便对他问道："怎么是你害了他？"

贺松也不回答众人，只将头在棺材上碰得"砰砰"直响，一边碰一边继续叫道："不过你怎么这样糊涂呀？王霞并没有一定要我在城市买房子，才肯嫁给我呀！她说只要有房子住就行了，你为什么要这样呀？"说罢双手又抓住棺材边缘哭喊道，"爸呀，爸，我宁肯不要房子，也不能没有你呀……"一副痛不欲生、肝肠寸断的样子。

　　众人见了，急忙把他拉过来，可他仍然在一旁大哭不止。

　　第二天早上贺世跃要出殡，按照贺家湾的风俗，这天晚上要请人来唱孝歌，俗称"闹夜"。按照贺端阳的意思，要把贺家湾在家的老几儿、老孀子全请来，陪贺世跃最后一个晚上。可贺松却没有答应，说："不，这个晚上由我来安排！"

　　贺端阳看着他问："你怎么安排？"

　　贺松突然问："你家里电脑上网没有？"

　　贺端阳说："上网了，怎么？"

　　贺松说："我去下载一首歌。"然后又说，"把村里的大喇叭借给用一用，行不行？"

　　贺端阳不知他要干什么，便说："怎么不行，你去拿吧！"

　　贺松果然先去贺端阳家里，先下载了歌曲，然后又去拿回了村里的大喇叭，架在院子外边的路上。到了晚上，贺松便在喇叭里放起了一首叫《父亲》的歌，那歌的词儿是：

> 想想您的背影，我感受了坚韧
>
> 抚摸您的双手，我摸到了艰辛
>
> 不知不觉您鬓角露了白发，
>
> 不声不响您眼角上添了皱纹
>
> 我的老父亲，我最疼爱的人
>
> 人间的甘甜有十分，您只尝了三分
>
> 这辈子做你的儿女，我没有做够
>
> 央求您呀，下辈子还做我的父亲
>
> ……

这缠绵、深沉的歌声不断反复播放，歌声里间杂着贺松一次次的号啕痛哭。

这歌声和哭声，让贺家湾人无端地抛洒下了许多泪水……

2016 年 4 月—7 月初稿于渠县

7 月 13 日改定